HEYNE BÜCHER

W0396062

Fantasy

Herausgegeben von Wolfgang Jeschke

Ein Verzeichnis weiterer Romane dieser Serie finden Sie am Schluß des Bandes.

ROBERT E. HOWARD
LYON SPRAGUE DE CAMP
LIN CARTER

CONAN

VON CIMMERIEN

Sechster Roman der Conan-Saga

Deutsche Erstausgabe

WILHELM HEYNE VERLAG
MÜNCHEN

HEYNE SCIENCE FICTION & FANTASY
Band 06/3206

Titel der amerikanischen Originalausgabe
CONAN OF CIMMERIA
Deutsche Übersetzung von Lore Strassl
Das Umschlagbild malte Thomas Thiemeyer
Die Karten auf Seite 6/7 und 8 zeichnete Erhard Ringer
Die Innenillustrationen sind von Klaus D. Schiemann

Redaktion: Friedel Wahren

Printed in Germany 1994
Technische Betreuung: Manfred Spinola
Satz: Schaber Satz- und Datentechnik, Wels
Druck und Bindung: Presse-Druck, Augsburg

ISBN 3-453-30806-9

Die Hyborische Welt Conans

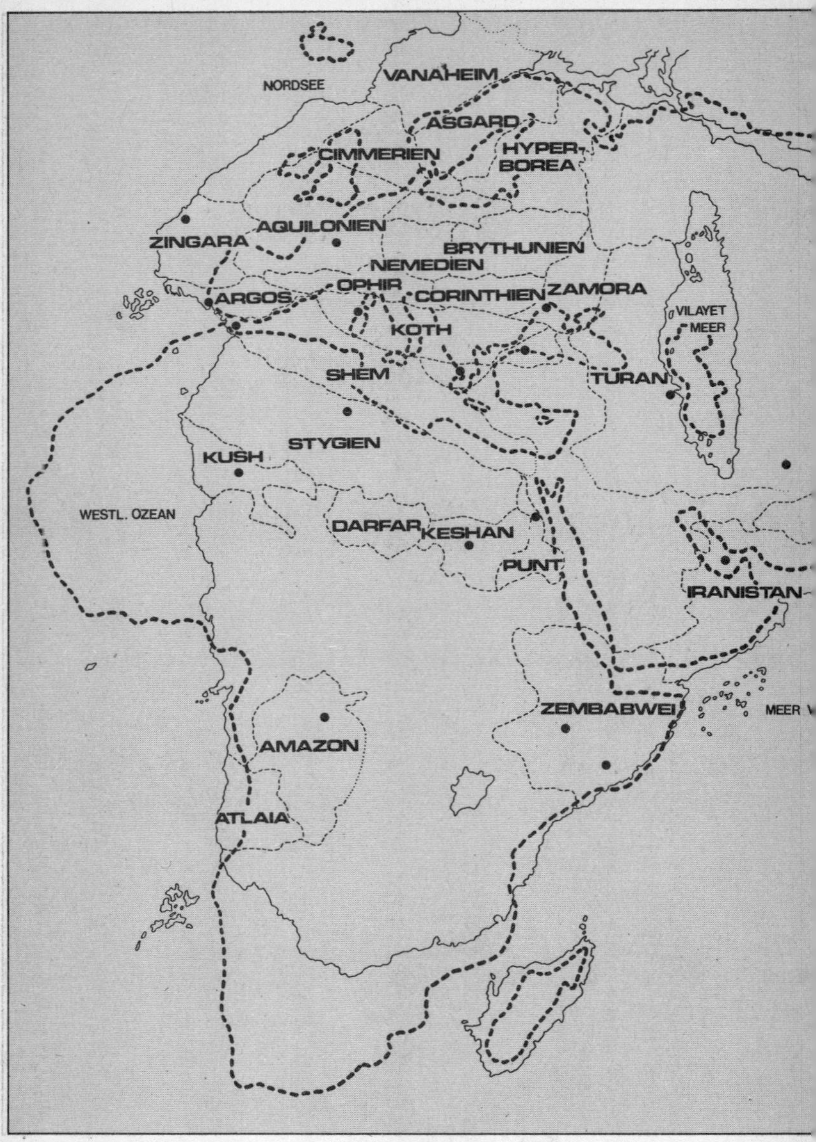
NORDSEE
VANAHEIM
ASGARD
CIMMERIEN
HYPER-
BOREA
AQUILONIEN
ZINGARA
BRYTHUNIEN
NEMEDIEN
OPHIR
ARGOS
CORINTHIEN
ZAMORA
VILAYET
MEER
KOTH
SHEM
TURAN
STYGIEN
KUSH
WESTL. OZEAN
DARFAR
KESHAN
PUNT
IRANISTAN
ZEMBABWEI
MEER
AMAZON
ATLAIA

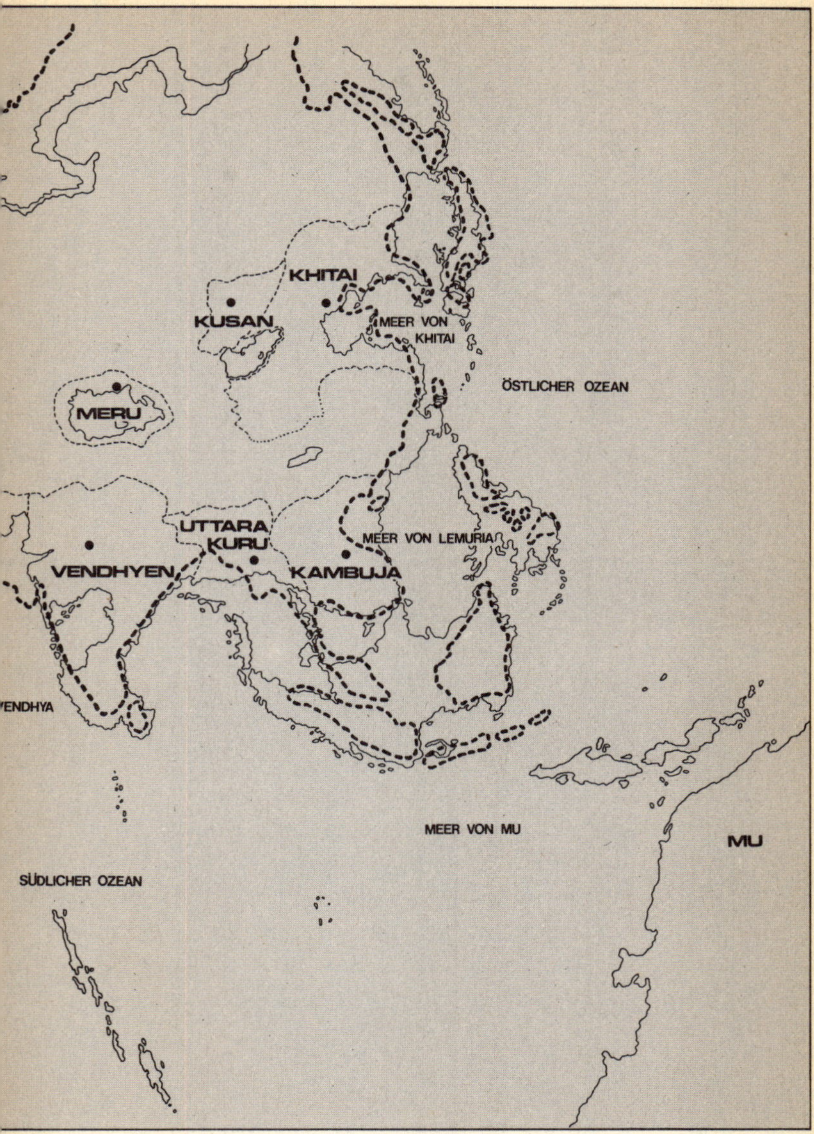
KHITAI
KUSAN
MEER VON KHITAI
ÖSTLICHER OZEAN
MERU
UTTARA KURU
VENDHYEN
KAMBUJA
MEER VON LEMURIA
VENDHYA
MEER VON MU
MU
SÜDLICHER OZEAN

INHALT

Einleitung

L. Sprague de Camp

Robert E. Howard (1906—36) wurde in Peaster, Texas, geboren. Er brachte fast sein ganzes Leben in Cross Plains, im Herzen Texas', zwischen Abilene und Brownwood, zu. Während seines letzten Lebensjahrzehnts schrieb dieser produktive und vielseitige Autor eine beachtliche Vielfalt an »Pulp Fiction«* — Krimis, historische Erzählungen, Sport-, Western-, Abenteuer- und Horror-Geschichten, wie auch seine vielen Action-Stories im Bereich der Fantasy. Edgar Rice Burroughs, Robert W. Chambers, Harold Lamb, Talbot Mundy, Jack London und H. P. Lovecraft (mit dem er korrespondierte), sie alle beeinflußten seinen Stil. Mit dreißig beendete er seine vielversprechende literarische Karriere als Autor durch Selbstmord.

Howards Fantasy-Abenteuer gehören der heroischen Fantasy, auch Schwert-und-Magie-Erzählungen genannt, an. Diese Stories spielen in einer Welt, nicht wie sie ist oder war, sondern wie sie hätte sein können. Schauplatz kann die Erde sein, wie man sich vorzustellen vermöchte, daß sie vor langer Zeit gewesen ist, oder wie sie in ferner Zukunft aussehen mag, aber auch ein fremder Planet oder eine andere Dimension. In einer solchen Welt ist Zauberei möglich, es kann Geister und Dämonen geben, aber moderne

* Das amerikanische Äquivalent des Groschenhefts, in der Regel in Magazinform.

Wissenschaft und Technologie sind im Prinzip unbekannt. Sie wurden entweder noch nicht entwickelt, oder sind längst wieder vergessen. Die Männer sind stark, die Frauen schön, die Probleme einfach, und das Leben ist abenteuerlich.

Gut geschrieben bieten solche Stories das purste Lesevergnügen aller modernen Unterhaltungsliteratur. Sie sind zur Ablenkung und Entspannung gedacht, nicht zur Belehrung. Mahnung oder Bekehrung zu irgendeinem Glauben oder einer Ideologie. Sie entspringen gewissermaßen den Mythen, Legenden und Epen alter Zeit und primitiver Völker. Nachdem diese Art von Erzählung mehrere Jahrhunderte brachlag, verhalf William Morris ihr in England in den achtziger Jahren des vergangenen Jahrhunderts zu neuer Blüte. Anfang dieses Jahrhunderts trugen dann Lord Dunsany und Eric R. Eddison dazu bei. Einen neueren, bemerkenswerten Beitrag leistete J. R. R. Tolkien mit seiner Trilogie DER HERR DER RINGE.

Der Start des amerikanischen Magazins WEIRD TALES im Jahre 1923, und UNKNOWN WORLDS 1939, öffnete neue Märkte für heroische Fantasy und führte zur Veröffentlichung vieler beachtenswerter Stories dieses Genres. Vor allem Howards Geschichten hoben sich daraus hervor. Der Texaner schrieb mehrere Fantasy-Serien, von denen der größte Teil in WEIRD TALES veröffentlicht wurde. Von ihnen wiederum ist die beliebteste und umfangreichste die Conan-Serie. Achtzehn Conan-Stories wurden zu Howards Lebzeiten herausgegeben. Acht weitere — von kompletten Manuskripten bis zu Fragmenten und kurzen Entwürfen — entdeckte man nach 1950 unter Howards Papieren.

Ende 1951 stolperte ich über eine wahre Fundgrube von Howard-Manuskripten in der Wohnung des Literaturagenten, der damals Howards Nachlaß verwaltete. Darunter befanden sich einige unveröffentlichte Conan-Stories, die ich für eine Publikation bearbeitete. Glenn Lord, der spätere literarische Nachlaßverwalter Howards, fand in den vergangenen Jahren noch weitere.

Daß die Conan-Saga unvollendet geblieben war, reizte mich, und andere ebenfalls, ihr noch weitere Geschichten anzufügen, genau wie Howard es vermutlich getan hätte, wäre er länger am Leben geblieben. Anfang der fünfziger Jahre schrieb ich die Manuskripte von vier unveröffentlichten Howard-Stories, die im Mittelalter oder noch gegenwartsnäher handelten, zu Conan-Abenteuern um. Etwas später tat ich mich mit meinen Kollegen Björn Nyberg und Lin Carter zusammen. Wir schrieben unvollendete Geschichten zu Ende und verfaßten aus Hinweisen in Howards Briefen und Notizen neue, um Lücken in der Conan-Saga zu füllen. Es sei dem Leser überlassen, zu beurteilen, wie erfolgreich unsere posthume Zusammenarbeit mit Howard ist.

Ehe Howard sich an die Conan-Stories machte, erdachte er eine Pseudogeschichte von Conans Welt, mit klar ausgearbeiteter Geographie, Ethnographie und politischer Aufteilung. Gerade dieser konkreten Szenerie verdanken die Geschichten zu einem großen Teil ihre Lebendigkeit und Faszination — seiner scharfen, prachtvollen, konsequenten Vision eines »purpurnen und goldenen und roten Universums, wo es alles geben kann — außer Langeweile«. Howard erläuterte diese Pseudogeschichte in seinem langen Essay, DAS HYBORISCHE ZEITALTER, das in zwei Teilen in den Bänden CONAN und CONAN, DER RÄCHER, dieser Reihe veröffentlicht ist.

Nach Howards Vorstellung lebte, liebte und stürzte sich Conan vor zwölftausend Jahren — achttausend nach dem Untergang von Atlantis und siebentausend vor der überlieferten Geschichtsschreibung — in seine Abenteuer.

Zu dieser Zeit (nach Howard) befanden sich im westlichen Teil des Hauptkontinents der östlichen Hemisphäre die hyborischen Königreiche. Sie gehörten zu einer Anzahl von Staaten, die dreitausend Jahre zuvor von den Invasoren aus dem Norden, den Hyboriern, auf den Ruinen des verderbten Acheronischen Imperiums gegründet worden waren. Südlich der hyborischen Königreiche lagen die befehdeten Stadtstaaten Shems. Jenseits von Shem schlummerte das alte, finstere Königreich Stygien, der Rivale und Partner Acherons in den Tagen blutiger Größe. Noch weiter südlich, hinter Wüsten und Weideland, waren die barbarischen schwarzen Königreiche zu finden. Nördlich der hyborischen Reiche erstreckten sich die nicht weniger barbarischen Lande Cimmerien, Hyperborea, Vanaheim und Asgard. Im Westen, entlang der Küste, lebten die wilden Pikten. Im Osten glitzerten in all ihrer Pracht die hyrkanischen Königreiche, von denen Turan das mächtigste war.

Etwa fünfhundert Jahre nach der Zeit Conans, des Großen, wurden die meisten dieser Reiche durch Völkerwanderungen und Invasionen von Barbaren hinweggefegt. Nach einigen Jahrhunderten, während derer die Erde eine drastisch geschrumpfte Bevölkerung aus nomadisierenden, kriegerischen Barbaren beherbergte, ging die Zivilisation — was davon überhaupt noch übrig war — durch den letzten Vorstoß der Gletscher von den Polregionen und durch Naturkatastrophen, ähnlich jenen, die Atlantis vernichtet hatten, unter. Zu jener Zeit bildeten sich die Nordsee und das Mittelmeer, und die große Vilayetsee schrumpfte zum Kaspischen Meer zusammen, während sich gewaltige Gebiete Westafrikas aus den Wellen des Atlantiks erhoben. Nach dieser Eiszeit entstand eine neue Zivilisation und mit ihr begann die bekannte Geschichte.

Conan war ein riesenhafter, barbarischer Abenteurer, der sich durch die halbe prähistorische Welt kämpfte, um schließlich den Thron eines mächtigen Reiches zu erklimmen. Als Sohn eines Schmiedes wurde er während einer Schlacht in dem barbarischen nordischen Land Cimmerien mit seinen schroffen Bergen und düsteren Wolken geboren. In noch sehr jungen Jahren nahm er an einem Überfall auf das aquilonische Grenzfort Venarium teil.

Später schloß er sich einem Trupp Æsir in deren Plünderzügen in Hyperborea an. Nach der Befreiung der Tochter eines Æsir-Häuptlings wurde er von den Hyperboreanern gefangengenommen und in deren Sklavenpferche gesteckt. Es gelang ihm zu fliehen und sich in den Süden abzusetzen. Mehrere Jahre ging er im Königreich Zamora und den benachbarten Ländern Corinthien und Nemedien dem gefährlichen Beruf eines Diebes nach. Als Neuling in der Zivilisation und von Natur aus ohne Verständnis für deren Gesetze machte er seinen Mangel an Raffinesse durch angeborene Schlauheit und seine Körperkraft wett, die er von seinem Vater geerbt hatte.

Als er dieses wenig einträglichen »Berufs« leid wurde, verdingte Conan sich als Söldner in der turanischen Armee. Die folgenden beiden Jahre kam er viel herum, sogar bis zu den sagenhaften Landen Meru und Khitai. Er lernte Bogenschießen und Reiten, beides Künste, von denen er so gut wie nichts verstanden hatte, ehe er sich den Turaniern anschloß. Der vorliegende Band beginnt noch in den Tagen, da er in turanischen Diensten ist.

L. Sprague de Camp

ANMERKUNG DES ÜBERSETZERS

Es gilt, einige von L. S. de Camps Angaben zu ergänzen, um dem Zeitraum von zwölf Jahren gerecht zu werden, der seit ihrer Niederschrift vergangen ist.

Für den Conan-, Howard- und Heroic-Fantasy-Interessenten gibt es eine Reihe interessanter Publikationen, auf die hier hingewiesen sei. Da ist einmal die nichtprofessionelle Zeitschrift *Amra*, das Magazin der Hyborian-Legion, einer Gruppe von Conan- und Heroic-Fantasy-Fans. Herausgeber ist George H. Scithers, Box 9120, Chicago, Illinois, 60690, USA.

Eine große Auswahl von Artikeln, Stories, Illustrationen und Gedichten daraus erschien seit 1968 in drei Buchausgaben: *The Conan Reader* (1968), *The Conan Swordbook* (1969), *The Conan Grimoire* (1972). 1979 erschien der erste Teil des interessanten Materials bei ACE BOOKS als Taschenbuchausgabe unter dem Titel *The Blade of Conan*. Ein weiterer Band, *The Spell of Conan*, ist in Vorbereitung.

Eine deutsche Ausgabe dieser Bände ist zu diesem Zeitpunkt nicht geplant, da ein Großteil des Materials sich mit Bereichen der Fantasy-Literatur beschäftigt, die dem deutschen Leser nicht zugänglich sind. Doch werden die wichtigsten Artikel, die sich mit Conan und seiner Welt beschäftigen, als Anhang in diesen Conan-Bänden erscheinen.

Ähnlich ist es um ein anderes nichtprofessionelles Magazin bestellt, das in achtzehn Ausgaben zwischen 1961 und 1973 erschien, nämlich *The Howard Collector*. Herausgeber ist Glenn Lord, der Verwalter des literarischen Nachlasses Howards. Die dünnen Hefte enthielten unveröffentlichte Fragmente, Gedichte, Briefe. Eine Sammlung dieses Materials erschien als Taschenbuch unter dem Titel *The Howard Collector* ebenfalls bei ACE BOOKS 1979.

Material daraus und aus *Amra* erschien und erscheint laufend in deutscher Sprache in *Magira*, dem Magazin des Ersten Deutschen Fantasy Clubs e. V. (Postfach 1371, 8390 Passau 1). Hinweise und Informationen auf Robert E. Howard und sein Werk bieten auch weitere Publikationen des Clubs, beispielsweise Hermann Urbaneks *Fantasy Index 1* und Ehard Ringers *Fantasy Atlas 2*.

Der überwiegende Teil von Robert E. Howards Erzählungen aus dem Fantasy- und Abenteuer-Bereich ist inzwischen in deutscher Sprache erschienen oder in Vorbereitung, auch mehrere Fantasy-Zyklen anderer Autoren, die die Tradition der phantastischen Heldenerzählung fortsetzen, darunter John Jakes' *Brak, der Barbar*, Fritz Leibers *Fafhrd und der Graue Mausling*, Michael Moorcocks *Elric von Melniboné*, *Corum* und *Dorian Hawkmoon*, Gardner F. Foxs *Kothar, der Schwertkrieger*, L. Sprague de Camps *Poseidonis-Zyklus*, und Lin Carters *Thongor von Lemurien*.

Der Fluch des Monolithen

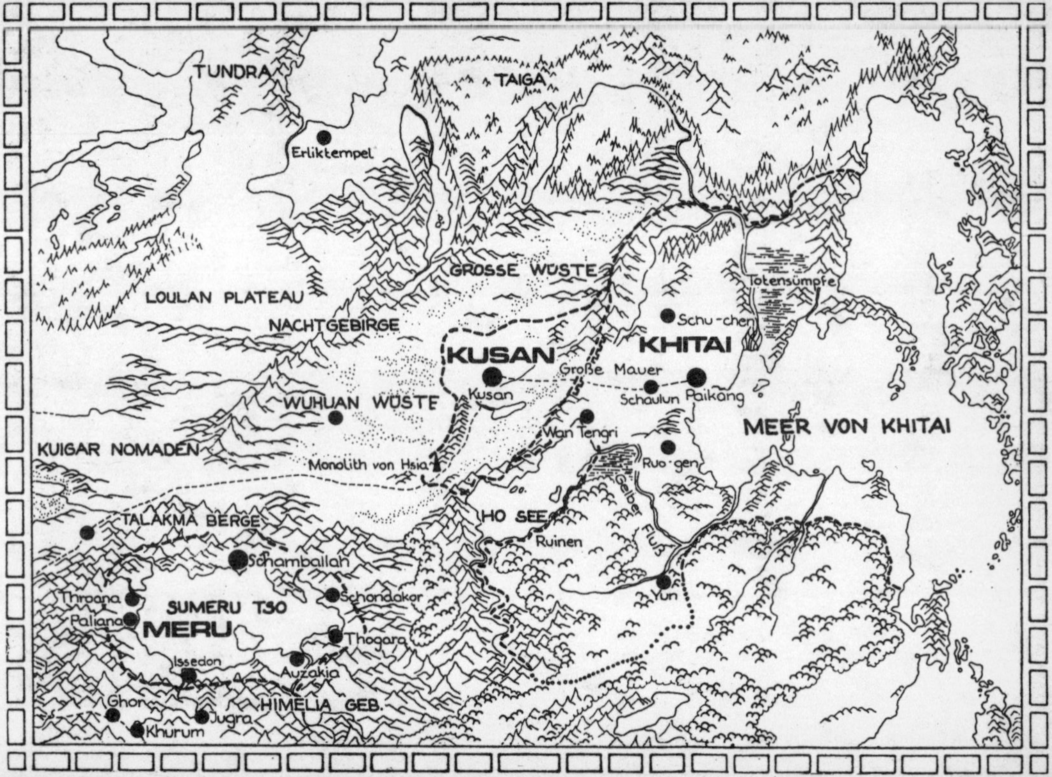
TUNDRA
TAIGA
Erliktempel
LOULAN PLATEAU
NACHTGEBIRGE
GROSSE WÜSTE
Totensümpfe
Schu-chen
KHITAI
KUSAN
Kusan
Große Mauer
Schaulun
Paikang
MEER VON KHITAI
WUHUAN WÜSTE
Wan Tengri
Ruo-gen
KUIGAR NOMADEN
Monolith von Hsia
Gelber Fluß
HO SEE
Ruinen
TALAKMA BERGE
Schamballah
Yun
Schondakor
Throana
SUMERU TSO
Paliana
MERU
Thogara
Issedon
Auzakia
Ghor
HIMELIA GEB.
Jugra
Khurum

Der Fluch des Monolithen

Lin Carter und L. Sprague de Camp

Im Anschluß an die Ereignisse in der Story DIE STADT DER SCHÄDEL *(in dem Band* CONAN*) wird Conan zum Hauptmann in der turanischen Armee befördert. Sein wachsender Ruf als unüberwindlicher Kämpfer und Draufgänger verhilft ihm jedoch nicht zu Posten mit guter Bezahlung und wenig Arbeit. König Yildizs Generale haben nun erst recht gefährliche Aufträge für ihn. Einer davon führt ihn Tausende von Meilen ostwärts in das legendäre Khitai.*

1

Die Steilwände aus dunklem Gestein schlossen sich wie eine Falle um Conan. Es gefiel ihm nicht, wie ihre schroffen Gipfel sich von den wenigen stumpf leuchtenden Sternen abhoben, die wie Spinnenaugen auf das kleine Lager im Tal herabspähten. Aber auch der kalte unruhige Wind behagte ihm nicht, der über die Felsenhöhen pfiff und mit dem Lagerfeuer spielte, daß die Flammen flackerten und loderten und monströse schwarze Schatten gespenstisch über die nähere der rauhen Felswände warf.

Auf der anderen Seite des Lagers ragten rotborkige Mammutbäume, die schon alt gewesen waren, als Atlantis im Meer versank, aus den Bambusdickichten und Rhododendronsträuchern. Ein Bach schlängelte sich aus dem Gehölz, plätscherte am Lager vorbei und verschwand wieder im

Wald. Schwaden von Dunst oder Hochnebel trieben über die Felsen. Sie verschluckten das Licht der schwächeren Sterne und verliehen den helleren den Anschein, als weinten sie.

Etwas an diesem Ort hier, dachte Conan, riecht nach Angst und Tod. Fast konnte er den beißenden Furchtgeruch in der Brise wittern. Auch die Pferde spürten es. Sie wieherten, scharrten mit den Hufen und rollten die Augen, daß nur noch das Weiße zu sehen war, während sie in die Dunkelheit jenseits des Feuers starrten. Die Tiere waren noch der Natur verbunden — und das war auch der junge Barbar aus den düsteren Bergen Cimmeriens. Wie seine, waren ihre Sinne schärfer auf die Aura des Bösen eingestellt, als die der in der Stadt aufgewachsenen turanischen Krieger, die unter Conans Kommando in dieses verlassene Tal geritten waren.

Die Soldaten saßen um das Feuer und teilten den letzten Rest der abendlichen Weinration aus den Ziegenlederbeuteln. Einige lachten und prahlten mit den amourösen Leistungen, die sie nach ihrer Rückkehr in den Freudenhäusern von Aghrapur vollbringen würden. Andere, die müde waren nach dem anstrengenden Tagesritt, starrten stumm und gähnend ins Feuer. Bald würden sie sich, in ihre dicken Umhänge gehüllt, für die Nacht zurückziehen. Mit den Köpfen auf ihren Sattelsäcken lagen sie schon bald in einem dichten Kreis um das Feuer, während zwei aus ihrer Mitte mit den schweren hyrkanischen Bogen Wache hielten. Keiner von ihnen spürte die finstere Ausstrahlung dieses Tales.

Conan hatte sich an eine der riesigen Sequoien gelehnt. Er zog den Umhang noch dichter gegen die klamme Brise um sich, die von den Bergen herabstrich. Obgleich seine Soldaten kräftig gebaute, hochgewachsene Männer waren, ragte er noch einen guten halben Kopf über dem größten hinaus, und verglichen mit seiner Schulterbreite wirkten sie fast schmächtig. Seine gerade geschnittene schwarze Mähne schaute unter dem spitzen Helm heraus. Einzelne Funken des Feuers spiegelten sich in den tiefliegenden blauen Augen seines dunklen, narbigen Gesichts.

In einem seiner Anflüge von Melancholie fluchte Conan stumm über König Yildizs, den wohlmeinenden, aber schwachen turanischen Monarchen, der ihn auf diese Mission geschickt hatte, denn sie stand unter einem bösen Omen. Über ein Jahr war vergangen, seit er dem König von Turan den Treueeid geleistet hatte, und vor sechs Monaten hatte er das Glück gehabt, sich mit einem Söldnerkameraden, Juma, dem Kushiten, die Gunst Yildizs zu erringen, als sie seine Tochter Zosara vor dem wahnsinnigen Gottkönig von Meru retteten. Sie hatten die Prinzessin (mehr oder weniger) unberührt zu ihrem Bräutigam, Kujala, dem Khan der nomadischen Kuigar, gebracht.

Bei ihrer Rückkehr in die prunkvolle Hauptstadt Aghrapur hatte der König sie großzügig mit Ehren belohnt und sie beide zum Hauptmann befördert, doch während Juma den begehrten Posten in der Königsgarde bekommen hatte, wurde Conan dadurch ausgezeichnet, daß man ihn auf eine weitere, gefährliche Mission schickte. Leicht verbittert dachte er nun an die Früchte seines Erfolgs.

Yildiz hatte dem riesigen Cimmerier ein Schreiben an König Shu von Kusan — ein unbedeutendes Königreich im westlichen Khitai — anvertraut. Als Befehlshaber von vierzig erfahrenen Soldaten hatte Conan diese weite Reise zurückgelegt. Hunderte von Meilen öder hyrkanischer Steppe hatte er überquert und einen Bogen um das himmelstürmende Talakmagebirge gemacht. Durch die windigen Wüsten und sumpfigen Dschungel an den Grenzen des geheimnisvollen Khitais war er gezogen, des östlichsten Landes, von dem die Menschen des Westens wußten.

In Kusan angekommen, hatte der gütige und philosophische König Shu sich als großzügiger Gastgeber erwiesen.

Während Conan und seinen Soldaten in reichlichem Maße exotische Speisen — und willige Konkubinen — vorgesetzt wurden, beschlossen der König und seine Ratgeber, König Yildizs Handels- und Freundschaftspakt anzunehmen. Also hatte der weise Monarch Conan eine prächtige Schriftrolle aus vergoldeter Seide ausgehändigt. Darauf war in den verschlungenen Ideogrammen Khitais und den grazilen schrägen Schriftzeichen Hyrkaniens die formelle Antwort und die Grüße des khitaischen Königs geschrieben.

Außer einer Seidenbörse voll khitaischem Gold hatte König Shu Conan auch einen hohen Edelmann seines Hofes mitgegeben, der sie bis zur Westgrenze von Khitai begleiten sollte. Aber Conan hatte kein Vertrauen zu diesem Führer, dem Herzog Feng, gehabt.

Der Khitan war ein schlanker, zerbrechlicher und geckenhafter kleiner Mann mit sanfter, leicht lispelnder Stimme. Er trug phantastische Seidengewänder, die zum scharfen Reiten völlig ungeeignet waren, und hatte sich offenbar in Parfüm gebadet. Nie dachte er auch nur daran, sich seine weichen, langnägeligen Finger bei den Lagerarbeiten schmutzig zu machen, dafür hielt er seine beiden Diener zu fast jeder Tages- und Nachtzeit damit beschäftigt, ihn seiner Würde entsprechend zu umsorgen.

Conan schaute mit der Verachtung des rauhen Barbaren und auf sich gestellten Mannes auf die Gepflogenheiten des Khitans herab. Die schrägen schwarzen Augen und die schnurrende Stimme des Herzogs erinnerten ihn an eine Katze, und er mahnte sich, auf einen möglichen Verrat des Edlen vorbereitet zu sein. Andererseits beneidete er den Khitan um seine kultivierten Manieren und seinen ungezwungenen Charme. Und gerade diese Tatsache veranlaßte Conan, den Herzog noch mehr zu verachten, denn obgleich im turanischen Dienst sein Benehmen ein wenig geschliffener worden war, war der Cimmerier doch tief im Herzen

nach wie vor der ungehobelte Barbar geblieben. Ja, er würde sich vor diesem gerissenen kleinen Herzog Feng in acht nehmen müssen.

2

»Störe ich die tiefgründige Meditation des hochgeborenen Befehlshabers?« schnurrte eine weiche Stimme.

Conan zuckte zusammen und griff nach seinem Tulwar, ehe er Herzog Feng erkannte, der bis zum Kinn in einen wallenden Umhang aus erbsgrünem Samt gewandet war. Conan unterdrückte ein abfälliges Knurren, als er sich seiner Pflichten als Botschafter erinnerte, und preßte einen höflichen Gruß hervor, der selbst in seinen eigenen Ohren nicht sehr überzeugend klang.

»Vielleicht vermag der edle Hauptmann nicht zu schlafen?« erkundigte sich Feng und tat zumindest, als wäre ihm Conans Unwillen nicht aufgefallen. Der khitaische Edelmann sprach fließend Hyrkanisch, das war einer der Gründe, weshalb König Shu ihn Conans kleinem Trupp mitgegeben hatte, denn des Cimmeriers Kenntnisse der Singsangsprache Khitais beschränkte sich auf ein paar Phrasen.

Feng fuhr fort: »Diese Person schätzt sich glücklich, über ein wirkungsvolles Mittel gegen Schlaflosigkeit zu verfügen. Ein begnadeter Apotheker stellte es nach einem alten Rezept für mich zusammen: ein paar Lilienknospen mit Zimt zerstampft und mit ein paar Mohnkörnern gewürzt ...«

»Nein, nein«, wehrte Conan ab. »Ich danke Euch, Herzog. Ich leide nicht unter Schlaflosigkeit. Es ist lediglich dieser verfluchte Ort, der mich nicht schlafen läßt — eine unerklärliche Vorahnung, die mich wachhält, obgleich ich nach dem harten Tagesritt so müde wie ein Jüngling nach seiner ersten Liebesnacht sein müßte.«

Fengs Miene verzog sich ein wenig über diese Abgeschmacktheit, aber vielleicht war es auch nur ein Schattenspiel des Feuers auf seinen Zügen gewesen. Wie dem auch war, er erwiderte höflich: »Ich glaube, die Unruhe des ausgezeichneten Befehlshabers zu verstehen. Gefühle dieser Art sind in diesem ... ah ... legendenbedachten Tal nicht ungewöhnlich. Viele Männer fanden hier einen frühen Tod.«

»Wohl ein Schlachtfeld?« brummte Conan.

Die schmalen Schultern unter dem grünen Umhang zuckten. »Nein, nichts dergleichen, mein heroischer Freund aus dem Westen. Dieser Ort hier liegt nahe der Grabstätte eines alten Königs meines Volkes: von König Hsia von Kusan. Er verfügte, daß seine gesamte königliche Garde bei seinem Tod enthauptet und ihre Köpfe mit ihm bestattet würden, damit ihre Geister ihm auch in der nächsten Welt dienten. Und nun sollen die Geister dieser Gardesoldaten, so zumindest behauptet es das abergläubische Volk, in diesem Tal auf und ab paradieren.« Feng senkte die sanfte Stimme: »Nach der Legende soll ein ungeheurer Schatz aus Gold und Edelsteinen mit dem König begraben worden sein — und das, glaube ich, entspricht der Wahrheit.«

Conan spitzte die Ohren. »Gold und Edelsteine, eh? Wurde dieser Schatz je gehoben?«

Der Khitan musterte den Barbaren kurz nachdenklich. Dann, als wäre er zu einer Entscheidung gekommen, erwiderte er: »Nein, Lord Conan, denn der genaue Ort ist nur einem einzigen Menschen bekannt.«

Conans Interesse war nun ganz offensichtlich. »Und wer ist dieser eine?« fragte er rundheraus.

Der Khitan lächelte. »Mein unwürdiges Ich, natürlich.«

»Crom und Erlik. Wenn Ihr gewußt habt, daß hier reiche Beute versteckt ist, warum habt Ihr sie dann nicht schon lange ausgegraben?«

»Abergläubische Furcht vor dem Fluch, der auf der Grabstätte ruht — sie ist durch einen Monolithen aus dunklem Stein markiert —, hält mein Volk von diesem Ort fern. Aus diesem Grund konnte ich nie jemanden dazu überreden, mir bei der Hebung des Schatzes behilflich zu sein.«

»Warum habt Ihr ihn Euch nicht allein geholt?«

Feng spreizte die schmalen, langnägeligen Finger. »Ich benötige dazu einen vertrauenswürdigen Helfer, der mir den Rücken gegen Feinde — ob nun Mensch oder Tier — schützt, die sich möglicherweise anschleichen, während ich vielleicht allzu sehr in Betrachtung des Schatzes versunken bin. Außerdem ist gewisse körperliche Anstrengung damit verbunden, wie Graben, Heben, Stemmen und dergleichen. Einem Edlen wie mir fehlen die Muskeln für solch grobe körperliche Arbeit.

Hört mir gut zu, mein tapferer Herr! Diese Person führte den ehrenwerten Befehlshaber nicht zufällig durch dieses Tal, sondern mit voller Absicht. Als ich erfuhr, daß der Sohn des Himmels meine Begleitung des mutigen Hauptmanns wünschte, packte ich die Gelegenheit beim Schopf. Dieser Auftrag Seiner Majestät kam für mich wie ein Geschenk der Götter, denn Eure Lordschaft besitzen die Muskelkraft von drei gewöhnlichen Männern. Und als ein im Westen geborener Fremder teilt Ihr auch nicht die abergläubische Furcht, die wir vor Kushan empfinden. Oder täusche ich mich in dieser Annahme?«

Conan brummte: »Ich fürchte weder Götter, Menschen, noch Teufel, am wenigsten den Geist eines schon lange toten Königs. Sprecht weiter, Lord Feng!«

Der Herzog rückte noch näher und senkte die Stimme zu einem kaum mehr vernehmbaren Flüstern. »Hier ist mein Plan. Wie ich erwähnte, führte diese Person Euch hierher, weil ich dachte, Ihr mögt derjenige sein, den ich suchte. Für einen Eurer Stärke ist diese Aufgabe leicht, und in meinem Gepäck befindet sich das nötige Werkzeug für die Ausgrabung. Laßt uns sofort aufbrechen, dann werden wir schon in einer Stunde reicher sein, als wir bisher auch nur zu träumen wagten.«

Fengs lockende Schnurrstimme weckte die Lust auf Beute in Conans barbarischem Herzen, trotzdem warnte ihn ein Rest seiner üblichen Vorsicht, sofort auf den Vorschlag einzugehen.

»Wäre es nicht vernünftiger, einige meiner Soldaten oder Eure Diener zu wecken, um uns zu begleiten? Zweifellos brauchen wir Hilfe, um den Kram ins Lager zu schaffen.«

Feng schüttelte den gepflegten Kopf. »Nein, das ist nicht notwendig, ehrenwerter Verbündeter. Der Schatz besteht aus zwei kleinen Truhen aus reinem Gold, bis zum Rand mit ausgesuchten, seltenen, besonders wertvollen Steinen gefüllt. Jeder von uns kann eine dieser Truhen tragen. Weshalb sollten wir den Reichtum eines ganzen Königreichs mit anderen teilen? Da ich das Geheimnis kenne, steht mir natürlich die Hälfte zu. Wenn Ihr so großzügig sein wollt, Eure Hälfte mit Euren vierzig Kriegern zu teilen — nun, das sei Euch überlassen.«

Keine weitere Überredung war mehr notwendig. Der Sold, den König Yildiz seinen Kriegern zugestand, war mager und wurde noch dazu gewöhnlich unpünktlich ausgezahlt. Conans Belohnung für seine gefährlichen und anstrengenden Aufträge hatte bisher aus leeren Lobeshuldigungen bestanden und aus nur wenig klingender Münze.

»Ich hole das Grabwerkzeug«, wisperte Feng. »Wir sollten das Lager nicht miteinander verlassen, um nicht Anlaß zu unnötigen Vermutungen zu geben. Während ich das Werkzeug auspacke, schlüpft Ihr in Eure Rüstung und bewaffnet Euch.«

Conan runzelte die Stirn. »Wozu die Rüstung, wenn ich lediglich zwei Truhen ausgraben soll?«

»O mein guter Herr! Es gibt viele Gefahren in diesen

Bergen. Der schreckliche Tiger streift hier herum, der wilde Leopard, der mürrische Bär und der reizbare Büffel, von Trupps jagender Primitiver ganz zu schweigen. Da ein khitaischer Edelmann nicht in der Benutzung von Waffen ausgebildet ist, muß Euer mächtiges Selbst bereit sein, für zwei zu kämpfen. Glaubt mir, edler Hauptmann, ich weiß, wovon ich spreche.«

»Ist schon gut!« brummte Conan.

»Ausgezeichnet! Ich wußte, einer so überragenden Geistes wie Ihr würde meine Argumente sofort einsehen. Und nun trennen wir uns und treffen uns bei Mondaufgang am Fuß des Tales wieder. Das dürfte in etwa einer Doppelstunde sein, was uns ausreichend Zeit gibt, uns auf unser Wiedersehen vorzubereiten.«

3

Die Nacht wurde dunkler, der Wind noch kälter. All die unheimlichen Vorahnungen, die Conan seit Betreten dieses einsamen Tales bei Sonnenuntergang gequält hatten, kehrten nun mit voller Kraft zurück. Während er stumm neben dem kleinen Khitan herschritt, warf er wachsame Blicke in die Dunkelheit. Die steilen Felswände zu beiden Seiten näherten sich einander immer mehr, bis kaum noch genug Platz war, sich zwischen den Wänden und dem Bach zu bewegen, der sich hier gurgelnd dem Schluchtende entgegenschlängelte.

Hinter ihnen, über den Klippen, die sich schwarz vom Firmament abzeichneten, erhob sich ein Glühen am verschleierten Himmel. Immer stärker wurde dieses Glühen, bis es wie Perlen opaleszierte. Dann trennten die Steilwände sich wieder voneinander, und die beiden Männer kamen auf eine Wiese, die sich nach beiden Seiten erstreckte. Der Bach beschrieb einen Bogen nach rechts und verschwand hinter dichten, hohen Farnen.

Gerade als sie aus dem Tal traten, ging der Mond über den Felswänden hinter ihnen auf. In der dunstigen Luft sah es aus, als betrachte man ihn von unter Wasser aus. Sein schwacher Schein fiel auf eine kleine Hügelkuppe, die sich unmittelbar aus der Wiese vor ihnen erhob. Hinter ihr ragten steile bewaldete Berge schwarz in das wässerige Mondlicht.

Als die glänzende Scheibe die Kuppe in ihren Silberschein tauchte, vergaß Conan die Unruhe, die ihn bisher gequält hatte, denn hier ragte der Monolith empor, von dem Feng gesprochen hatte. Es handelte sich um einen stumpf glänzenden Schaft schwarzen Steines, der sich von der Kuppe erhob und sich in die Dunstschicht über dem Land zu bohren schien. Das oberste Stück dieses Schaftes war nur verschwommen zu erkennen.

Hier also befand sich die Grabkammer des vor so langer Zeit verstorbenen Königs Hsia, genau wie Feng es gesagt hatte. Der Schatz mußte direkt unterhalb und seitlich des Schaftes begraben sein. Nun, sie würden es bald feststellen.

Mit Fengs Brecheisen und der Schaufel auf der Schulter bahnte Conan sich einen Weg durch ein Dickicht nachgiebiger Rhododendron und stieg den Hügel empor. Einmal hielt er inne, um seinem kleinen Begleiter hoch zu helfen. Nach kurzer Kletterei standen sie auf der Kuppe.

Vor ihnen ragte der Schaft aus der Mitte der gewölbten Hügeloberfläche. Es handelte sich vermutlich um einen künstlichen Hügel, wie man sie in Conans Heimatland manchmal als Grabstätte großer Häuptlinge errichtete. Befand der Schatz sich am Boden eines solchen von Menschenhand aufgehäuften Hügels, würde es länger als eine Nacht dauern, ihn auszugraben ...

Mit einem verwirrten Fluch umklammerte Conan Schaufel und Brecheisen fester. Etwas Unsichtbares hatte nach ihnen gegriffen und versucht, sie zum Schaft zu ziehen. Und Zoll um Zoll zerrte diese Kraft mit den Werkzeugen auch ihn näher an den Schaft heran, so sehr er sich auch dagegen stemmte. Als er schließlich erkannte, daß er nicht gegen diese Kraft ankam, ließ er Brecheisen und Schaufel los. Sie flogen ihm aus der Hand und prallten krachend gegen den schwarzen Schaft, wo sie kleben blieben.

Aber offenbar war es nicht genug, das Werkzeug freizugeben. Die Kraft zerrte genauso an seinem Kettenhemd. Taumelnd und fluchend wurde Conan mit betäubender Wucht gegen den Schaft geschmettert und mit dem Rücken daran festgehalten. Doch auch seine Arme bis zu den Ellbogen, soweit sie in den Ärmeln des Kettenhemds steckten, und sein Kopf im turanischen Spitzhelm klebten am Schaft.

Conan wehrte sich heftig, aber es gelang ihm nicht, sich zu befreien. Es war, als bänden ihn unsichtbare Ketten an die dunkle Steinsäule.

»Was ist das für ein Teufelstrick, verräterischer Hund?« fluchte er.

Ungerührt lächelnd trat Feng vor ihn. Ihm schien die geheimnisvolle Kraft nichts anzuhaben, denn er holte ungehindert einen Seidenschal aus seinem Umhang. Er wartete, bis Conan den Mund öffnete, um nach Hilfe zu rufen, dann stopfte er ihn ihm geschickt zwischen die Lippen. Während der Cimmerier würgte, knotete der kleine Mann die Seide fest um Conans Kopf. Schließlich stand der Barbar keuchend aber stumm und starrte wutentbrannt auf den höflich lächelnden Khitan hinunter.

»Verzeiht diese List, o edler Wilder!« lispelte Feng. »Es war nötig für diese Person, sich eine Geschichte auszudenken, um Eure primitive Goldgier anzustacheln und Euch so hierherlocken zu können.«

Conans Augen funkelten in vulkanischer Wut, während er alle Kraft seines mächtigen Körpers gegen die unsichtbaren Bande warf, die ihn an dem Monolithen festhielten. Es half nichts, er kam nicht los. Schweiß rann sein Gesicht hinunter und benetzte das Baumwollwams unter seinem Kettenhemd. Er versuchte zu schreien, doch nur ein kaum hörbares Gurgeln quoll durch den Seidenknebel.

»Da Euer Leben sich seinem vorbestimmten Ende nähert, mein guter Hauptmann«, fuhr Feng fort, »wäre es unhöflich von mir, meine Handlungsweise nicht zu erklären, damit Euer niedriger Geist, zu welcher Hölle er auch immer reisen mag, die die Götter der Barbaren in weiser Vorhersicht Eures Untergangs für Euch vorbereiteten, in vollem Bewußtsein seiner Niederlage dahinziehen mag. So wisset denn, daß der Hof Seiner wohlmeinenden, aber törichten Hoheit, des Königs von Kusan, in zwei Parteien gespalten ist. Eine davon, die des Weißen Pfauen, begrüßt den Kontakt mit dem Westen. Die andere, die des Goldenen Fasans, verabscheut jegliche Berührung mit diesen – Tieren, und ich, natürlich, bin einer der selbstlosen Patrioten des Goldenen Fasans. Freudig gäbe ich mein Leben, um eure sogenannte Abordnung zu vernichten, damit eine Berührung mit euren barbarischen Gebietern nicht unsere reine Kultur verseucht und unser von den Göttern verfügtes Gesellschaftssystem in Aufruhr bringt.

Glücklicherweise ist ein solch extremer Preis unnötig. Denn hier habe ich Euch, den Führer dieser Horde fremder Teufel, und um Euren Hals hängt der Vertrag des Sohnes des Himmels mit eurem ungebildeten, heidnischen König.«

Der kleine Herzog zog aus Conans Kettenhemd die Elfenbeinröhre mit dem Dokument hervor. Dann öffnete er die goldene Kette, mit dem sie um den Hals des Barbaren hing, und schob sie in einen seiner weiten Ärmel. Mit boshaftem Lächeln fügte er hinzu: »Was die Kraft betrifft, die Euch gefangenhält, wäre es zwecklos, sie Eurem kindlichen Verstand erklären zu wollen. Es genügt, wenn ich sage, daß das, woraus dieser Monolith geschlagen wurde, die merkwürdige Eigenschaft hat, Eisen und Stahl mit unwiderstehlicher Kraft anzuziehen. Also fürchtet nicht, es ist keine unheilige Magie, die Euch festhält.«

Für Conan bot diese Erklärung wenig Trost. Er hatte einmal in Aghrapur einen Jahrmarktszauberer Nägel mit einem Stück dunkelroten Stein aufheben sehen und nahm an, daß die Kraft, die ihn hielt, gleicher Art war. Aber da er nie von Magnetismus gehört hatte, war das eine wie das andere Zauberei für ihn.

»Damit Ihr Euch nicht falschen Hoffnungen hingebt, was eine Befreiung durch Eure Soldaten anbelangt«, fuhr Feng fort, »muß ich Euch versichern, daß ich auch daran dachte. In diesen Bergen hausen die Jagas, ein Stamm primitiver Kopfjäger. Von eurem Lagerfeuer angelockt, werden sie sich an beiden Talausgängen sammeln und euch, oder vielmehr natürlich nur Eure Krieger, bei Morgengrauen überfallen. So machen sie es üblicherweise.

Bis dahin hoffe ich, schon weit weg zu sein. Sollten sie mich zu fassen kriegen, nun — jeder muß einmal sterben, und ich glaube, es mit Würde und Anstand zu tun, wie es bei einem meines Standes und meiner Kultur zu erwarten ist. Mein Kopf würde zweifellos eine prächtige Trophäe in einer Jagdhütte abgeben.

Und jetzt, mein guter Barbar, muß ich mich von Euch verabschieden. Verzeiht dieser Person, daß sie Euch während Eurer letzten Lebensaugenblicke den Rücken zuwendet, denn Euer Los ist auf gewisse Weise bedauerlich und es würde mir keine Freude machen, Euer Ende mitanzusehen. Hättet Ihr das Glück gehabt, in Khitai aufzuwachsen, wärt Ihr vielleicht ein guter Diener geworden, mein Leibwächter, möglicherweise. Aber die Dinge ergaben sich eben anders.«

Nach einer spöttischen Verbeugung zog sich der Khitan zurück. Conan fragte sich, ob der Herzog beabsichtigte, ihn an den Schaft gefesselt zu lassen, bis er an Hunger und Durst starb. Falls seine Männer noch vor Morgengrauen auf seine Abwesenheit aufmerksam wurden, mochten sie ihn vielleicht suchen. Aber da er sich aus dem Lager gestohlen hatte, ohne auch nur einem seiner Leute Bescheid zu geben, würden sie wohl nicht wissen, ob sie sich seinetwegen Sorgen machen sollten oder nicht. Wenn es nur einen Weg gäbe, seine Soldaten zu verständigen, dann würden sie ihn nicht nur befreien, sondern auch kurzen Prozeß mit dem heimtückischen kleinen Edelmann machen. Aber er sah keinen von ihnen.

Wieder versuchte er, sich mit aller Kraft von dem Monolithen zu befreien, doch ohne Erfolg. Er konnte zwar seine Beine bis etwas über die Knie bewegen und seine Unterarme, ja und auch den Kopf ein wenig drehen, aber ansonsten klebte er mit der Kettenrüstung hilflos am Schaft.

Der Mond schien nun heller. Jetzt erst bemerkte Conan, daß zu seinen Füßen und überall um den Monolithen die traurigen Überreste von anderen Opfern verstreut waren. Knochen und Zähne von Menschen lagen überall in kleinen Haufen. Er mußte sogar auf sie gestiegen sein, als die geheimnisvolle Kraft ihn an den Schaft zog.

Im zunehmenden Licht stellte der Cimmerier fest, daß diese menschlichen Überreste seltsam verfärbt waren. Ein genauerer Blick zeigte ihm, daß die Gebeine da und dort zerfressen waren, als hätte eine Säure die glatte Knochenoberfläche aufgelöst. Jedenfalls kam an diesen Stellen das schwammähnliche Innere zum Vorschein.

Conan drehte den Kopf von Seite zu Seite und suchte eine Möglichkeit, sich zu befreien. Der glattzüngige Khitan hatte offenbar die Wahrheit gesprochen, denn jetzt waren ganz deutlich verschiedene Eisenstücke zu sehen, die von dem merkwürdig befleckten und verfärbten Monolithen festgehalten wurden. Zu seiner Linken entdeckte er die Schaufel, das Brecheisen und einen rostigen Helm, zu seiner Rechten klebte ein Dolch, an dem der Zahn der Zeit genagt hatte. Noch einmal versuchte er es und warf sich mit aller Gewalt gegen die unsichtbare Kraft ...

Vom Fuß des Hügels war plötzlich ein gespenstisches Flöten zu hören, eine spöttische, aufreizende Weise. Conan mußte die Augen anstrengen, um sich zu vergewissern, daß der trügerische Mondschein sie nicht trog. Nein, tatsächlich — Feng hatte sich gar nicht auf den Weg gemacht. Er saß im Gras am unteren Teil des Hügelhangs und blies in eine seltsame Flöte. Durch die schrillen Töne drang ein schwacher, platschender Laut an Conans Ohren. Er schien von über ihm zu kommen. Die Muskeln quollen aus seinem Nacken, als er sich anstrengte, den Kopf so zu drehen, daß er nach oben sehen konnte. Der turanische Spitzhelm rieb bei dieser Bewegung gegen den Stein. Was er dann sah, ließ ihm schier das Blut in den Adern stocken.

Der Dunst, der das obere Ende des Schaftes verdeckt hatte, war verschwunden. Der aufgehende Mond leuchtete auf und durch etwas Formloses, das auf dem Schaft kauerte. Es sah ein wenig wie ein riesiger Klumpen schwabbelnder, halbdurchsichtiger Gallerte aus — aber es lebte! Ja, sichtbar pochendes Leben floß durch dieses formlose Wesen. Es glitzerte feucht im Mondschein, während es wie ein riesiges körperloses Herz pulsierte.

4

Während Conan es noch vor Grauen wie gelähmt beobachtete, streckte das Geschöpf etwas Geleeähnliches den Schaft hinunter. Der schleimige Tentakel glitt über die glatte Oberfläche des Steines. Conan verstand nun den Grund für die Flecken und Verfärbungen auf dem Monolithen.

Der Wind hatte sich gedreht. Er kam plötzlich von oben und brachte einen ganzen Schwall übelkeitserregenden Gestanks mit sich. Jetzt wußte Conan auch, weshalb die Gebeine zu seinen Füßen so zerfressen aussahen. Dieses gallertige Wesen sonderte eine Verdauungsflüssigkeit ab, durch die es seine Opfer aufnahm. Er fragte sich, wie viele Menschen bereits hilflos wie er an der Säule geklebt hatten und der verzehrenden Umarmung dieses Alptraumgeschöpfs hatten entgegensehen müssen.

Vielleicht lockten Fengs gespenstische Flötentöne es vom Schaft herab, oder aber der Geruch des lebenden Fleisches, das zum Mahl einlud. Was immer auch der Grund war, es glitt langsam, Zoll um Zoll, den Schaft oberhalb von Conans Gesicht herab. Die schleimige Gallertmasse verursachte saugende und schmatzende Geräusche.

Die Verzweiflung verlieh Conans verkrampften, müden Muskeln neue Kraft. Er warf sich von Seite zu Seite und bemühte sich mit schier unmenschlicher Anstrengung, den Halt der unsichtbaren Kraft zu brechen. Er staunte selbst, als er bei einer seiner ruckartigen Bewegungen zur Seite und fast halb um den Monolithen glitt.

Das bedeutete demnach, daß der Griff ihn nicht starr festhielt. Das war eine Überlegung wert, obwohl Conan natürlich klar war, daß er diesem Ungeheuer aus lebender Geleemasse dadurch nicht auf die Dauer entgehen konnte.

Etwas drückte gegen seine Seite. Als er hinabschaute, bemerkte er den rostigen Dolch, der ihm vor einer Weile aufgefallen war. Seine Seitwärtsbewegung hatte ihn der Waffe nahe gebracht. Aber konnte er seinen Arm soweit biegen, daß er den Dolchgriff zu fassen bekam?

Er spannte sich an und seine Hand streifte mühsam am Stein entlang. Die Kettenglieder des Ärmels kratzten unsagbar langsam über die Oberfläche des Monolithen. Schweiß brannte in des Cimmeriers Augen. Haarbreit um Haarbreit bewegte sein Arm sich dem Dolchgriff entgegen. Der aufreizende Klang von Fengs Flöte brachte Conan fast zum Wahnsinn, während sein Magen gegen den gräßlichen Gestank rebellierte, der immer stärker wurde.

Endlich berührten seine Finger den Dolch und gleich darauf hatte er den Griff fest in der Hand. Aber als er ihn mit größter Anstrengung vom Schaft lösen wollte, brach die rostzerfressene Klinge. Conan schaute mühsam hinunter und sah, daß zwei Drittel der Klinge mit der Spitze am Stein klebten. Der Rest ragte noch aus dem Griff. Da der Dolch nun aus weniger Eisen bestand, gelang es Conan schließlich mit fast platzenden Muskeln, den Stumpf der Waffe vom Schaft zu lösen.

Ein Blick zeigte ihm, daß dieser Stumpf offensichtlich noch über eine beidseitig scharfe Schneide verfügte, auch wenn sie natürlich sehr kurz war. Zitternd vor Anstrengung, dieses ungewöhnliche Werkzeug weit genug vom Stein wegzuhalten, säbelte Conan damit an dem Lederband, das die beiden Hälften seines Kettenhemds zusammenhielt.

Jede Bewegung war eine Tortur, und die Ungewißheit, ob ihm noch Zeit genug blieb, war fast unerträglich. Seine Hand, die er schier unmöglich verdrehen mußte, um mit dem Klingenstumpf an das Lederband heranzukommen, schmerzte und wurde allmählich taub. Die uralte Klinge war dünn und spröde, eine hastige Bewegung mochte sie völlig nutzlos machen, was dann? Mit zusammengebissenen Zähnen und aller Vorsicht sägte er auf und ab. Der Gestank der formlosen Kreatur wurde noch schlimmer und die saugenden, platschenden Geräusche lauter.

Da spürte Conan, wie das Lederband nachgab. Sofort warf er sich mit aller Anstrengung gegen die magnetische Kraft, die ihn gefangenhielt. Das Band löste sich aus den

Ösen im Kettenhemd, bis eine Seite ganz offen war. Der Cimmerier zog Schulter und Arm heraus, gerade als er einen leichten Schlag auf den Kopf spürte. Der Gestank wurde unerträglich. Und nun schob die Kreatur von allen Seiten an seinem Helm.

Conan wurde bewußt, daß ein gallertiger Tentakel den Helm erreicht hatte und in seiner Suche nach Fleisch darüberstrich. Jeden Augenblick würde der säurehaltige Schleim über sein Gesicht gleiten.

Hastig riß er den Arm aus dem Ärmel der noch geschlossenen Seite des Kettenhemds. Mit der freien Hand schnallte er den Schwertgürtel ab und öffnete das Kinnband des Helmes. Dann zwängte er sich aus der tödlichen Hülle seiner Rüstung und ließ Tulwar, Helm und Kettenhemd an der Säule zurück.

Er taumelte ein paar Schritte davon weg, ehe er auf zitternden Beinen stehenblieb. Flüchtig sah er die vom Mondschein erhellte Welt wie durch dichten weißen Nebel hindurch.

Dann hatte er sich wieder gefaßt und drehte sich um. Das Gallertwesen umschlang gerade den Helm. Offenbar verwirrt schickte es weitere Tentakel auf seiner Suche nach Fleisch die Säule hinab. Sie schwabbelten in dem wässerigen Licht.

Von unten am Hang ertönte immer noch das aufreizende Flöten. Feng saß mit überkreuzten Beinen im Gras und war mit verzücktem Blick völlig in sein Blasen vertieft.

Conan riß den Knoten des Seidenschals auf und schleuderte den Knebel von sich. Er sprang wie ein Panther mit einem Satz den Hang hinunter und warf sich mit ausgestreckten Händen auf den kleinen Herzog. Ineinander verschlungen rollten die beiden den Rest des Hanges hinunter. Ein Schlag gegen die Schläfe beendete die verzweifelte Gegenwehr des Khitans. Conan tastete in Fengs weiten

Ärmeln herum und brachte schließlich die Elfenbeinröhre mit dem Dokument zum Vorschein.

Mit grimmigem Gesicht zerrte er Feng hinter sich her den Hang hoch. Als er die fast ebene Kuppe um den Fuß des Monolithen erreichte, schwang er den kleinen Herzog hoch durch die Luft. Der Khitan bemerkte, was der Cimmerier beabsichtigte und stieß einen schrillen Schrei aus. Aber Conan achtete nicht darauf und schleuderte ihn zum Schaft. Feng prallte dagegen und sackte bewußtlos daneben zu Boden.

Der Herzog spürte die schleimige Berührung des Gallertwesens nicht mehr, als die Tentakel über sein Gesicht glitten. Conan blieb noch einen Augenblick lang und beobachtete mit verkniffener Miene, wie Fengs Züge unter der schwabbeligen Gallertmasse verschwammen. Und dann lösten sich Haut und Fleisch auf und der Schädel mit gräßlich grinsenden Zähnen kam zum Vorschein. Das formlose Wesen nahm bei seinem grausigen Mahl allmählich einen rosigen Farbton an.

5

Mit steifen Beinen schritt Conan zum Lager zurück. Hinter ihm hob der Monolith sich, in lodernde Flammen gehüllt, vom Himmel ab.

Es hatte nur kurze Augenblicke gebraucht, mit trockenem Reisig, Feuerstein und Stahl ein Feuer zu machen. Mit grimmiger Zufriedenheit hatte Conan zugesehen, wie die ölige Oberfläche des schleimigen Ungeheuers sich entzündete und es sich in stummen Qualen wand. Mögen sie beide verbrennen, dachte er, die halbverdaute Leiche des verräterischen Hundes und sein niedliches Tierchen, das ihm hätte zu Diensten sein sollen!

Als Conan sich dem Lager näherte, bemerkte er, daß noch nicht alle seiner Männer sich zur Ruhe begeben hatten. Einige starrten neugierig auf die fernen Flammen. Kaum entdeckten sie ihn, riefen sie ihm entgegen: »Wo seid Ihr gewesen, Hauptmann? Was bedeutet dieses Feuer? Wo ist der Herzog?«

»He, ihr blöde glotzenden Affen!« brüllte der Cimmerier statt einer Antwort, während er ans Lagerfeuer trat. »Gafft nicht! Weckt die Männer auf und sattelt die Pferde! Die Jagakopfjäger spürten uns auf, sie werden jeden Moment hier sein. Den Herzog haben sie bereits. Ich entkam ihnen gerade noch. Khusro! Mulai! Beeilt euch, wenn ihr nicht wollt, daß in Kürze eure geschrumpften Schädel in ihren Hütten baumeln. Und bei Crom, ich hoffe nur, daß ihr mir etwas von dem Wein aufgehoben habt!«

Der blutbefleckte Gott

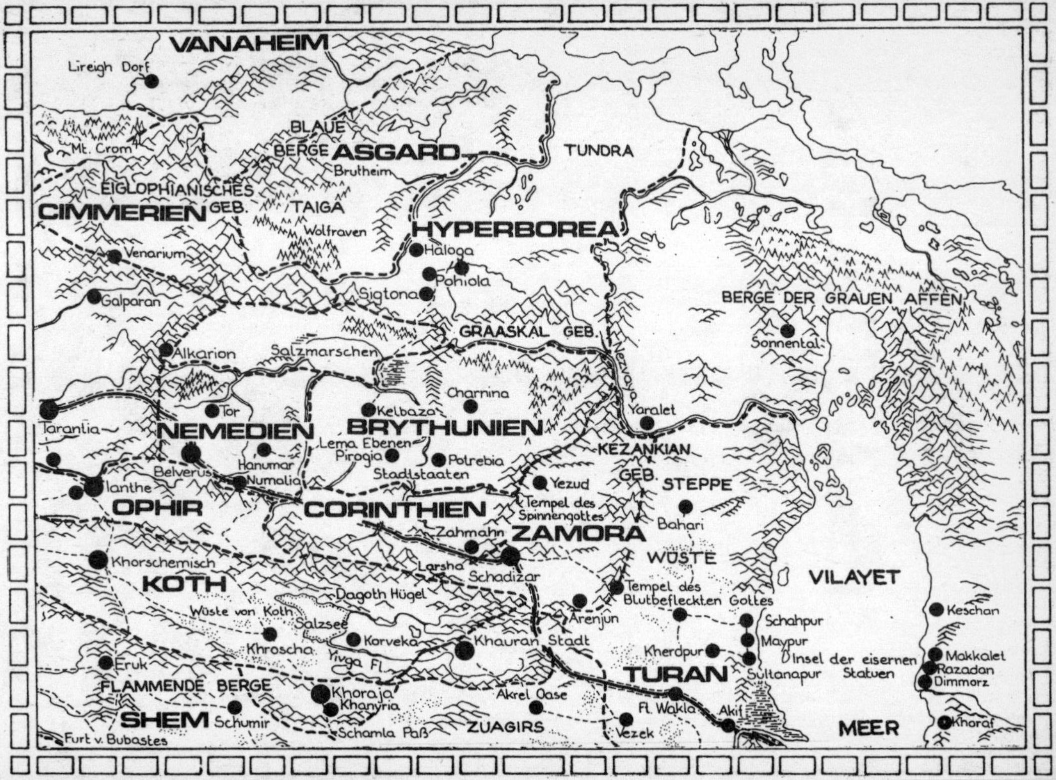
VANAHEIM
Lireigh Dorf
Mt. Crom
BLAUE
BERGE
ASGARD
Brutheim
TUNDRA
EIGLOPHIANISCHES
GEB.
CIMMERIEN
TAIGA
Wolfraven
HYPERBOREA
Venarium
Haloga
Pohiola
Sigtona
Galparan
BERGE DER GRAUEN AFFEN
GRAASKAL GEB.
Sonnental
Alkarion
Salzmarschen
Nezvaya
Charnina
Tor
Kelbaza
Yaralet
Tarantia
NEMEDIEN
BRYTHUNIEN
Lema Ebenen
KEZANKIAN
Hanumar
Pirogia
Potrebia
GEB.
Belverus
Stadtstaaten
Yezud
STEPPE
Numalia
Ianthe
Tempel des
Spinnengottes
OPHIR
CORINTHIEN
Bahari
Zahmahn
ZAMORA
WÜSTE
Khorschemisch
Larsha
Schadizar
VILAYET
KOTH
Tempel des
Blutbefleckten Gottes
Dagoth Hügel
Keschan
Wüste von Koth
Arenjun
Salzsee
Schahpur
Korveka
Khauran
Stadt
Maypur
Khroscha
Kherdpur
Insel der eisernen
Statuen
Makkalet
Eruk
Yivga Fl.
Razadan
TURAN
Sultanapur
Dimmorz
FLAMMENDE BERGE
Khoraja
Akrel Oase
Khanyria
Fl. Wakla
SHEM
Schumir
Akif
Khoraf
Schamla Paß
ZUAGIRS
Vezek
MEER
Furt v. Bubastes

Der Blutbefleckte Gott

Robert E. Howard und L. Sprague de Camp

Conan bleibt insgesamt zwei Jahre als Söldner in turanischen Diensten. Während dieser Zeit kommt er weit herum und erlernt die Grundbegriffe organisierter Kriegführung. Aber wie gewöhnlich gerät er in Schwierigkeiten. Nach einem etwas heftigen Techtelmechtel mit der Geliebten eines der Befehlshaber der Kavalleriedivision, der er angehört, hält der Cimmerier es für angebracht, der turanischen Armee ohne offiziellen Abschied den Rücken zu kehren. Gerüchte über einen Schatz führen ihn ins Kezankiangebirge an der Ostgrenze Zamoras.

Finster wie in der tiefsten Hölle war es in der alles andere als wohlriechenden Gasse, durch die sich Conan tastete. Hätte es einen Beobachter mit Eulenaugen gegeben, so wäre ihm ein ausgesprochen kräftig gebauter Mann aufgefallen, der über einem wallenden zuagirischen Khilat ein feingliedriges Kettenhemd trug und darüber einen ebenfalls zuagirischen Kamelhaarumhang. Seine schwarze Mähne und das breite jugendliche, aber finstere Gesicht waren unter dem zuagirischen Kaffia verborgen.

Ein scharfer Schmerzensschrei drang an des Cimmeriers Ohren.

Solche Schreie waren nicht ungewöhnlich in den gewundenen Gassen von Arenjun, der Stadt der Diebe, und kein vorsichtiger oder ängstlicher Mann wäre hier auf die Idee gekommen, seine Nase in Dinge zu stecken, die ihn nichts angingen. Aber Conan war weder vorsichtig, noch ängstlich. Seine stets wache Neugier gestattete nicht, daß er einen Hilferuf unbeachtet ließ. Außerdem suchte er einige bestimmte Männer, und diese nächtliche Aufregung mochte ihm sehr wohl einen Hinweis bringen, wo sie zu finden waren.

Seinen barbarischen Instinkten gehorchend, wandte er sich einem Lichtstrahl zu, der ganz in der Nähe die Finsternis durchschnitt. Einen Augenblick später spähte er bereits durch einen Spalt in einen tief in die Seitenwand eingelassenen Fensterladen.

Ein geräumiges Zimmer mit Samtbehängen und wertvollen Teppichen und Diwans bot sich seinem Blick. Um einen dieser Diwans hatte sich eine kleine Gruppe Männer gesammelt — sechs muskelbepackte Zamorier und zwei weitere Burschen, deren Herkunft schwer zu erkennen war. Auf dem Diwan lag ein kezankianischer Nomade mit nacktem Oberkörper. Die vier Zamorier hielten ihn, der nicht weniger kräftig gebaut war als sie, je einer an den gespreizten Armen und Beinen fest, so daß er sich nicht bewegen konnte, obgleich die Muskeln seiner Gliedmaßen und der Schultern vor Anstrengung hervorquollen. Seine Augen glitzerten rötlich, und Schweiß perlte auf seiner breiten Brust. Während Conan noch zusah, hob ein Mann mit einem Turban aus roter Seide mit einer Zange eine glühende Kohle aus einem Feuerbecken und hielt sie über die zitternde Brust, die von dieserart Tortur bereits versengt war.

Ein weiterer Mann, größer als der mit dem roten Turban, stellte eine Frage, die Conan nicht verstehen konnte. Der Kezankier schüttelte heftig den Kopf und spuckte den Fragenden an. Die rotglühende Kohle fiel auf die haarige Brust, und ein wilder Schrei löste sich aus den Lippen des

Gefolterten. In diesem Augenblick warf Conan sich mit vollem Gewicht gegen den Fensterladen.

Die Handlung des Cimmeriers war nicht so impulsiv, wie es den Anschein haben mochte. Für sein Vorhaben benötigte er einen Freund unter den Nomaden des Kezankiangebirges, die für ihre Feindseligkeit gegenüber allen Fremden bekannt waren. Und hier war seine Chance, zu einem zu kommen. Der Laden krachte splitternd nach innen, und Conan landete mit den Füßen voraus im Zimmer, in einer Hand einen Krummsäbel, in der anderen einen zuagirischen Schwertdolch. Die Folterer wirbelten herum und japsten vor Verblüffung.

Sie sahen eine hochgewachsene, breitschultrige Gestalt in zuagirischer Kleidung mit einem Stück des wallenden Kaffias über das Gesicht gezogen. Über dieser Maske glühten die blauen Augen in vulkanischem Feuer. Einen Herzschlag lang standen sie wie erstarrt, doch dann kam hastige Bewegung in die Gruppe.

Der Mann mit dem roten Turban stieß einen Befehl aus, und ein haariger Riese warf sich dem Eindringling entgegen. Der Zamorier hielt ein drei Fuß langes Schwert in der Rechten. Mit mörderischem Schwung hieb er es im Sprung nach oben. Aber der herabsausende Krummsäbel durchschnitt das Handgelenk des Angreifers. Die Hand, die noch die Klinge hielt, flog in einem Blutregen durch die Luft, während bereits Conans Dolch in seiner Linken in die Kehle des Zamoriers drang und dessen Schmerzensschrei abwürgte.

Der Cimmerier sprang über die zusammensackende Leiche dem Mann mit dem roten Turban und seinem hochgewachsenen Kumpan entgegen. Ersterer zog ein Messer, letzterer einen Säbel.

»Mach ihn nieder, Jillad!« brüllte der Turbanmann und wich vor dem Ansturm des Cimmeriers zurück. »Zal, hilf uns!«

Der Jillad Genannte parierte Conans Klinge. Conan sprang mit katzengleicher Flinkheit vor einem schwungvollen Hieb zur Seite und kam dadurch in die Reichweite des Messers. Die Spitze glitt jedoch von den Gliedern des Kettenhemds ab, und der Mann mit dem Turban wich blitzschnell zurück, so daß Conans Klinge lediglich sein Seidenwams und ein wenig der Haut darunter aufschlitzte. Dabei stolperte er jedoch über einen Hocker und stürzte langgestreckt auf den Boden. Aber bevor Conan diesen Vorteil nutzen konnte, bedrängte ihn Jillad mit einem wahren Hagel von Säbelhieben.

Während er parierte, sah Conan, daß der zur Hilfe gerufene Zal sich mit einer schweren Streitaxt auf ihn zuschlich, und der Kerl mit dem Turban wieder auf die Füße kam.

Der Barbar wartete nicht, bis sie ihn umzingelt hatten. Ein Schlag seines Krummsäbels ließ Jillad zurückweichen. Dann, als Zal seine Axt hob, duckte Conan sich und im nächsten Augenblick wand Zal sich in seinem eigenen Blut auf dem Boden. Der Cimmerier stürmte zu den Männern, die immer noch ihren Gefangenen festhielten. Sie ließen den Kezankier frei und zogen brüllend ihre Tulwars. Einer stieß damit auf den Bergnomaden ein, doch der rollte sich rechtzeitig vom Diwan. Und nun war Conan zwischen ihm und ihnen. Er wich vor den Hieben seiner Angreifer zurück und knurrte dem Kezankier zu:

»Hinaus! Vor mir! Schnell!«

»Hunde!« schrillte der Kerl mit dem Turban. »Laßt sie nicht entkommen!«

»Warum tust du nicht selbst was dagegen?« höhnte Conan auf Zamorianisch mit barbarischem Akzent.

Der von den Folterqualen geschwächte Kezankier zog einen Riegel zurück und schwang eine Tür auf, die auf einen kleinen Hof führte. Er stolperte hinaus, während Conan in der Türöffnung gegen die Anstürmenden kämpfte, die sich jedoch in der Enge hier gegenseitig behinderten. Er lachte und verfluchte sie, und gleichzeitig hieb und stach und parierte er. Der Mann mit dem roten Turban hüpfte aufgeregt fluchend hinter den anderen. Conans Krummsäbel schnellte vor wie die Zunge einer Kobra. Ein Zamorier preßte die Hände auf den blutspritzenden Bauch und schrie, bis er leblos auf den Boden sank. Jillad konnte den Schwung seines Hiebes nicht mehr aufhalten, er stolperte und fiel über ihn. Als er sich erheben wollte, prallte der nächste gegen ihn. Ehe die Fluchenden wieder auf die Füße kamen, rannte Conan durch den Hof zu einer Mauer, über die der Kezankier bereits geklettert war.

Der Cimmerier schob die Waffen in ihre Scheiden, sprang hoch, erfaßte die Mauerbrüstung und schwang sich darauf. Kaum hatte er einen kurzen Blick auf die dunkle krumme Gasse darunter geworfen, sauste etwas gegen seinen Schädel, und er stürzte über die Mauer auf das schmutzige Pflaster hinunter.

Schwacher Kerzenschein auf seinem Gesicht weckte Conan. Er setzte sich auf und tastete fluchend nach seinen Waffen. Die Kerze erlosch und eine Stimme erklang aus der Dunkelheit.

»Beruhigt Euch, Conan von Cimmerien. Ich bin Euer Freund.«

»Wer, in Croms Namen, seid Ihr?« brummte der Barbar. Seine Finger hatten inzwischen seinen Krummsäbel am Boden ganz in der Nähe entdeckt. Er umklammerte den Griff und machte sich zum Sprung bereit. Er befand sich noch dicht an der Mauer, von der er heruntergestürzt war. Der andere war im dunstverhangenen Sternenlicht nur schattenhaft zu erkennen.

»Euer Freund, wie ich schon sagte«, erwiderte der Mann

mit weichem iranistanischem Akzent. »Nennt mich Sassan.«

Conan erhob sich mit dem Krummsäbel in der Hand. Der Iranistanier streckte ihm etwas entgegen. Conan bemerkte das Glitzern von Stahl im Sternenschein. Er wollte schon zuschlagen, da erkannte er, daß es sein eigener Schwertdolch war.

»Ihr seid noch so mißtrauisch wie ein hungriger Wolf, Conan«, sagte Sassan lachend. »Spart Eure Kräfte für Eure Feinde.«

»Wo sind sie?« Conan nahm den Schwertdolch.

»Fort. In die Berge, auf dem Weg zum blutbefleckten Gott.«

Conan packte Sassans Khilat mit eisernem Griff und starrte den mysteriösen Mann mit den spöttischen dunklen Augen funkelnd an.

»Was wißt Ihr von dem blutbefleckten Gott?« Conan drückte die Dolchspitze an die Rippen des Iranistaniers.

»Ich weiß folgendes«, sagte Sassan furchtlos. »Ihr folgtet Dieben nach Arenjun, die Euch die Karte zu einem großen Schatz entwendeten — einem Schatz, der größer noch als Yildizs ganzer Hort ist. Auch ich war auf der Suche nach etwas. Ich hatte mich ganz in der Nähe versteckt und spähte durch ein Loch in der Wand, als Ihr in das Zimmer platztet, wo der Kezankier gefoltert wurde. Wie hattet Ihr erfahren, daß sie die Diebe waren, die Eure Karte hatten?«

»Ich wußte es nicht«, gestand Conan. »Ich hörte den Schrei eines Mannes und hielt es für angebracht, nach dem Rechten zu sehen. Hätte ich gewußt, daß sie die Männer waren, die ich suchte . . . Was wißt Ihr noch?«

»Daß sich in den Bergen hier ein uralter Tempel befindet, den die Bergnomaden aus Furcht nicht betreten. Er soll aus den Zeiten vor der großen Katastrophe stammen, obgleich die Gelehrten sich darüber nicht einig sind, ob er von den Grondariern erbaut wurde oder von dem vormenschlichen

Volk, das nach dem Kataklysmus über die Hyrkanier herrschte.

Die Kezankier gestatten keinem Fremden Zutritt in dieses Gebiet, trotzdem entdeckte ein Nemedier namens Ostorio den Tempel. Er betrat ihn und sah ein goldenes, mit roten Edelsteinen bestecktes Idol, das er ›den blutbefleckten Gott‹ nannte. Er konnte es nicht mitnehmen, da es größer als ein Mann war, aber er zeichnete eine Karte, in der Absicht, zurückzukehren. Zwar gelang es ihm, ungehindert nach Shadizar zu gelangen, aber dort erstach ihn ein Straßenräuber. Ehe er starb, übergab er Euch die Karte, Conan.«

»Und?« fragte der Cimmerier grimmig. Das Haus hinter ihm war dunkel und still.

»Die Karte wurde Euch gestohlen«, fuhr Sassan fort. »Von wem, wißt Ihr.«

»Ich wußte es nicht sofort«, knurrte Conan. »Später erfuhr ich, daß die Diebe Zyras, ein Corinthier, und Arshak, ein verbannter turanischer Prinz, gewesen waren. Ein Diener hatte Ostorio belauscht, als er im Sterben lag, und die beiden unterrichtet. Obgleich ich keinen der beiden vom Sehen kannte, konnte ich sie bis in diese Stadt verfolgen. Heute abend erfuhr ich, daß sie sich irgendwo in dieser Gasse befanden. Ich suchte aufs Geratewohl nach einer Spur, als ich in dieses Schurkentreffen hineinplatzte.«

»Ihr habt also gegen sie gekämpft, ohne zu wissen, wer sie waren«, sagte Sassan grinsend. »Der Kezankier war Rustum, ein Spion des kezankianischen Häuptlings Keraspa. Sie lockten ihn in das Haus und folterten ihn, um ihn dazu zu bringen, ihnen die nur den Kezankiern bekannten Bergpfade zu verraten. Den Rest kennt Ihr selbst.«

»Außer, was geschehen ist, nachdem ich die Mauerbrüstung erreicht hatte.«

»Jemand warf Euch einen Hocker nach und traf Euch am Kopf. Als Ihr die Mauer hinunterstürztet, kümmerten sie sich nicht mehr um Euch, entweder, weil sie Euch für tot hielten, oder Euch in Eurer Maskerade nicht erkannt hatten. Statt dessen verfolgten sie den Kezankier, aber ob sie ihn einholten, weiß ich nicht. Jedenfalls kehrten sie bald darauf zurück, sattelten und ritten wie die Wahnsinnigen westwärts. Die Toten ließen sie zurück, wo sie gefallen waren. Ich kam nachsehen, wer Ihr seid, und erkannte Euch.«

»Dann war der Mann mit dem roten Turban Arshak«, murmelte Conan. »Aber wo ist Zyras?«

»Er hatte sich als Turanier verkleidet — er war der, den sie Jillad nannten.«

»Oh! Und wie soll es jetzt weitergehen?« knurrte Conan.

»Genau wie Ihr bin ich an dem roten Gott interessiert, obgleich von all den Männern, die ihn im Laufe der Jahrhunderte suchten, nur Ostorio mit dem Leben davonkam. Ein geheimnisvoller Fluch soll alle erfassen, die ihn zu stehlen suchen.«

»Was wißt Ihr davon?« fragte Conan scharf.

Sassan zuckte die Achseln. »Nicht viel. Die Kezankier glauben an ein schreckliches Geschick, das die Götter über jene verhängen, die in ihrer Habgier nach dem Idol greifen wollen. Aber ich bin keiner dieser abergläubischen Toren. Ihr habt doch nicht Angst, oder?«

»Natürlich nicht!« Das entsprach allerdings nicht der Wahrheit. Obgleich Conan weder Mensch noch Bestie fürchtete, war die atavistische Angst vor dem Übernatürlichen stark in ihm. Das wollte er verständlicherweise nicht zugeben. »Habt Ihr Euch etwas überlegt?«

»Noch nicht viel mehr, als daß keiner von uns beiden allein gegen Zyras' Bande ankommt. Aber gemeinsam könnten wir ihr folgen und ihnen den Götzen abnehmen. Was sagt Ihr dazu?«

»Ich mache mit. Aber ich töte Euch wie einen Hund, wenn Ihr mich hereinzulegen versucht.«

Sassan lachte. »Das weiß ich, deshalb könnt Ihr mir auch vertrauen. Kommt, ich habe bereits für Pferde gesorgt!«

Der Iranistanier schritt voran durch gewundene Straßen, auf die Balkone mit kunstvollem Schmiedeeisengitter ragten, und durch schmutzige Gassen, bis er schließlich vor der mit einer Lampe beleuchteten Tür zu einem Hof anhielt. Auf sein Klopfen schaute ein bärtiges Gesicht durch ein Guckloch. Nach einigen geflüsterten Worten wurde die Tür aufgetan. Sassan schritt in den Hof. Conan folgte ihm mißtrauisch. Aber tatsächlich standen Pferde bereit, und auf ein Wort des Bärtigen eilten Diener herbei und füllten die Sattelsäcke mit Proviant.

Bald danach ritten Conan und Sassan nebeneinander durch das Westtor, nachdem der Wärter sie pflichtgemäß nach ihrem Wohin gefragt hatte. Sassan war wohlbeleibt, aber muskulös. Er hatte ein breites, Scharfsinn verratendes Gesicht mit dunklen, wachsamen Augen. Er hatte sich eine Reiterlanze über den Rücken gehängt und verstand offenbar mit seinen Waffen umzugehen. Conan zweifelte nicht daran, daß er ein listiger und tapferer Kämpfer war. Aber genauso überzeugt war er davon, daß er Sassan nur so lange trauen konnte, wie ihre Partnerschaft zu seinem Vorteil war, und daß er bei der ersten Gelegenheit, wenn er ihn nicht mehr brauchte, versuchen würde, ihn, Conan, umzubringen, um den Schatz für sich allein behalten zu können.

Bei Morgengrauen ritten sie durch die schroffen Schluchten des kahlen felsigen Kezankiangebirges, das die östlichen Marschen Koths und Zamoras von den turanischen Steppen trennte. Obgleich sowohl Koth als auch Zamora das Gebiet für sich beanspruchten, war es keinem gelungen, es zu unterwerfen, und die Stadt Arenjun, die auf einem steilen Berg kauerte, hatte erfolgreich zwei Belagerungen durch turanische Horden aus dem Osten abgewehrt.

Der Weg gabelte sich und war kaum noch als Pfad zu

erkennen. Sassan mußte zugeben, daß er nicht mehr wußte, wo sie sich befanden.

»Ich folge immer noch ihren Spuren«, brummte Conan. »Wenn auch Ihr sie vielleicht nicht mehr zu sehen vermögt, ich kann es.«

Stunden vergingen und die Fährte von Reitern, die erst vor kurzer Zeit vorbeigekommen waren, wurde deutlicher. »Wir sind ihnen dicht auf den Fersen«, erklärte Conan. »Sie sind immer noch in der Überzahl. Am besten, wir lassen uns nicht von ihnen sehen, bis sie das Idol haben. Dann locken wir sie in eine Falle und nehmen es ihnen ab.«

Sassans Augen leuchteten. »Gut. Aber wir wollen vorsichtig sein! Wir befinden uns hier in Keraspas Gebiet, der alle ausraubt, die ihm in die Hände fallen.«

Am Mittnachmittag folgten sie immer noch dem Verlauf der uralten vergessenen und längst nicht mehr erkennbaren Straße. Als sie sich einer schmalen Schlucht näherten, sagte Sassan:

»Wenn dieser Rustum zu Keraspa zurückkommt, wird der ganze Stamm die Augen nach Fremden offenhalten.«

Abrupt zügelten sie ihre Pferde, als ein hagerer, geiergesichtiger Kezankier mit erhobener Rechter aus der Schlucht getrabt kam. »Halt!« rief er. »Mit welchem Recht betretet ihr Keraspas Land?«

»Vorsicht!« murmelte Conan. »Sie können sich überall versteckt haben.«

»Keraspa verlangt Tribut von allen Reisenden«, flüsterte Sassan zurück. »Vielleicht ist das alles, worauf der Bursche aus ist.« Er fummelte in seinem Gürtelbeutel und sagte zu dem Reiter: »Wir sind nur mittellose Reisende, aber wir bezahlen eurem tapferen Häuptling gern den verlangten Zoll. Wir reiten allein.«

»Und wer ist dann das hinter euch?« fragte der Kezankier

scharf und blickte in die Richtung, aus der die beiden gekommen waren.

Sassan drehte den Kopf. Im gleichen Augenblick riß der Nomade einen Dolch aus seinem Gürtel und stieß nach dem Iranistanier.

Doch so schnell er auch war, Conan war flinker. Noch ehe die Klinge Sassans Kehle erreicht hatte, blitzte des Cimmeriers Krummsäbel und Stahl klirrte. Der Dolch flog durch die Luft. Knurrend griff der Kezankier zu seinem Schwert. Und wieder schlug Conan zu, bevor der andere die Klinge aus der Scheide reißen konnte. Mit gespaltenem Schädel stürzte der Mann von seinem sich aufbäumenden Pferd. Hastig riß Conan sein Tier herum.

»Zur Schlucht!« brüllte er. »Es ist ein Hinterhalt!«

Und schon war das Surren von Sehnen und das Schwirren von Pfeilen zu hören. Sassans Pferd machte einen Riesensatz, als es ein Pfeil im Genick traf, und ging in Richtung auf die Schlucht zu durch. Conan spürte wie ein Pfeil von seinem Ärmel abprallte. Er gab seinem Pferd die Sporen und galoppierte hinter Sassan her, der die Herrschaft über sein Tier noch nicht wiedergewonnen hatte.

Drei Reiter, die ihre breiten Tulwarklingen schwangen, stürmten ihnen aus der Schlucht entgegen. Sassan versuchte gar nicht mehr, sein Pferd zu zügeln. Er stieß mit der Lanze nach dem vordersten. Sie durchbohrte den Kezankier und warf ihn aus dem Sattel.

Im nächsten Augenblick war Conan in gleicher Höhe mit dem zweiten. Mit seinem Krummsäbel wehrte er den Tulwar ab, und als die beiden Tiere Brust an Brust waren, spaltete er auch diesem Reiter den Schädel. Dann galoppierte er, von Pfeilen umschwirrt, in die Schlucht. Sassans verwundetes Tier stolperte und ging zu Boden. Noch im Fallen sprang der Iranistanier von seinem Rücken.

Conan hielt neben ihm an. »Sitzt hinter mir auf!« Sassan

schwang sich mit der Lanze in der Hand hinter dem Sattel auf den Pferderücken. Ein kleiner Druck mit den Sporen und schon trabte der Hengst mit seiner doppelten Last durch die Schlucht. Die wütenden Schreie hinter ihnen verrieten, daß die Kezankier aus ihren Verstecken zu den Pferden eilten, um sie zu verfolgen. Eine Biegung dämpfte schließlich den Lärm.

»Keraspas Spion, dieser Rustum, muß es doch geschafft haben, zurückzukehren«, keuchte Sassan. »Sie sind auf Blut aus, nicht auf Gold. Glaubt Ihr, sie haben Zyras und seine Kumpane niedergemacht?«

»Vielleicht hatten sie die Schlucht bereits passiert, ehe Keraspa seinen Hinterhalt legte, oder die Kezankier waren eben dabei, sie zu verfolgen, als sie uns kommen sahen. Ich denke, sie sind noch vor uns.«

Eine Meile weiter hörten sie bereits, wenn auch noch schwach, die Verfolger. Gerade da weitete sich die Schlucht zu einer breiten Schale mit Steilwänden. Aus der Mitte dieses Beckens führte ein Hang zu einem Engpaß. Beim Näherkommen sah Conan, daß ein niedriger Steinwall den Zugang versperrte. Als ein Pfeilhagel an ihnen vorüberpfiff, brüllte Sassan auf und sprang vom Pferd. Eines der Geschosse traf den Hengst in die Brust.

Das Tier schwankte und stürzte. Conan brachte sich eilig hinter einem Felshaufen in Sicherheit, wo Sassan ebenfalls inzwischen Deckung gesucht hatte. Weitere Pfeile zischten heran, zersplitterten an den Steinen oder bohrten sich zitternd in den Boden. Die beiden Abenteurer schauten einander mit trockenem Grinsen an.

»Wir haben Zyras gefunden!« stellte Sassan fest.

»Gleich werden sie heranstürmen«, sagte Conan lachend, »und Keraspa wird von hinten kommen und die Falle schließen.«

Eine höhnische Stimme rief: »Kommt heraus, Hunde!«

»Wer ist dieser Zuagir bei Euch, Sassan? Ich dachte, ich hätte ihm gestern den Schädel eingeschlagen!«

»Ich bin Conan!« brüllte der Cimmerier.

Nach kurzem Schweigen rief Zyras zurück: »Ich hätte es doch wissen müssen! Aber jetzt haben wir euch jedenfalls!«

»Bildet euch nichts darauf ein!« schrie Conan. »Ihr sitzt mit uns in der gleichen Falle. Habt ihr den Kampflärm aus der Schlucht nicht gehört?«

»Das haben wir, als wir die Pferde tränkten. Wer ist hinter euch her?«

»Keraspa und etwa hundert Kezankier! Wenn wir tot sind, glaubt ihr, daß er euch dann laufen läßt, nachdem ihr einen seiner Männer gefoltert habt?«

»Wir schließen uns euch an«, rief Sassan. »Das ist die einzige Chance sowohl für euch als auch uns.«

»Das ist wohl ein Trick!« rief Zyras und sein Kopf tauchte kurz über der Barrikade auf.

»Seid Ihr denn taub, Mann?« brüllte Conan.

Die Schlucht hallte von Schreien und Hufschlägen wider.

»Schnell, herüber mit euch!« schrie Zyras. »Wir können uns um das Idol immer noch streiten, wenn wir mit dem Leben davonkommen.«

Conan und Sassan rannten den Hang zum Steinwall hoch. Behaarte Arme halfen ihnen hinüber. Conan betrachtete ihre neuen Verbündeten: Zyras in seiner turanischen Verkleidung, grimmig, mit harten Augen; Arshak, der auch nach dem meilenweiten Ritt noch geschniegelt aussah; und drei dunkle Zamorier, die zum Gruß die Zähne entblößten.

Die Kezankier, etwa zwanzig, zügelten ihre Tiere, als Arshak und die Zamorier sie mit Pfeilen eindeckten. Einige schossen zurück, andere rissen ihre Tiere herum und ritten außer Schußweite, um abzusitzen, da die Barrikade für die

Tiere zu hoch war. Ein Sattel war leer, und ein verwundetes Pferd ging mit seinem Reiter die Schlucht zurück durch.

»Sie müssen uns gefolgt sein!« knurrte Zyras. »Conan, Ihr habt gelogen! Das sind keine hundert Mann!«

»Aber genug, uns die Kehlen durchzuschneiden!« erwiderte der Cimmerier und strich prüfend über seine Säbelklinge. »Und Keraspa kann jederzeit Verstärkung schikken.«

Zyras knurrte: »Hinter diesem Wall haben wir eine gute Chance. Ich glaube, er wurde von der gleichen Rasse errichtet, die den Tempel des Roten Gottes erbaute. Spart eure Pfeile für den Sturm!« wandte er sich an seine Leute.

Sie brauchten nicht lange darauf zu warten. Während vier der Kezankier von den Seiten aus in rascher Folge auf die Verteidiger hinter dem Wall schossen, stürmte der Rest geballt den Hang hoch. Die vordersten suchten Deckung hinter leichten Schilden, die sie am linken Arm hielten. Hinter ihnen sah Conan Keraspas roten Bart, als der listige Häuptling seine Männer antrieb.

Die Verteidiger schossen ihre letzten Pfeile ab, dann erhoben sie sich hinter dem Steinwall und zogen ihre Klingen. Die Nomaden hielten unterhalb an. Einige versuchten einzelne Stammesbrüder auf den Wall zu heben, andere rollten Felsblöcke heran, um sie als Stufen zu benutzen. Entlang der Barriere erschallte das Klirren von knochenbrechenden Hieben, das Kratzen und Schleifen von Stahl, die gekeuchten Flüche Sterbender. Conan trennte den Schädel eines Kezankiers vom Rumpf, während Sassan neben ihm die Lanze in den geöffneten Mund eines anderen stieß, daß sie am Nacken herausdrang.

Ein wildäugiger Nomade stach einen langen Dolch in den Bauch eines der Zamorier, und sofort nutzte der heulende Kezankier die dadurch entstandene Bresche und schwang sich über den Wall, noch ehe Conan ihn daran hindern konnte. Der Cimmerier bekam eine Fleischwunde am linken Arm ab. Er rächte sich durch einen wilden Hieb, der dem Angreifer die Schulter zerschmetterte.

Mit einem Satz sprang er über den Fallenden und hieb auf die Stammeskrieger ein, die nun über den Wall schwärmten, ohne sich Zeit für einen Blick zur Seite nehmen zu können, um zu sehen, wie es seinen Verbündeten erging. Aber er hörte Zyras auf Corinthisch, und Arshak auf Hyrkanisch fluchen. Jemand stieß einen Todesschrei aus. Ein Nomade legte die gorillagleichen Hände um Conans dicken Hals, aber der Cimmerier spannte die Nackenmuskeln und hieb mit dem Dolch auf den Mann ein, bis der ihn losließ und vom Wall rollte.

Nach Luft keuchend sah Conan sich um und wurde sich bewußt, daß der gegnerische Druck nachgelassen hatte. Die wenigen überlebenden Kezankier stolperten, alle blutüberströmt, den Hang hinunter. Eine Anzahl von Leichen lag übereinander am Fuß des Walles. Alle drei Zamorier waren entweder bereits tot oder am Sterben. Arshak lehnte mit dem Rücken gegen den Wall und preßte die Hände auf den Leib. Blut quoll zwischen den gespreizten Fingern hervor. Die Lippen des Prinzen waren blau, aber er zwang sich zu einem Lächeln.

»In einem Palast geboren«, wisperte er, »um an einer Steinmauer zu sterben! Was soll's — das Schicksal will es so! Es liegt ein Fluch auf dem Schatz — alle, die den blutbefleckten Gott an sich reißen wollten, fanden den Tod!« Seine Augen schlossen sich für immer.

Zyras, Conan und Sassan starrten einander stumm an. Jeder war blutbesudelt, ihre Umhänge hingen in Fetzen von ihnen, alle hatten Wunden an Armen und Beinen davongetragen, doch ihre Kettenhemden hatten sie vor dem Schicksal ihrer Gefährten bewahrt.

»Ich habe gesehen, wie Keraspa das Weite suchte!« knurrte Zyras. »Er wird seinen ganzen Stamm zusammentrommeln und hinter uns her hetzen. Wir müssen zusehen, daß wir das Idol bekommen und damit verschwinden können, ehe er uns erwischt. Der Schatz reicht für uns alle.«

»Stimmt«, knurrte Conan. »Aber erst gebt Ihr mir meine Karte zurück.«

Zyras öffnete protestierend die Lippen, doch da sah er, daß Sassan einen der Bogen aufgehoben hatte und einen Pfeil an die Sehne legte. »Tut, was Conan sagt!« riet ihm der Iranistanier.

Zyras zuckte die Achseln und händigte dem Cimmerier ein Stück zerknittertes Pergament aus. »Seid verflucht!« knurrte er. »Aber ein Drittel des Schatzes steht mir trotzdem zu.«

Conan warf einen Blick auf die Karte und steckte sie in seinen Gürtel. »Schon gut, ich bin nicht nachtragend. Ich halte nicht viel von Euch, aber wenn Ihr nicht versucht, uns hereinzulegen, habt Ihr von uns nichts zu befürchten, richtig, Sassan?«

Der Iranistanier nickte und sammelte einen Köcher voll Pfeile ein.

Die Pferde von Zyras' Trupp waren in dem Paß hinter dem Wall angekoppelt. Die drei Männer nahmen die besten Tiere und führten den Rest die Schlucht jenseits des Passes hoch. Die Nacht brach herein, aber aufgrund der zu erwartenden Verfolgung verzichteten die Männer auf eine Rast.

Conan beobachtete seine Begleiter mit Adlerblick. Der gefährlichste Zeitpunkt war, wenn sie das Idol erst in Händen hatten und sie gegenseitige Hilfe nicht mehr brauchten. Dann mochte es leicht dazu kommen, daß Zyras und Sassan sich gegen ihn verschworen, oder daß einer der beiden mit dem Vorschlag an ihn herantrat, den dritten zu töten. So hart und skrupellos der Cimmerier auch war, würde es seine Barbarenehre nie zulassen, von sich aus zum Verräter zu werden.

Er fragte sich auch, was Ostorio, der die Karte gezeichnet hatte, ihm noch mitteilen wollte, denn der Tod hatte sich seiner bemächtigt, als er Conan gerade den Tempel beschrieb. Der Nemedier war dabei gewesen, ihn vor etwas zu warnen — aber wovor?

Der Morgen dämmerte, als sie aus einer engen Kluft zu einem Tal mit steilen Wänden kamen. Der Engpaß, durch den dieses Tal von oben zu erreichen war, war offenbar der einzige Eingang dazu. Er endete auf einem dreißig Schritt breiten Sims, über dem die Felsen auf einer Seite einen guten Pfeilschuß weit hochragten und auf der anderen in unermeßliche Tiefen abfielen. Es schien keinen Weg hinab in das dunstverhangene Tal zu geben. Doch die Männer widmeten dieser Richtung ohnedies wenig Aufmerksamkeit, denn der Anblick vor ihnen vertrieb schnell jeglichen Hunger und alle Müdigkeit.

Auf dem Sims stand der Tempel, schimmernd in der aufgehenden Sonne. Er war aus dem Stein des Felsen dahinter gehauen, und sein Portikus schaute ihnen entgegen. Das Sims führte geradewegs zu seiner gewaltigen Bronzetür, die grün vor Alter war.

Welcher Kultur oder Rasse er entsprang, wußte Conan nicht zu sagen, aber im Augenblick interessierte es ihn auch gar nicht. Er breitete die Karte aus und studierte die Anmerkungen am Rand, um aus ihnen zu erfahren, wie die Tür geöffnet werden konnte.

Sassan schwang sich aus dem Sattel und rannte, jubelnd in seiner Gier, voraus.

»Narr!« knurrte Zyras und saß ebenfalls ab. »Ostorio hinterließ am Kartenrand einen Hinweis, daß der Gott seinen Tribut fordert.«

Sassan zog an den verschiedenen Ornamenten an der Tür.

Freudig erregt schrie er auf, als sie sich unter seinen Fingern bewegten, doch aus dem Freudenruf wurde ein schriller Schreckensschrei, als die Tür, eine gute Tonne Bronze, nach unten schwang und den Iranistaner wie eine Fliege zerquetschte. Er war völlig unter der riesigen Bronzeplatte verborgen, aber die Lache Blut, die hervorsickerte, ließ keinen Zweifel an seinem Schicksal.

Zyras zuckte die Achseln. »Ich sagte ja, er war ein Narr. Ostorio mußte einen Weg gefunden haben, die Tür zu öffnen, ohne sie aus den Angeln zu heben.«

Ein Messer weniger, auf das ich aufpassen muß, dachte Conan. »Es sind gar keine richtigen Angeln«, sagte er, nachdem er den Mechanismus näher betrachtet hatte. »He! Die Tür richtet sich wieder auf!«

Die Angeln waren tatsächlich nur Täuschung. In Wirklichkeit steckte die Tür in zwei Gleitschienen an den beiden unteren Ecken und konnte so wie eine Zugbrücke nach außen gekippt werden. Von den beiden oberen Türecken führten Ketten diagonal hoch und verschwanden in Löchern im Türrahmen. Die Ketten hatten sich jetzt knirschend gespannt und zogen die Tür in ihre Ausgangsstellung zurück.

Conan griff nach der Lanze, die Sassan hatte fallen lassen. Er schob das Schaftende in eine Vertiefung im Ornament an der Türinnenseite und klemmte die Lanzenspitze in die Ecke des Türrahmens. Das Knirschen hörte auf und die Tür, die sich erst ein winziges Stück geschlossen hatte, blieb gähnend offen.

»Das war sehr geschickt, Conan«, lobte Zyras. »Da der Gott jetzt seinen Tribut hat, müßte der weitere Weg frei sein.«

Er stieg auf die nun ein wenig erhöhte Innenseite der Tür und trat in den Tempel. Conan folgte ihm. Auf der Schwelle blieben sie stehen und spähten vorsichtig in das Innere wie in eine Bärenhöhle. Nur das leichte Scharren ihrer Stiefel brach die Stille des uralten Tempels.

Wachsam traten sie hinein und blinzelten in der Düsternis, aus der sich rotes Schimmern, einem Sonnenuntergang gleich, abhob. Es kam von dem Idol, einer goldenen Figur, die dicht mit Edelsteinen besteckt war.

Die etwas überlebensgroße Statue hatte die Gestalt eines aufgerichteten, mit riesigen Spreizfüßen auf einem Basaltblock stehenden Gnomen. Ihr Gesicht war dem Eingang zugewandt. Links und rechts von ihr stand ein geschnitzter thronähnlicher Stuhl aus schwarzem Holz mit Perlmutt- und Edelsteinintarsien, wie sie bei keinem Volk üblich waren, das Conan kannte.

Noch weiter links von der Statue, ein paar Schritte vom Fuß des Basaltpodests entfernt, wies der Tempelboden einen von Wand zu Wand reichenden, gut fünfzehn Fuß breiten Spalt auf. In früher Zeit, vermutlich noch vor Errichtung des Tempels, hatte hier ein Erdbeben den Fels aufgerissen. Zweifellos waren dereinst schreiende Opfer zu Ehren des Gottes in diesen finsteren Abgrund gestoßen worden. Die Tempelwände waren bis zum hohen, kaum zu erkennenden Dach mit kunstvollen Reliefs verziert.

Aber die Aufmerksamkeit der beiden Männer galt im Augenblick nur der Götzenstatue. So abstoßend häßlich sie auch war, stellte sie doch einen atemberaubenden Wert dar.

»Crom und Ymir!« keuchte Conan. »Mit diesen Rubinen allein könnte man ein ganzes Königreich erstehen!«

»Zu wertvoll, es mit einem Tölpel von Barbaren zu teilen!« hauchte Zyras.

Diese halb unbewußt entschlüpften Worte warnten den Cimmerier. Er duckte sich, als Zyras' Schwert in Richtung auf seinen Hals zischte. Die Klinge trennte ein Stück von Conans Kopfbedeckung ab. Der Barbar fluchte über seine Unvorsichtigkeit, sprang zurück und zog den Krummsäbel.

Zyras stürmte auf ihn los, und Conan wehrte ihn ab. Vor dem grinsenden Götzen drangen sie mit klirrenden Klingen und auf dem Stein scharrenden Füßen aufeinander ein. Conan war größer als der Corinthier, aber Zyras war stark, flink, kampferfahren und trickreich mit mörderischen Finten. Nicht nur einmal entging Conan dem Tod lediglich um Haaresbreite.

Plötzlich rutschte der Cimmerier auf dem glatten Boden aus. Zyras legte alle seine Kraft und Flinkheit in einen Stoß, der sein Schwert in die Brust des Barbaren bohren mußte. Aber Conan hatte sein Gleichgewicht doch nicht so sehr verloren, wie es den Anschein hatte. Mit der Geschmeidigkeit eines Panthers drehte er sich zur Seite, so daß die lange Klinge unter seiner rechten Achselhöhle hindurchfuhr und sich im losen Stoff des Khilats verfing. Wütend stach Zyras mit dem Dolch in seiner Linken zu. Die kurze Klinge drang in Conans rechten Arm, während gleichzeitig das Messer in des Cimmeriers Linken durch Zyras' Rüstung tief zwischen die Rippen stieß. Der Corinthier schrie, dann taumelte er röchelnd rückwärts zu Boden.

Conan ließ seine Waffe fallen. Im Knien riß er einen Streifen seines Umhangs ab und verband damit seine Armwunde. Während er mit Fingern und Zähnen einen Knoten knüpfte, schaute er zu dem blutbefleckten Gott hoch. Er hatte das Gefühl, daß die häßliche Fratze höhnisch triumphierend die Szene zu seinen Füßen aufnahm. Abergläubische Furcht ließ ihn schaudern.

Doch dann straffte er die Schultern. Der rote Gott gehörte nun ihm. Die Frage war nur, wie konnte er ihn von hier fortbringen? Wenn er aus massivem Gold war, würde er es nie schaffen, ihn zu bewegen, aber ein Klopfen mit dem Messergriff verriet ihm, daß die Statue hohl war. Überlegend stapfte er vor dem Podest hin und her und beschloß schließlich, aus einem der schwarzen Holzthrone eine Art

Schlitten zu bauen, den Gott darauf zu legen und mit den Türketten eines der Pferde davorzuspannen. Da ließ ihn eine Stimme herumwirbeln.

»Rühr dich nicht vom Fleck!« Der triumphierende Befehl wurde im kezankianischen Dialekt Zamoras ausgestoßen.

Conan sah zwei Männer an der Tür stehen. Jeder hatte einen der schweren, doppelgeschwungenen Bogen der Hyrkanier auf ihn gerichtet. Einer der beiden war groß, hager und rotbärtig.

»Keraspa!« knurrte Conan und griff nach Säbel und Dolch, die er auf den Boden gelegt hatte.

Der andere Mann war von kräftiger Statur und kam Conan bekannt vor.

»Keine Bewegung!« warnte der Häuptling der Kezankier. »Du hast geglaubt, ich wäre in mein Zeltlager zurückgelaufen, nicht wahr? Aber ich folgte euch statt dessen die ganze Nacht mit dem einzigen unverwundeten meiner Männer.« Sein Blick glitt abschätzend über das Idol. »Hätte ich geahnt, daß der Tempel solche Schätze zu bieten hat, hätte ich sie mir trotz allen Aberglaubens meines Volkes längst geholt. Rustum, heb seinen Säbel und Dolch auf!«

Der Mann starrte auf den ehernen Knauf von Conans Säbel, der zu einem Falkenkopf geschmiedet war.

»Warte!« rief er. »Das ist der Mann, der mich in Arenjun vor der Folter bewahrte. Ich erkenne seine Klinge!«

»Schweig!« knurrte Keraspa. »Der Dieb stirbt!«

»Nein, er rettete mein Leben! Was dagegen habe ich dir zu verdanken, außer schwerer und gefährlicher Aufträge und schlechter Bezahlung? Ich bin dir zu nichts verpflichtet!«

Rustum trat vor und hob Conans Krummsäbel auf, da schoß der Häuptling seinen Pfeil ab. Er drang in Rustums Leib. Der Mann schrie gellend auf und taumelte unter der Wucht des Aufpralls rückwärts über den Rand des Spaltes.

Schwächer wurden seine Schreie, bis sie schließlich ganz verstummten.

So schnell wie eine Schlange zog Keraspa einen weiteren Pfeil aus dem Köcher und legte ihn an die Sehne, noch ehe der unbewaffnete Cimmerier ihn anspringen konnte, als plötzlich der rubinbesteckte Gott mit metallischem Knirschen vom Podest herabstieg und einen langen Schritt auf Keraspa zu machte.

Mit einem grauenvollen Schrei schoß der Häuptling auf die zum Leben erwachte Statue. Der Pfeil prallte von der goldenen Schulter ab, während die langen Arme des Idols vorschnellten und Keraspa an einem Arm und einem Bein packten.

Schrei um Schrei schrillte über die schaumbedeckten Lippen des Häuptlings, als der Gott sich umdrehte und mit schweren Schritten auf den Spalt zustapfte. Conan war vor Schrecken erstarrt. Das Idol versperrte ihm den Weg zum Ausgang. Weder rechts noch links konnte er an der lebenden Statue vorbei, ohne in die Reichweite ihrer Arme zu geraten.

Der rote Gott erreichte den Spalt. Er hob Keraspa hoch über dem Kopf, um ihn in den Abgrund zu schmettern. Conan sah, wie der Mund zwischen dem schaumbedeckten Bart sich zu einem noch gräßlicheren Schrei öffnete. Wenn die Statue sich Keraspas entledigt hatte, würde sie zweifellos nach ihm, Conan greifen. Die Priester hatten also die Opfer für den Gott gar nicht in den Spalt zu stoßen brauchen. Das Idol erledigte das ganz allein.

Als der Gott sich auf den goldenen Fersen zurücklehnte, um den Häuptling in den Abgrund zu werfen, tastete Conan hinter sich und berührte das Holz eines der Throne. Vermutlich waren sie einst für die Hohenpriester des Kultes bestimmt gewesen. Der Cimmerier drehte sich um, faßte den schweren Sessel an der Rückenlehne und stemmte ihn hoch.

Die Muskeln drohten ihm zu bersten, als er den Thron über seinem Kopf wirbelte und ihn dem Gott zwischen den Schulterblättern auf den Rücken schmetterte, gerade als der den immer noch schreienden Keraspa in den Abgrund schleuderte.

Unter der Wucht des Aufpralls zersplitterte das Holz des Thrones krachend. Der Hieb hatte den Götzen getroffen, als er im Schwung des Wurfes vorwärtsgebeugt war. Einen Herzschlag lang schwankte die goldene Monstrosität am Rand des Spaltes. Die langen, juwelenbesetzten Arme griffen ins Leere. Dann stürzte auch sie in den Schlund.

Conan ließ die Bruchstücke des Thrones fallen und beugte sich über den Abgrund. Keraspas Schreie waren verstummt. Conan glaubte zu hören, wie das Idol ein paarmal gegen die Wände des Spaltes prallte, aber sicher war er sich dessen nicht. Er hörte keinen endgültigen Aufprall. Schließlich herrschte nur noch Stille.

Conan fuhr sich mit dem muskelschwellenden Unterarm über die schweißnasse Stirn und grinste trocken. Der Fluch des blutbefleckten Gottes hatte mit dem Idol sein Ende gefunden. Den Reichtum, der mit der Statue im Abgrund verschwunden war, hielt Conan für keinen zu hohen Preis für sein Leben. Schließlich gab es noch viele andere Schätze, ihn aber gab es nur einmal.

Er hob seinen Krummsäbel auf, nahm sich Rustums Bogen und schritt hinaus in die wärmende Morgensonne, um sich in den Sattel zu schwingen.

Ymirs Tochter

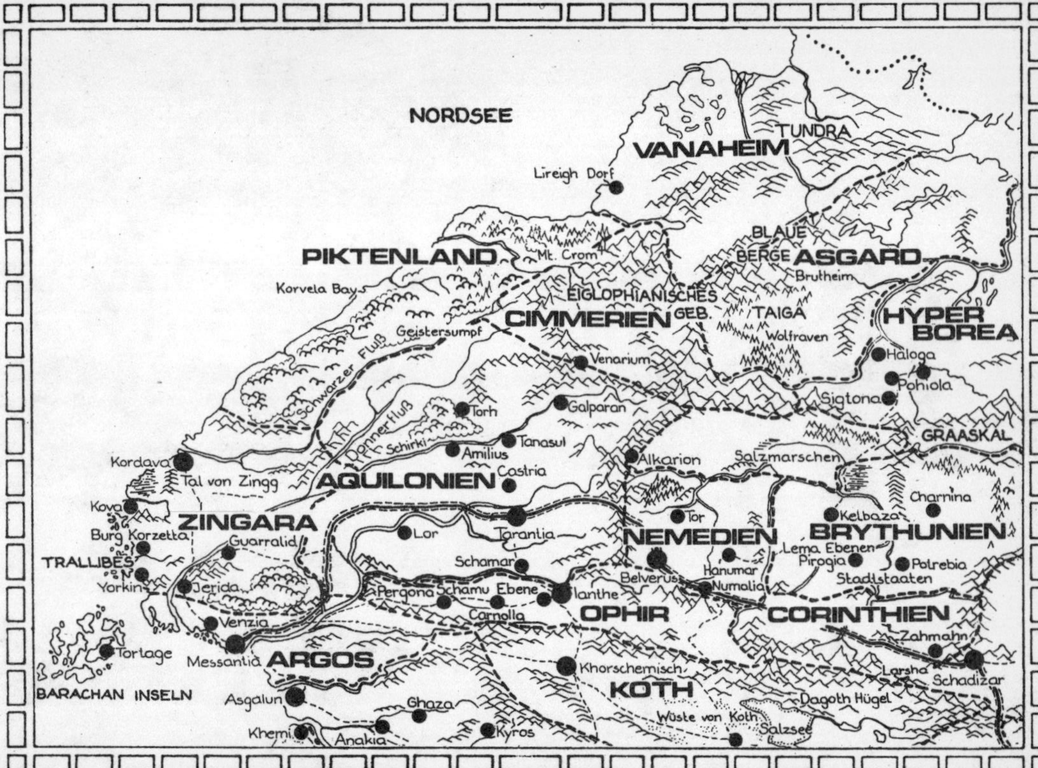
NORDSEE
TUNDRA
VANAHEIM
Lireigh Dorf
BLAUE
BERGE
ASGARD
Brutheim
PIKTENLAND
Mt. Crom
Korvela Bay
EIGLOPHIANISCHES
GEB.
CIMMERIEN
TAIGA
HYPER
BOREA
Wolfraven
Geistersumpf
Schwarzer Fluß
Venarium
Haloga
Pohiola
Sigtona
Torh
Galparan
Donnerfluß
Schirki
Tanasul
Amilius
GRAASKAL
Kordava
Alkarion
Salzmarschen
Tal von Zingg
AQUILONIEN
Castria
Charnina
Kova
Tor
Kelbaza
ZINGARA
Burg Korzetta
Lor
Tarantia
NEMEDIEN
BRYTHUNIEN
Guarralid
Lema Ebenen
TRALLIBES
Schamar
Pirogia
Polrebia
Yorkin
Jerida
Hanumar
Stadtstaaten
Pergona
Schamu Ebene
Ianthe
Belverus
Numalia
Carnolla
OPHIR
CORINTHIEN
Venzia
Zahmahn
Tortage
Messantia
ARGOS
Khorschemisch
Larsha
Schadizar
KOTH
BARACHAN INSELN
Asgalun
Dagoth Hügel
Ghaza
Wüste von Koth
Salzsee
Khemi
Anakia
Kyros

Ymirs Tochter

Robert E. Howard

Angewidert von der Zivilisation und ihrer Zauberei kehrt Conan in seine cimmerische Heimat zurück. Nach etwa zwei Monaten, die er hauptsächlich mit Zechen und in weichen Frauenarmen verbringt, erfaßt ihn Ruhelosigkeit so stark, daß er sich seinen alten Freunden, den Æsir, auf einen Raubzug nach Vanaheim anschließt.

Das Klirren von Schwert und Axt war verklungen, das Schlachtgebrüll verstummt. Stille lag über dem rotbefleckten Weiß. Die blasse, verschleierte Sonne, die sich so blendend auf den Eisfeldern und den weiten Schneeflächen spiegelte, ließ das Silber von durchstochenen Rüstungen und zerbrochenen Klingen aufblitzen, wo die Toten lagen, wie sie gefallen waren. Leblose Hände umklammerten noch die Schwertgriffe. Rot- und goldbärtige Gesichter, von Flügelhelmen umrahmt, starrten grimmig himmelwärts wie in einem letzten Gebet zu Ymir, dem Eisriesen, dem Gott der Kriegerrasse.

Über die geröteten Schneewehen und die Gefallenen hinweg funkelten zwei Männer einander an. In all dieser Trostlosigkeit waren sie die einzig Lebenden. Der Frosthimmel hing über ihnen, die weiße, schier endlose Ebene war um sie, und die Toten lagen zu ihren Füßen. Langsam stapften sie über die Gefallenen hinweg aufeinander zu,

Geistern gleich, die sich auf den Trümmern einer toten Welt zum Kampfe stellen. In der drückenden Stille standen sie sich schließlich gegenüber.

Beide waren hochgewachsen und kräftig gebaut wie Tiger. Ihre Schilde hatten sie längst verloren, ihre Harnische waren verbeult. Blut verkrustete auf der Kettenrüstung. Die Schwerter waren besudelt. Die gehörnten Helme wiesen Spuren grimmiger Hiebe auf. Einer der Männer war bartlos und schwarzhaarig; der Bart und die Locken des anderen leuchteten so rot wie das Blut auf dem sonnenglitzernden Schnee.

»Mann«, sagte der Rothaarige, »verrat mir deinen Namen, damit meine Brüder in Vanaheim erfahren mögen, wer als letzter von Wulfhers Schar durch das Schwert Heimduls fiel.«

»Nicht in Vanaheim«, knurrte der schwarzmähnige Krieger, »sondern in Walhall wirst du deinen Brüdern erzählen, daß du auf Conan von Cimmerien gestoßen bist!«

Heimdul brüllte und sprang. Sein Schwert blitzte in einem tödlichen Bogen. Als die singende Klinge auf seinen Helm krachte und blaue Funken davon sprühten, schwankte Conan und rote Sterne funkelten vor seinen Augen. Aber noch im Taumeln legte er alle Kraft seiner breiten Schulter in sein Schwert. Die scharfe Spitze drang durch Messingschuppen, Knochen und Herz, und der rothaarige Vanir starb zu des Cimmeriers Füßen.

Conan richtete sich auf und ließ sein Schwert sinken. Er schwankte vor Erschöpfung. Der grelle Sonnenschein auf dem Schnee stach wie Messer in seine Augen. Der Himmel wirkte geschrumpft und merkwürdig zerfetzt. Er wandte sich von dem zertrampelten Feld ab, wo blondbärtige Krieger in der letzten tödlichen Umarmung mit ihren rothaarigen Gegnern lagen. Ein paar Schritte tat er, als das Blenden des sonnenbeschienenen Schnees plötzlich nachließ. Eine wallende Woge der Dunkelheit überschwemmte ihn, und er sank nieder. Grimmig stützte er sich auf einen Arm und bemühte sich, die Blindheit aus den Augen zu schütteln, wie ein Löwe seine Mähne.

Ein silberhelles Lachen schnitt durch seine Benommenheit, und allmählich kehrte sein Sehvermögen zurück. Er schaute auf. Ungewöhnlich war die Landschaft plötzlich, von einer Fremdartigkeit, die er sich nicht zu erklären wußte — eine seltsame Tönung von Erde und Himmel verursachte sie. Aber er beschäftigte sich nicht lange mit diesem Rätsel, denn vor ihm stand, sich wie eine Gerte im Winde wiegend, eine Frau. Sein verwirrter Blick sah einen Körper wie aus Elfenbein, der nur von einem feinen Schleiergespinst bedeckt war. Die schlanken Beine schimmerten weißer als der Schnee, auf dem sie ruhten. Sie widmete dem Krieger, der sie ungläubig anstarrte, ein Lachen süßer als das Klingen silberner Glöckchen, aber schneidend von grausamem Hohn.

»Wer seid Ihr?« fragte der Cimmerier. »Woher kommt Ihr?«

»Ist das so wichtig?« Ihre Stimme war klangvoller als eine Harfe mit Silbersaiten, aber auch sie verriet spöttische Grausamkeit.

»So ruft schon Eure Leute«, forderte er sie auf und umklammerte sein Schwert. »Auch wenn meine Kraft mich verlassen hat, werden sie mich nicht lebend bekommen. Ich sehe, daß Ihr von den Vanir seid.«

»Habe ich das gesagt?«

Kurz betrachtete er erneut ihre wirren Locken, die ihm auf den ersten Blick rot vorgekommen waren. Doch nun schienen sie ihm weder rot noch gelb zu sein, sondern eine herrliche Mischung beider Farben. Verzaubert starrte er sie an. Ihr Haar war wie Elfengold. Die Sonne spiegelte sich so

stark darauf, daß es ihn blendete, es zu betrachten. Auch ihre Augen waren weder ganz blau, noch ganz grau. Sie schienen ständig die Farbe zu wechseln und leuchteten in einem Ton, für den er kein Wort fand. Ihre vollen roten Lippen lächelten, und von den kleinen Füßen bis zur blendenden Krone weichfallenden dichten Haares war ihr Elfenbeinkörper so vollkommen, wie der Traum eines Gottes. Conans Blut hämmerte in den Adern.

»Ich kann nicht sagen, ob Ihr von Vanaheim und so meine Feindin, oder von Asgard und mir deshalb wohlgesinnt seid«, murmelte er. »Weit bin ich herumgestreift, doch nie begegnete ich einer Frau wie Euch. Eure Locken blenden mich mit ihrem Glanz. Nie sah ich Haar wie Eures, nicht einmal unter den schönsten Töchtern der Æsir. Bei Ymir ...«

»Wer bist du, daß du Ymir anrufst?« spottete sie. »Was weißt du schon von den Göttern des Eises und Schnees, du, der du aus dem Süden kamst, um Abenteuer unter fremden Völkern zu erleben?«

»Bei den finsteren Göttern meiner Rasse!« fluchte er ergrimmt. »Auch wenn ich nicht von den goldenhaarigen Æsir bin, war doch keiner tapferer im Schwertkampf! Heute sah ich sechs Dutzend Männer fallen, und ich allein überlebte die Schlacht, die Wulfhers Räuber gegen Bragis Wölfe austrugen. Sagt, Weib, habt Ihr das Blitzen von Rüstungen auf der Schneeebene gesehen oder die Bewaffneten, die über das Eis schlitterten?«

»Ich sah den Rauhreif in der Sonne glitzern«, antwortete sie, »und hörte das Wispern des Windes über dem ewigen Schnee.«

Conan schüttelte seufzend den Kopf. »Niord hätte uns bereits erreicht haben müssen, ehe die Schlacht begann. Ich fürchte, er und seine Krieger sind in einen Hinterhalt geraten. Wulfher und seine Männer sind tot ... Ich dachte, es gäbe hier weit und breit keine Siedlung, denn ich weiß, wie weit der Kampf uns trug. Aber Ihr könnt keine große Entfernung durch diesen Schnee zurückgelegt haben, nackt wie Ihr seid. Führt mich zu Eurem Stamm, wenn Ihr zu den Æsir gehört, denn ich bin schwach von den Hieben, die ich einsteckte, und müde vom Kampf.«

»Mein Heim ist weiter, als du zu gehen imstande bist, Conan von Cimmerien«, erwiderte sie lachend. Sie breitete die Arme weit aus und wiegte sich aufreizend mit geneigtem Kopf vor ihm, die Augen halb unter den langen seidigen Wimpern verborgen. »Bin ich nicht schön, Mensch?«

»Wie der unverhüllte Morgen auf dem Schnee«, murmelte er, und seine Augen brannten wie die eines hungrigen Wolfes.

»Warum erhebst du dich dann nicht und folgst mir? Was ist das für ein starker Krieger, der sich vor mir niederwirft?« spöttelte sie lockend. »Leg dich zu den anderen Toten, Conan mit dem schwarzen Haar! Nie kannst du mir dorthin folgen, wohin ich gehe.«

Fluchend stand der Cimmerier auf. Die blauen Augen blitzten im wutverzerrten Gesicht. Grimm erfüllte ihn. Das Verlangen nach diesem aufreizenden Geschöpf hämmerte in seinen Schläfen und peitschte das Blut heiß durch seine Adern. Eine fast schmerzhafte Leidenschaft rüttelte ihn, daß er nicht mehr klar sehen konnte. Müdigkeit und Schwäche schwanden.

Wortlos schob er das blutige Schwert in die Scheide und sprang auf sie zu, um die Hände um ihre sanften Rundungen zu legen. Mit einem Lachen wich sie vor ihm zurück und rannte davon, nicht ohne spöttisch über die Schulter zurückzublicken. Mit dem tiefen Knurren eines Wolfes folgte er ihr. Vergessen war die Schlacht, vergessen waren die Gefallenen, die in ihrem Blut lagen, vergessen Niord und die Räuber, die das Schlachtfeld nicht erreicht hatten. Sein einziger Gedanke galt der schlanken Gestalt, die vor ihm mehr zu schweben als zu laufen schien.

Über die blendend weiße Ebene führte die Jagd. Das zertrampelte blutige Feld lag längst weit zurück, doch mit der Ausdauer seiner Rasse blieb der Cimmerier dem Mädchen auf den Fersen. Seine schweren Stiefel brachen durch die harte Schneekruste, manchmal versank er tief in den Schneewehen, aus denen er sich nur mit großer Anstrengung befreien konnte. Und immer tänzelte das Mädchen leicht wie eine Feder, die über einen stillen Weiher schwebt, vor ihm her. Ihre nackten Füße hinterließen kaum einen Abdruck auf der von Rauhreif überzogenen Schneedecke. Trotz des Feuers in seinen Adern biß die bittere Kälte durch die Kettenrüstung und das pelzgefütterte Wams des Kriegers, während das Mädchen in ihrem schleierfeinen Gewand sie überhaupt nicht zu spüren schien. Leichtfüßig, als wandle sie durch die Palmen- und Rosengärten von Poitain, tanzte sie dahin.

Immer weiter lockte sie ihn, und er folgte ihr mit wilden Flüchen auf den ausgetrockneten Lippen. Seine Schläfenadern schwollen an und pochten, und er knirschte mit den Zähnen.

»Du entkommst mir nicht!« brüllte er. »Führ mich nur in einen Hinterhalt, dann häufe ich die Schädel deiner Stammesbrüder vor deinen Füßen auf. Und wenn du versuchst, dich vor mir zu verstecken, spalte ich selbst die Berge, um dich zu finden. Ja, sogar in die Hölle folge ich dir!«

Schaum quoll über des Barbaren Lippen, als ihr aufreizendes Lachen ihm antwortete. Immer weiter in die Öde führte sie ihn. Stunden verrannen. Die Sonne sank dem Horizont entgegen, die Landschaft veränderte sich. Aus der weiten Ebene wuchsen niedrige Hügel, die allmählich zu Gebirgsketten anschwollen. Weit im Norden sah Conan himmelstürmende Berge, deren ewiger Firn in der untergehenden Sonne blutrot aufleuchtete. Nordlichter zuckten am dunkler werdenden Himmel auf. Sie breiteten sich fächerartig aus — wie Klingen aus eisigem Licht, die ihre Farbe wechselten, immer größer und heller wurden.

Über ihm glühte der Himmel und knisterte in seinen seltsamen Lichtern und Farbschattierungen. Der Schnee glitzerte gespenstisch: einmal frostig blau, dann in eisigem Rot und schließlich in kaltem Silber. Durch ein schimmerndes Zauberreich stapfte Conan beharrlich, durch einen kristallenen Irrgarten, in dem die einzige Wirklichkeit die weiße Gestalt war, die über den funkelnden Schnee tanzte — immer knapp außerhalb seiner Reichweite.

Er wunderte sich nicht über die Fremdartigkeit des Geschehens, nicht einmal, als sich ihm zwei gigantische Gestalten in den Weg stellten. Die Schuppen ihrer Panzerrüstung glitzerten von Rauhreif, ihre Helme und Streitäxte waren dick mit Eis beschlagen. Schnee funkelte in ihrem Haar, ihre Bärte waren dicht beisammenhängende Eiszapfen, und ihre Augen wirkten so kalt wie das Licht am Himmel.

»Brüder!« rief das Mädchen und hüpfte leichtfüßig zu ihnen. »Seht doch, wer mir folgt! Ich habe euch einen Mann zum Erschlagen gebracht! Reißt ihm das Herz aus dem Leib, damit wir es noch dampfend auf unseres Vaters Tisch legen können!«

Die Riesen antworteten mit brüllendem Gelächter, das wie das Scharren von Eisbergen gegen eine Felsenküste klang. Sie hoben ihre im Sternenlicht glimmenden Äxte, als der vor Wut wahnsinnige Cimmerier auf sie einstürmte. Eine eisüberzogene Klinge blitzte vor seinen Augen und blendete ihn. Er erwiderte den Hieb mit einem wütenden Schlag, der dem Gegner durch das Knie schnitt.

Ächzend fiel der Riese. Im gleichen Augenblick stürzte Conan, von einem betäubenden Axthieb des anderen Gigan-

ten auf die Schulter getroffen, in den Schnee. Nur die Kettenrüstung hatte verhindert, daß die Schneide in die Knochen drang. Der Riese hob sich nun wie ein Koloß aus Eis gegen den kalt glühenden Himmel ab. Wieder sauste die Axt herab — und sank tief in den Schnee, als Conan sich blitzschnell zur Seite rollte und auf die Füße sprang. Der Gigant brüllte. Er riß seine Waffe aus dem Schnee, doch noch ehe er sie erneut schwingen konnte, kam bereits des Cimmeriers Schwert herab. Die Knie des Riesen knickten ein. Er sackte in den Schnee. Ringsum färbte das aus dem durchtrennten Hals spritzende Blut ihn rot.

Conan wirbelte herum. Das Mädchen stand nicht weit von ihm und starrte ihn mit grauenerfüllten Augen an. Aller Spott war aus ihrem Gesicht geschwunden. Wild brüllte der Cimmerier auf. Blutstropfen sickerten von seinem Schwert, als seine Hände in seiner übermächtigen Leidenschaft zitterten.

»Ruf den Rest deiner Brüder!« schrie er. »Ich werde ihre Herzen an die Wölfe verfüttern! Du entkommst mir nicht ...«

Mit einem Schreckensschrei drehte das Mädchen sich um und floh. Nicht länger lachte sie oder blickte aufreizend über ihre Schulter. Sie rannte wie um ihr Leben. Obgleich Conan jeden Muskel, jede Sehne spannte und seine Schläfenadern zu bersten drohten, bis der Schnee rot vor seinen Augen verschwamm, entzog sie sich ihm und schien zu schrumpfen, bis sie nicht größer war als ein Kind, dann eine tanzende Flamme auf dem Schnee und schließlich ein Flimmern in der Ferne. Aber mit zusammengebissenen Zähnen verfolgte Conan sie weiter, bis das Flimmern zur tanzenden weißen Flamme, und die Flamme zur Gestalt eines Kindes wurde. Und dann rannte sie wieder als Frau nicht mehr als hundert Fuß vor ihm. Und langsam, Schritt um Schritt, schrumpfte nun die Entfernung.

Das Laufen schien ihr immer schwerer zu fallen. Ihre goldenen Locken flatterten im Wind. Conan hörte ihren keuchenden Atem und sah die Angst in ihren Augen schimmern, als sie hastig über die Schulter blickte. Immer langsamer wurden ihre Beine, sie begann zu schwanken. In des Cimmeriers wilder Seele loderte das Höllenfeuer, das sie angefacht hatte. Mit einem unmenschlichen Brüllen stürzte er sich auf sie. Wimmernd streckte sie abwehrend die Arme aus.

Conans Schwert fiel in den Schnee, als er sie an sich riß. Ihr geschmeidiger Körper bog sich zurück. Sie versuchte verzweifelt, sich aus seinen Armen zu befreien. Der Wind blies ihr goldenes Haar in sein Gesicht, daß der Glanz ihn blendete. Der weiche Leib, der sich in seiner Umarmung wand, erhöhte seine Leidenschaft. Seine starken Finger preßten sich tief in ihre glatte Haut — die sich so kalt wie Eis anfühlte. Es war, als umarme er nicht eine Frau aus Fleisch und Blut, sondern aus flammendem Eis. Sie wand den Kopf zur Seite, um seinen wilden Küssen zu entgehen.

»Du bist kalt wie Eis«, murmelte der Cimmerier benommen. »Aber ich werde dich mit dem Feuer meines Blutes erwärmen ...«

Sie schrie auf, und es glückte ihr, sich ihm mit einer heftigen Drehung zu entwinden. Nur ihr schleierfeines Gewand blieb in seinen Händen zurück. Schnell rannte sie davon, ohne den Blick von ihm zu lassen. Die goldenen Locken hingen zerzaust um ihr Gesicht, der weiße Busen hob und senkte sich heftig, die zuvor so spöttischen Augen schimmerten angsterfüllt. Einen Moment lang stand Conan wie erstarrt in Ehrfurcht vor ihrer Schönheit, der der Schnee den passenden Rahmen verlieh.

Und während dieses Moments warf sie die Arme dem Licht am Himmel entgegen und schrie mit einer Stimme, die Conan nie vergessen würde:

»Ymir, o mein Vater, rette mich!«

Doch nun hatte der Cimmerier sich gefangen. Er sprang mit ausgebreiteten Armen auf sie zu, als mit einem Krachen wie das Bersten eines Gletschers sich der ganze Himmel mit eisigem Feuer überzog. Das Mädchen war plötzlich in kalte blaue Flammen gehüllt, die so grell brannten, daß der Cimmerier die Augen vor ihnen schützen mußte. Einen flüchtigen Moment lang waren Himmel und schneebedeckte Berge in knisternde weiße Lohe getaucht, aus der eisblaue Blitze zuckten.

Conan taumelte zurück und schrie auf. Das Mädchen war verschwunden, der glühende Schnee lag leer vor ihm. Hoch über seinem Kopf tanzten die Hexenlichter auf dem verrückt spielenden Winterhimmel. Aus den fernen blauen Bergen dröhnte ein Donnern wie von einem dahinjagenden gigantischen Streitwagen, von flinken Pferden gezogen, deren wirbelnde Hufe Funken sprühten.

Und dann drehten sich Nordlichter, Berge und brennender Himmel um Conan. Tausende von Feuerkugeln platzten in einem Funkenregen, der Himmel wurde zu einem gigantischen Rad, das mit jeder Umdrehung Sterne von sich schleuderte. Unter seinen Füßen hob der Schnee sich ihm wie eine wogende Welle entgegen. Alles wurde schwarz um ihn.

In einem kalten dunklen Universum, dessen Sonnen vor Äonen erloschen waren, spürte Conan die Bewegung fremdartigen, ungeahnten Lebens. Ein Erdbeben hatte ihn erfaßt und schüttelte ihn hin und her, und rieb ihm gleichzeitig Hände und Füße wund, bis er vor Schmerz und Wut brüllte und nach seinem Schwert zu tasten versuchte.

»Er kommt zu sich, Horsa«, sagte eine Stimme. »Beeilt euch, wir müssen ihm den Frost aus den Gliedern reiben, wenn er je wieder ein Schwert schwingen soll.«

»Ich kann seine Linke nicht öffnen«, brummte eine andere Stimme. »Er hat sie um etwas geballt ...«

Conan öffnete die Augen und starrte in die bärtigen Gesichter, die sich über ihn beugten. Hochgewachsene, goldenhaarige Krieger umringten ihn.

»Conan!« sagte einer. »Du lebst!«

»Bei Crom, Niord!« keuchte der Cimmerier. »Lebe ich wirklich, oder sind wir alle tot und in Walhall?«

»Wir leben«, versicherte ihm As, der sich mit Conans halberfrorenen Füßen beschäftigte. »Wir mußten uns erst aus einem Hinterhalt freikämpfen, sonst hätten wir euch noch vor der Schlacht erreicht. Die Gefallenen waren noch nicht lange steif, als wir am Schlachtfeld ankamen. Wir fanden dich nicht unter den Toten, so folgten wir deinen Spuren. In Ymirs Namen, Conan, weshalb bist du nur auf die Idee gekommen, dich ins öde Nordland zu schleppen? Stundenlang stapften wir auf deiner Fährte dahin. Bei Ymir, wäre ein Schneesturm aufgekommen, wir hätten dich nie gefunden!«

»Fluch nicht so viel in Ymirs Namen«, brummte einer der Æsir und blickte beunruhigt auf die fernen Berge. »Das hier ist sein Land, und den Legenden nach haust der Gott zwischen jenen Gipfeln.«

»Ich sah eine Frau«, murmelte Conan. »Wir stießen auf der Ebene auf Bragis Männer. Ich weiß nicht, wie lange wir kämpften. Ich überlebte als einziger. Aber ich war geschwächt und Schwindel befiel mich. Das Land lag wie in einem Traum vor mir, erst jetzt erscheint mir alles wieder natürlich und vertraut. Diese Frau kam und lockte mich. Sie war so schön wie eine gefrorene Höllenflamme. Ein seltsamer Wahnsinn überkam mich, als ich sie ansah, und ich vergaß alles andere auf der Welt. Habt ihr denn ihre Spuren nicht gesehen? Und die Riesen im eisigen Panzer, die ich erschlug?«

Niord schüttelte den Kopf. »Nur deine Fährte war im Schnee, Conan. Sonst nichts.«

»Dann mag es sein, daß der Wahnsinn mich wahrhaftig erfaßt hat«, murmelte Conan verwirrt. »Dabei kann ich schwören, daß die goldgelockte Frau, die nackt über den Schnee vor mir floh, nicht weniger wirklich war als ihr. Und doch verschwand sie vor meinen Augen in eisigem Feuer.«

»Er spricht im Fieberwahn«, flüsterte ein Krieger.

»Das tut er nicht!« rief ein älterer Æsir, dessen Augen wild glänzten. »Das war Atali, des Eisriesen Ymirs Tochter! Ist eine Schlacht zu Ende, kommt sie zum Feld und zeigt sich den Sterbenden. Ich selbst sah sie, als ich noch ein Junge war und halbtot auf der blutigen Ebene von Wolfraven lag. Sie wandelte durch die Toten im Schnee. Ihr nackter Leib schimmerte wie Elfenbein, und ihr goldenes Haar glitzerte unerträglich blendend im Mondschein. Ich lag und heulte wie ein verreckender Hund, weil ich ihr nicht hinterher kriechen konnte. Sie lockt die Überlebenden der Schlacht in die Schneeöde, damit ihre Brüder, die Eisriesen, sie erschlagen und ihre Herzen noch warm auf Ymirs Tisch legen können. Der Cimmerier hat Atali, des Eisriesen Tochter gesehen!«

»Pah!« brummte Horsa. »Der alte Gorm ist nicht mehr ganz klar im Kopf, seit er in seiner Jugend einen Schwertstreich auf den Kopf bekam. Es ist der Fieberwahn nach der blutigen Schlacht, der Conan schüttelte. Seht doch nur, wie eingebeult sein Helm ist. Jeder dieser Hiebe auf den Schädel mag seinen Verstand verwirrt haben. Einem Trugbild, nichts anderem, folgte er in die Eisöde. Er kommt aus dem Süden. Was weiß er schon von Atali?«

»Du magst recht haben«, murmelte Conan. »Es war alles seltsam und gespenstisch, bei Crom!«

Er unterbrach sich und starrte auf das, was er immer noch

krampfhaft in der geballten Hand hielt. Die anderen rissen stumm die Augen auf, als er ein Stück schleierfeinen Gespinsts hochhielt, wie es von keiner Menschenhand gesponnen sein konnte.

1931

Die Eisschlange

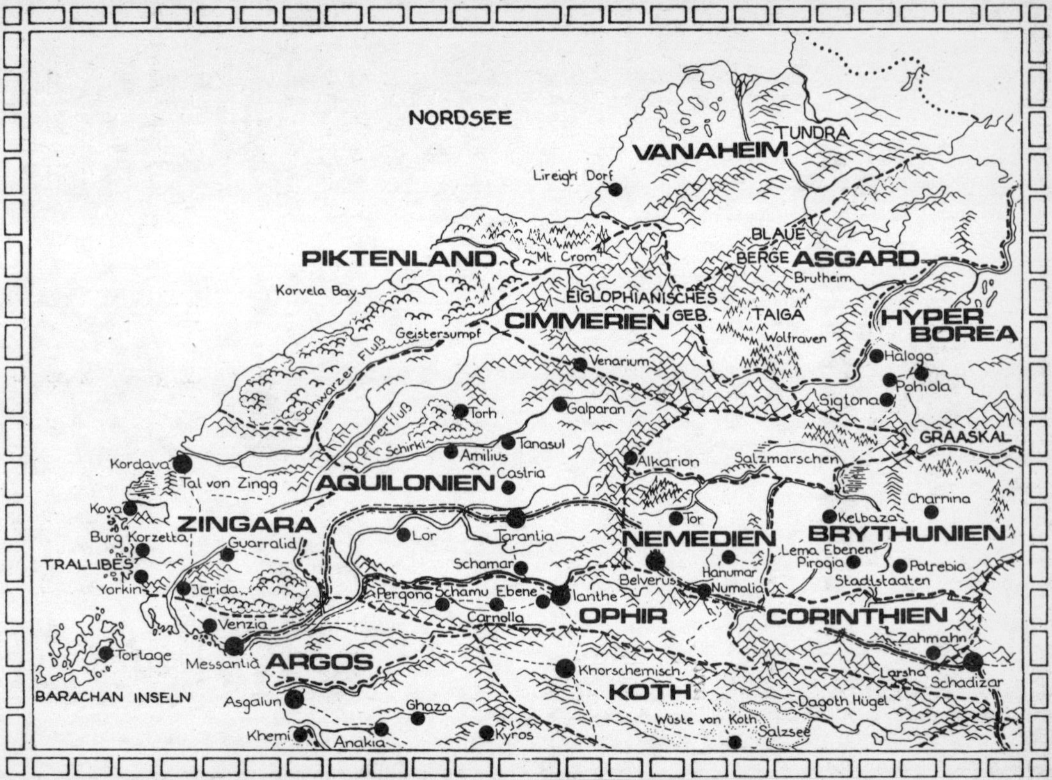
NORDSEE
VANAHEIM
TUNDRA
Lireigh Dorf
PIKTENLAND
Mt. Crom
BLAUE
BERGE
ASGARD
Brutheim
Korvela Bay
EIGLOPHIANISCHES
GEB.
CIMMERIEN
TAIGA
HYPER
BOREA
Geistersumpf
Wolfraven
Haloga
Pohiola
Venarium
Sigtona
Schwarzer Fluß
Torh
Galparan
GRAASKAL
Donnerfluß
Schirki
Tanasul
Amilius
Alkarion
Salzmarschen
Kordava
Tal von Zingg
AQUILONIEN
Castria
Charnina
Kova
ZINGARA
Tor
Kelbaza
Lor
Tarantia
NEMEDIEN
BRYTHUNIEN
Burg Korzetta
Guarralid
Lema Ebenen
TRALLIBES
Schamar
Hanumar
Pirogia
Potrebia
Yorkin
Jerida
Belverus
Numalia
Stadtstaaten
Pergona
Schamu Ebene
Ianthe
Carnolla
OPHIR
CORINTHIEN
Venzia
Zahmahn
Tortage
Messantia
ARGOS
Khorschemisch
Larsha
Schadizar
BARACHAN INSELN
KOTH
Asgalun
Ghaza
Dagoth Hügel
Wüste von Koth
Khemi
Anakia
Kyros
Salzsee

Die Eisschlange

Lin Carter und L. Sprague de Camp

Von der Erinnerung an Atalis eisige Schönheit heimgesucht und des primitiven Lebens in Cimmerien müde, reitet Conan südwärts, zivilisierteren Landen entgegen, wo er hofft, sich in einem der kleinen hyborischen Königreiche als Söldner verdingen zu können. Zu dieser Zeit ist Conan etwa dreiundzwanzig Jahre alt.

1

Den ganzen Tag hatte der einsame Reiter die Hänge des Eiglophiagebirges erklommen, das sich von Osten nach Westen wie ein mächtiger Wall aus Schnee und Eis über die Welt zog und die nordischen Länder Vanaheim, Asgard und Hyperborea von den südlichen Königreichen trennte. Im tiefen Winter waren die meisten Pässe unbezwingbar, doch mit dem Beginn des Frühlings öffneten sie den Scharen hellhaariger nordischer Barbaren die Wege für ihre Raubzüge in südlichere Gefilde.

Auf der Höhe des Passes, der südwärts zu ins Grenzkönigreich und nach Nemedien führte, zügelte der Reiter sein Pferd und betrachtete die phantastische Szenerie vor sich.

Der Himmel war eine Kuppel aus roten und goldenen Schleiern, die sich vom Zenit zum östlichen Horizont mit dem Purpur des nahenden Abends verdunkelten. Aber die feurige Pracht des sterbenden Tages färbte die Schneekappen der Berggipfel noch mit einem trügerisch warmen Leuchten, und warf tiefe Lavendelschatten über ein titanisches Gletscherfeld, das sich wie eine Eisschlange von einer Senkung zwischen den höheren Gipfeln immer tiefer wand, bis es einen Bogen um den Paß beschrieb und schließlich, schmäler und schmäler werdend, sich zum Eisbach verengte. Der Reiter, der den Paß durchquerte, mußte sich vorsichtig einen Weg entlang des Gletscherfeldes kämpfen und konnte nur hoffen, nicht in eine seiner verborgenen Spalten zu fallen, oder von einer Lawine von den höheren Hängen verschüttet zu werden. Die untergehende Sonne färbte das Gletscherfeld in feuriges Rot und Gold. Die Felswände, die sich an seinen Flanken erhoben, wiesen einen spärlichen Bewuchs verkrüppelter niedriger Bäume auf.

Das hier, das wußte der Reiter, war der Schneeteufelgletscher, und auch als Toteneisfluß bekannt. Er hatte von ihm gehört, obgleich er in allen Jahren seiner Wanderschaft bisher noch nie hierhergekommen war. Was er über ihn erfahren hatte, war ihm voll Furcht zugeflüstert worden. Seine eigenen cimmerischen Stammesbrüder in den schroffen Bergen im Westen sprachen mit abergläubischer Scheu von dem Schneeteufel, ohne wirklich zu wissen, weshalb. Oft hatte der Reiter sich in Gedanken mit den Legenden über diesen Gletscher beschäftigt, die ihm eine Aura des uralten Bösen verliehen. Ganze Trupps waren hier verschwunden, und nie hatte man je wieder von einem gehört.

Der cimmerische Jüngling namens Conan hielt nicht viel von diesen Gerüchten. Zweifellos hatte den Vermißten die nötige Erfahrung in der Überquerung eines Gletschers gefehlt, und sie waren sorglos auf die dünnen, schneebedeckten Eisschichten getreten, die nur allzu oft gefährliche Gletscherspalten überbrückten. Und dann war das spröde Eis gebrochen, und sie alle waren in die blaugrüne Tiefe des Gletschers und in den Tod gestürzt. Dergleichen passierte nur allzu häufig, bei Crom. Mehr als einer von Conans Jugendgefährten hatte auf diese Weise sein junges Leben eingebüßt. Aber das war noch lange kein Grund, mit solchem Schauder, mit unheilvollen Andeutungen und bedeutungsvollen Blicken von dem Schneeteufel zu sprechen.

Conan konnte es kaum erwarten, den Paß hinunter in das niedrige Hügelland des Grenzkönigreichs zu reiten, denn das einfache Leben in seinem heimatlichen cimmerischen Dorf hatte ihn bald gelangweilt. Seine Abenteuer mit einer Schar goldhaariger Æsir, denen er sich zu einem Raubzug nach Vanaheim angeschlossen hatte, hatten ihm nur weitere Narben, aber keine Beute eingebracht. Und ihm verdankte er auch die Erinnerung, die ihm keine Ruhe lassen wollte, an die kalte Schönheit Atalis, des Eisriesen Tochter, die ihn fast in einen froststarren Tod gelockt hätte.

Alles in allem genommen hatte er jetzt genug vom trostlosen Nordland. Er sehnte sich danach, sich in den heißen Landen des Südens wieder der bunten Seidengewänder, des goldenen Weines, der seltenen Köstlichkeiten und der Anschmiegsamkeit sanfter Weiblichkeit zu erfreuen. Genug des stumpfsinnigen Dorflebens und der Härte des Feldlagers, sagte er sich.

Sein Pferd näherte sich der Stelle, wo sich das Gletscherfeld geradewegs ins Tiefland schob. Conan saß ab und führte das Tier den schmalen Pfad zwischen dem Gletscher zur Linken und dem hohen, schneebedeckten Hang zur Rechten entlang. Sein dicker Bärenpelzumhang ließ ihn noch breitschultriger und kräftiger erscheinen, als er ohnedies war. Er verbarg das Kettenhemd und das schwere Breitschwert.

Die Augen leuchteten in einem vulkanischen Blau unter

dem Rand eines gehörnten Helmes. Ein um die untere Gesichtshälfte geschlungener Schal schützte ihn vor der schneidend kalten Luft. In seiner freien Hand hielt Conan eine dünnschäftige Lanze. Wo der Pfad sich über das Gletscherfeld schlängelte, benutzte er sie, um damit den Weg voraus zu prüfen und so mögliche, eisüberzogene Gletscherspalten rechtzeitig zu entdecken. Eine Streitaxt hing an einer Lederschlaufe vom Sattel.

Conan näherte sich dem Ende des schmalen Pfades zwischen Gletscherfeld und Felswand, wo ersteres nach links abbog, während der Pfad sich einen breiten Hang hinunterschlängelte, der nur noch dünn mit dem Schnee des Frühlings bedeckt war und aus dem vereinzelte Felsblöcke und kleine Erdbuckel herausragten. Plötzlich brach ein schriller Schrei die Stille. Conan wirbelte herum und hob den behelmten Kopf.

Eine Pfeilschußweite zur Linken, wo das Gletscherfeld fast eben verlief, ehe es zum Eisbach wurde, umringte eine Meute zottiger, geduckter Gestalten ein schlankes Mädchen in weißem Pelzumhang. Selbst aus dieser Entfernung konnte Conan in der klaren Bergluft das frische, rosig gefärbte Oval ihres Gesichts und eine Mähne seidigglänzenden braunen Haares sehen, die aus der weißen Kapuze heraushingen. Das Mädchen war zweifellos von großer Schönheit.

Ohne langes Überlegen warf Conan den Umhang ab, benutzte seine Lanze zum Sprung in den Sattel. Er griff nach den Zügeln und stieß dem Pferd leicht die Sporen in die Rippen. Als das durch seine Hast erschrockene Tier sich leicht aufbäumte, ehe es vorwärts preschte, öffnete Conan den Mund, um den schrillen cimmerischen Kriegsschrei auszustoßen, doch dann schloß er ihn abrupt. Als jüngerer Krieger hätte er mit diesem Schrei sein Herz mit Mut erfüllt, aber seine Jahre im turanischen Dienst hatten ihn zumindest die Grundbegriffe der Kampfeslist gelehrt. Es wäre falsch, die Angreifer des Mädchens früher auf sein Kommen aufmerksam zu machen, als sie es selbst bemerken würden.

Sie hörten ihn ohnedies schnell genug. Obgleich der Schnee die Hufschläge dämpfte, vernahm doch zumindest eine der zottigen Gestalten das leichte Klirren der Kettenrüstung und das Knarren des Sattels und Zaumzeugs. Sie drehte sich um, dann schrie sie und zog den nächsten am Ärmel, so daß sich bereits nach wenigen Herzschlägen alle Conan zuwandten und sich zum Kampf bereitmachten.

Es handelte sich bei diesen Gestalten um etwa ein Dutzend Bergmenschen, die mit groben Holzkeulen, Äxten und Speeren mit Steinspitzen bewaffnet waren. Es waren gedrungene, in zerrissene, schäbige Pelze gekleidete Burschen mit kurzen Armen und Beinen. Kleine, blutunterlaufene Augen starrten dem Cimmerier unter buschigen Brauen und fliehenden Stirnen entgegen. Die wulstigen Lippen hatten sie über den kräftigen gelben Zähnen zurückgezogen. Sie waren die Abkömmlinge einer Rasse eines früheren Stadiums der menschlichen Entwicklung. Conan hatte einmal in einem Tempelhof gehört, wie einige nemedische Gelehrte über sie philosophierten. Doch im Augenblick war er viel zu sehr damit beschäftigt, sein Pferd zu lenken und sich ein Ziel für seine Lanze zu suchen, als daß er diesen Überlegungen mehr als einen flüchtigen Moment widmete. Wie ein Blitz stürmte er zwischen die Bergmenschen.

2

Conan wußte, daß er gegen eine solche Übermacht nur eine Chance hatte, wenn er seine Beweglichkeit als Reiter voll nutzte, also nie an einem Fleck verharrte und dadurch in Gefahr geriet, umzingelt zu werden, denn ihn würde zwar seine Kettenrüstung vor den schlimmsten Schlägen schützen, aber selbst die plumpen Waffen der Primitiven konnten leicht sein Pferd zu Boden bringen. So stürzte er sich auf den nächsten der Bergmenschen, indem er sein Tier abrupt zur Seite riß.

Als seine Eisenlanze durch Knochen und dichtbehaartes Fleisch drang, schrie der Getroffene. Er ließ seine eigene Waffe fallen und klammerte die Hände um Conans Lanzenschaft. Die Wucht durch die Bewegung des Pferdes warf den Zottigen zu Boden. Während Conan durch die sich verteilende Meute kanterte, zerrte er seine Lanze frei.

Hinter ihm stießen die Bergmenschen schrille Schreie aus. Sie deuteten aufeinander, brüllten durcheinander und gaben sich offenbar die widersprüchlichsten Befehle gleichzeitig. Inzwischen zog Conan einen engen Kreis um sie und galoppierte zurück in die Horde. Ein Wurfspeer prallte von seinem Kettenhemd an der Schulter ab, ein anderer ritzte seinem Pferd leicht die Flanke auf. Aber er stieß seine Lanze mit voller Wucht in eine weitere der Gestalten und ritt schnell zurück.

Bei seinem dritten Ansturm rollte der Mann, den er aufgespießt hatte, herum, und der Lanzenschaft brach. Conan warf das abgebrochene Schaftende von sich und griff nach der Streitaxt. Als er wieder auf die Meute einstürmte, lehnte er sich aus dem Sattel. Die stählerne Axtklinge blitzte im Glühen des Sonnenuntergangs, als sie eine weite Achterschleife nach rechts und links beschrieb. Zu beiden Seiten fiel ein Bergmensch mit gespaltenem Schädel in den Schnee. Ein dritter, der nicht flink genug zur Seite sprang, wurde vom Pferd zu Boden geworfen und die Hufe trampelten über ihn.

Mit einem wilden Schrei stolperte der Getrampelte auf die Füße und ergriff hinkend die Flucht. Einen Augenblick später folgten ihm sechs seiner Artgenossen panikerfüllt.

Conan zügelte sein Pferd. Er schaute den kleiner werdenden Gestalten nach — und sprang erschrocken aus dem Sattel, als sein Hengst erzitterte und stürzte. Ein Wurfspeer war tief in den Leib, unmittelbar hinter Conans linkem Bein, gedrungen. Ein Blick genügte, um festzustellen, daß das Tier bereits ausgelitten hatte.

»Crom verdamm mich! Warum mußte ich mich auch einmischen!« fluchte Conan. Pferde waren selten und schier unbezahlbar in den nordischen Landen. Er hatte dieses Tier den ganzen Weg vom fernen Zamora geritten, hatte den strengen Winter über für ein Dach über seinem Kopf gesorgt, hatte sich gut darum gekümmert, ja es sogar verhätschelt und in Cimmerien zurückgelassen, als er sich den Æsir anschloß, weil er wußte, daß es das trügerische Eis nicht gewöhnt war und es ihm schaden mochte. Er hatte damit gerechnet, daß das treue Tier ihn zurück in wärmere Gefilde tragen würde, und nun lag es tot zu seinen Füßen, nur weil er unüberlegt in eine Auseinandersetzung zwischen den Bergmenschen eingegriffen hatte, die ihn überhaupt nichts anging.

Als sein keuchender Atem sich beruhigte und der rote Schleier der Kampftrunkenheit sich vor seinen Augen auflöste, wandte er sich an die junge Frau, für die er gekämpft hatte. Sie stand nur wenige Fuß von ihm entfernt und blickte ihn mit großen Augen an.

»Alles in Ordnung, Mädchen?« brummte er. »Haben diese Burschen dir etwas getan? Hab keine Angst, ich bin nicht dein Feind. Ich bin Conan, ein Cimmerier.«

Sie antwortete in einem Dialekt, den er nie zuvor gehört hatte. Es schien eine Form von Hyperboreanisch zu sein, vermischt mit Wörtern aus anderen Sprachen — einige aus dem Nemedischen, der Ursprung anderer war ihm unbekannt. Jedenfalls fiel es ihm schwer, auch nur die Hälfte ihrer Worte zu verstehen.

»Du kämpfst — wie ein Gott«, hauchte sie. »Ich dachte — du bist gekommen, um Ilga zu retten.«

Als sie sich allmählich beruhigte, gelang es ihm, nach und nach ihre Geschichte zu erfahren. Sie war Ilga vom Stamm der Virunier, einem Zweig der Hyperboreaner, der sich am Rand des Grenzkönigreichs angesiedelt hatte. Er befand sich in einer ständigen Fehde mit den haarigen Kannibalen, die in Höhlen in den Gipfeln des Eiglophiagebirges hausten. Es war ein verzweifelter Kampf um das Überleben in dieser Bergöde. Sie wäre von den Kannibalen verspeist worden, hätte Conan sie nicht gerettet.

Vor zwei Tagen, berichtete sie, war sie mit einer kleinen Gruppe Virunier aufgebrochen, um den Paß oberhalb des Schneeteufelgletschers zu überqueren. Sie hatten beabsichtigt, von dort aus nordöstlich nach Sigtona, dem nächsten hyperboreanischen Stützpunkt, zu reisen, der in einer Entfernung von mehreren Tagesritten lag. Sie hatten dort Blutsverwandte, mit denen die Virunier zum Frühlingsfest Tauschhandel zu treiben hofften. Außerdem wollte Ilgas Onkel, der sie begleitet hatte, dort auch einen guten Mann für sie suchen. Aber sie waren von den Haarigen überfallen worden und nur Ilga hatte den blutigen Kampf auf dem Hang überlebt. Mit seinen letzten Worten wies ihr Onkel sie an, wie der Wind nach Hause zurückzureiten.

Aber ehe sie außer Sichtweite der Bergmenschen gekommen war, glitt ihr Pferd auf einer vereisten Stelle aus und brach sich ein Bein. Es war ihr gelungen, von seinem Rücken zu springen, ehe es auf sie stürzen konnte, und dann hatte sie die Flucht zu Fuß fortgesetzt. Aber die Kannibalen hatten sie entdeckt und waren ihr über den Gletscher nachgehetzt. Stundenlang war sie gelaufen, doch schließlich hatten sie sie eingeholt und umzingelt, so wie Conan sie gefunden hatte.

Der Cimmerier brummte mitfühlend. Seine ausgesprochene Abneigung gegen die Hyperboreaner, seit seiner kurzen Gefangenschaft in ihren Sklavenpferchen, erstreckte sich nicht auf ihre Frauen. Es war eine tragische Geschichte, die Ilga ihm da erzählt hatte, aber nicht ungewöhnlich, denn das Leben im trostlosen Nordland war hart.

Doch nun sahen sie sich beide einem neuen Problem gegenüber. Die Nacht war hereingebrochen, und keiner von ihnen hatte ein Pferd. Ein Wind war aufgekommen. Ihre Chance die Nacht auf dem Gletscherfeld zu überleben, war nicht groß. Sie mußten unbedingt einen Unterschlupf finden und Feuer machen, oder der Schneeteufelgletscher würde zu ihrem Grab.

3

Conan schlief erst spät in dieser Nacht ein. Sie hatten einen Spalt unter einem Felsüberhang an einer Gletscherseite gefunden, wo das Eis gerade soweit geschmolzen war, daß sie sich hatten hineinzwängen können. Mit dem Rücken gegen die Granitoberfläche der Klippe, die stark gefurcht und mit Narben durch das Reiben des Gletschers überzogen war, hatten sie Platz, sich auszustrecken. Vor ihrem Spalt erhob sich die Flanke des Gletschers — klares, durchsichtiges Eis, mit höhlengleichen Tunnels und breiten Rissen durchzogen. Obgleich die Kälte des Eises bis in ihre Knochen drang, war es hier doch wärmer als außerhalb, wo ein heulender Wind jetzt dichte Schneewehen vor sich hertrieb.

Ilga hatte gezögert, Conan zu begleiten, obwohl der Cimmerier ihr versicherte, daß sie von ihm nichts zu befürchten hatte. Trotzdem hatte sie versucht, sich von ihm loszureißen und immer wieder ein ihm fremdes Wort gerufen, das in etwa wie *Yakhmar* klang. Schließlich hatte er die Geduld verloren, ihr einen leichten Schlag auf die Schläfe versetzt und sie bewußtlos in die klamme Zuflucht des Spaltes getragen.

Dann war er umgekehrt, um seinen Bärenpelzumhang, die Ausrüstung und den Proviant aus seinen Sattelsäcken zu holen. Von dem felsigen Hang am Rand des Gletschers hatte er einen Armvoll dürre Äste und Blätter gesammelt und zu der kleinen Höhle gebracht. Mit Feuerstein und Stahl entzündete er sein Brennholz und bald flackerte ein kleines Feuer, das jedoch mehr die Illusion von Wärme als echte Wärme vermittelte, denn Conan wagte nicht, es richtig auflodern zu lassen, damit es nicht die nahe Gletscherwand zum Schmelzen brachte und sie aus ihrem Obdach schwemmte.

Die orangefarbenen Flammen leuchteten tief in die Risse und Tunnel im Gletscher, bis sie sich in der düsteren Ferne verloren. Ein schwaches Gurgeln von Wasser klang an Conans Ohren und hin und wieder das Krachen und Knarren von sich langsam bewegendem Eis.

Noch einmal stapfte Conan hinaus in den beißenden Wind, um aus dem erstarrten Kadaver des Pferdes mit der Axt ein paar dicke Stücke zu hauen. An den Enden von zugespitzten Stöcken briet er sie über dem Feuer. Die Pferdesteaks mit ein paar Kanten schwarzen Brotes aus den Sattelsäcken, mit asgardischem Bier aus einem Ziegenlederbeutel hinuntergespült, ergaben ein etwas zähes, aber nahrhaftes Mahl.

Ilga aß stumm. Zuerst glaubte Conan, sie sei des Schlages wegen noch böse auf ihn, aber allmählich wurde ihm klar, daß ihre Gedanken sich nicht damit beschäftigten, sondern panische Angst sie erfüllte. Es war nicht eine übliche Furcht, wie sie sie vor den zottigen Bergmenschen empfunden hatte, sondern eine tiefe, abergläubische Angst, die mit dem Gletscher zusammenhängen mußte. Als er sie danach fragte, war sie nur imstande, das seltsame Wort *Yakhmar* zu flüstern,

und ihr hübsches Gesicht wurde dabei noch weißer und die Augen noch dunkler vor Angst. Er bat sie, ihm die Bedeutung dieses Wortes zu erklären, doch sie brachte nur vage Gesten zuwege, die ihm nichts sagten.

Nach dem Essen kauerten sie sich erwärmt und müde zusammen in den weiten Bärenpelzumhang. Ihre Nähe brachte Conan auf den Gedanken, daß ein wenig Leidenschaft sie vielleicht ablenken und ihr danach einen ruhigen Schlaf gewähren würde. Sie wehrte seine zuerst zögernde Zärtlichkeiten keineswegs ab, und sein jugendliches Ungestüm schien ihr zu gefallen. Er merkte bald, daß sie nicht unerfahren in diesem Spiel war und es sie durchaus befriedigte. Danach war Conan sicher, daß sie nun völlig entspannt war und sich gut ausruhen würde. Er rollte sich herum und schlief wie ein Toter.

Das Mädchen jedoch fand keinen Schlummer. Reglos starrte sie in die gähnende Schwärze der Eistunnels hinter der schwachen Glut des Feuers. Schließlich, als die Morgendämmerung nahe war, kam das, was sie so sehr fürchtete.

Zuerst hörte sie ein leises Flöten — eine auf- und abschwellende dünne Musik, die sich um sie zu winden schien, bis sie so hilflos war wie ein Vogel im Netz. Ihr Herz pochte heftig gegen die Ripenn. Sie vermochte sich weder zu bewegen, noch zu sprechen und schon gar nicht den schnarchenden Jüngling an ihrer Seite zu wecken.

Und dann tauchten zwei Scheiben kalten grünen Feuers in der Mündung des Tunnels auf, der ihrer winzigen Höhle am nächsten war — zwei riesige Augen, die sich in ihre junge Seele brannten und sie in tödlichen Bann schlugen. Es war kein Geist, kein Verstand hinter diesen Flammenscheiben — nur unersättlicher Hunger!

Wie im Traum erhob sich Ilga und ließ ihre Seite des Bärenpelzumhangs auf den Boden gleiten. Nackt, eine schlanke Gestalt, die sich weiß gegen die Düsternis abhob, schritt sie in die Dunkelheit des Tunnels und verschwand. Das höllische Flöten verstummte. Die kalten grünen Augen waren nicht mehr zu sehen.

Und Conan schlief tief und fest.

4

Abrupt erwachte Conan. Ein unheimliches Vorgefühl — eine von des Barbaren überwachen Sinnen ausgestrahlte Warnung — ließ seine Nerven erzittern. Wie eine Dschungelkatze war der Cimmerier sofort hellwach. Doch er blieb reglos liegen, während jeder seiner Sinne seine Umgebung erforschte.

Und dann sprang der Barbar mit einem tief aus der Kehle quellenden Knurren auf die Füße — und stellte fest, daß er sich allein in der Höhle befand. Das Mädchen war fort. Doch ihre Pelze, aus denen sie bei ihrem Liebesspiel geschlüpft war, lagen noch auf dem Boden. Er runzelte verwirrt die Stirn. Er spürte die Gefahr, die noch in der Luft hing und wie mit spitzen Fingern an seinen Nervenenden zu ziehen schien.

Hastig kleidete er sich an und nahm seine Waffen an sich. Mit der Streitaxt in der Faust zwängte er sich durch die schmale Öffnung zwischen dem Felsüberhang und der Gletscherflanke. Kein Wind pfiff mehr. Obgleich Conan den nahen Morgen bereits spürte, hatte noch kein Dämmerlicht das Brillantenfunkeln der Tausende von Sternen am Himmel gedämpft. Die Sichel des Mondes hing tief über den westlichen Gipfeln und warf einen bleichen Goldschimmer über die Schneefelder.

Conan schaute sich forschend um. Sein scharfer Blick

entdeckte keine Fußstapfen und auch keine Spuren eines Kampfes in der Nähe des Überhangs. Es erschien ihm jedoch unwahrscheinlich, daß Ilga sich barfuß in das Labyrinth von Tunnels und Spalten begeben hatte, wo ein Vorwärtskommen selbst mit genagelten Stiefeln fast unmöglich war und wo jeder falsche Schritt einen Sturz in einen der kalten Bäche aus geschmolzenem Eis bedeuten mochte, die am Grund des Gletschers dahinflossen.

Conan stellten sich die Härchen im Nacken auf, als er über das geheimnisvolle Verschwinden des Mädchens nachdachte. Er fürchtete nichts Sterbliches, aber die abergläubische Angst und der Ekel des Barbaren vor unheimlichen, übernatürlichen Wesen und Kräften, die in dunklen Ecken und Winkeln lauerten, erfüllte ihn.

Weiter suchte er den Schnee nach Spuren ab — und erstarrte plötzlich. Etwas war erst vor kurzem, nur wenige Schritte vom Überhang entfernt, aus einem Spalt im Eis gekommen. Es mußte lang, weich und geschmeidig gewesen sein und hatte sich ohne Füße bewegt. Die gewundene Fährte, die tief in den Schnee gedrückt war, ließ auf eine monströse Schlange schließen.

Der Schein des untergehenden Mondes war nur noch schwach, trotzdem lasen Conans in der Wildnis geschulte Augen die Fährte ohne Schwierigkeit. Sie führte rund um einen Schneehaufen über Felssimse den Berg hoch, fort vom Gletscher zu einem der windgepeitschten Gipfel. Conan bezweifelte, daß das Ungeheuer allein gewesen war.

Der Fährte, einer breiten, schattenhaften Furche, folgend, kam er zu der Stelle, wo er sein totes Pferd zurückgelassen hatte. Jetzt war von dem Kadaver nicht viel mehr als ein paar Knochen übrig. Die Spur war nun nur noch schwach um die Überreste herum zu sehen, denn der Wind hatte Schnee darüber geweht.

Eine kurze Strecke weiter kam er zu dem Mädchen —

oder vielmehr, was von ihr noch geblieben war. Ihr Kopf war verschwunden und der Großteil des Fleisches vom Oberkörper, so daß die weißen Knochen wie Elfenbein im Mondlicht schimmerten. Die aus ihrer Brust ragenden Rippen waren säuberlichst abgenagt oder von einer rauhen Zunge abgeleckt.

Conan war ein Krieger, der harte Sohn eines harten Volkes, und er hatte den Tod in tausenderlei Form gesehen. Doch bei diesem Anblick schüttelte ihn übermächtige Wut. Vor ein paar Stunden noch hatte dieses schlanke warme Mädchen in seinen Armen gelegen und seine Liebe mit derselben Leidenschaft erwidert. Nun lag sie wie eine zerstörte Puppe vor ihm, der ein Riesenkind den Kopf abgerissen und achtlos weggeworfen hatte.

Conan biß die Zähne zusammen und untersuchte die Leiche. Überrascht stellte er fest, daß sie starr gefroren und mit einer dicken klaren Eisschicht überzogen war.

5

Conan kniff nachdenklich die Augen zusammen. Sie mußte ihn vor nicht viel mehr als einer Stunde verlassen haben, denn ein wenig ihrer Körperwärme war noch im Bärenfellumhang fühlbar gewesen, als er ihr Verschwinden entdeckt hatte. In so kurzer Zeit konnte ein warmer Leib nicht steifgefrieren, und schon gar nicht eine dicke Eisschicht um sich bilden. Es war unnatürlich.

Er stieß einen rauhen Fluch aus. Jetzt wußte er, was das Mädchen von seiner Seite gelockt hatte. Sein Grimm wuchs noch mehr und mit ihm vermischte sich Abscheu. Conan hatte sich an die halbvergessenen Legenden erinnert, die man sich in seiner Kindheit in Cimmerien an den Feuern erzählte. Eine davon berichtete von dem gefürchteten Schneeungeheuer, der grimmigen Remora — eine Vampireisschlange, deren glücklicherweise fast vergessener Name von Grauen kündete.

Höhere Lebewesen, das wußte Conan, strahlten Wärme aus. Nach ihnen kamen die schuppigen und gepanzerten Reptilien und Fische, deren Temperatur sich ihrer Umwelt anpaßte. Remora, die Schlange des Eislands, schien einmalig in ihrem Wesen zu sein, denn sie strahlte *Kälte* aus. Und diese grimmige Kälte konnte eine Leiche in kurzer Zeit in einen Eispanzer hüllen. Da von Conans Stammesbrüdern keiner je behauptete, er habe Remora gesehen, hatte er angenommen, es gäbe diese Bestie schon lange nicht mehr.

Vor ihr also hatten Ilga sich so entsetzlich gefürchtet, und sie hatte vergebens versucht, ihn mit dem Namen *Yakhmar* vor ihr zu warnen.

Grimmig beschloß Conan, dieses Ungeheuer in seinen Bau zu verfolgen und zu erschlagen. Er hätte den Grund für diesen Entschluß selbst nicht nennen können. Aber trotz seines jugendlichen Ungestüms und seinem wilden, gesetzverachtenden Wesen, hatte er seinen eigenen Ehrbegriff. Er hatte es sich zur Angewohnheit gemacht, sein Wort zu halten und sich keiner Verpflichtung zu entziehen, die er aus freiem Willen auf sich genommen hatte. Wenn er sich auch nicht für einen strahlenden Helden hielt, behandelte er Frauen doch mit einer rauhen Verbindlichkeit, die in krassem Gegensatz zu seinem unbeugsamen Verhalten Männern gegenüber stand. Nie zwang er Frauen seinen Willen auf, sobald er merkte, daß sie seine Empfindungen nicht teilten, und immer bemühte er sich, sie zu beschützen, wenn er sich für sie verantwortlich fühlte.

Jetzt hatte er in seinen eigenen Augen versagt. Indem Ilga sich ihm hingab, hatte sie sich unter seinen Schutz gestellt.

Doch als sie ihn brauchte, hatte er ahnungslos geschlafen wie ein Betrunkener. Da er nichts von den bannenden Flötentönen wußte, mit denen Remora ihre Opfer lähmte und durch die sie ihn, der normalerweise einen leichten Schlaf hatte, noch fester in Schlummer wiegte, verwünschte er sich und schalt sich einen uneinsichtigen Narren, da er nicht auf Ilgas Warnung geachtet hatte. Er knirschte mit den kräftigen Zähnen und biß sich vor Wut auf die Lippe. Er war fest entschlossen, diesen Fleck auf dem Wams seiner Ehre reinzuwaschen, und wenn es ihn das Leben kosten sollte.

Als der Himmel im Osten hell wurde, kehrte Conan zu der Höhle zurück. Er schnürte sein Bündel und überlegte sich einen Plan. Vor wenigen Jahren noch wäre er einfach in aller Eile der Fährte der Eisschlange gefolgt und hätte sich völlig auf seine ungeheure Kraft und die scharfe Schneide seiner Waffen verlassen. Aber die Erfahrung hatte ihn — auch wenn sie ihn immer noch nicht vor mancher impulsiven Handlung bewahrte — zumindest eine Spur von Vorsicht gelehrt.

Es wäre Wahnsinn, sich mit nackten Händen in einen Kampf mit der Eisschlange einzulassen, da allein schon die geringste Berührung der Kreatur den Kältetod bedeutete. Selbst Schwert und Axt waren von zweifelhafter Wirksamkeit. Die ungeheure Kälte mochte ihren Stahl spröde machen, oder den Griff bersten und die Hand, die sie schwang, zu Eis erstarren lassen.

Aber — und hier verzogen Conans Lippen sich zu einem grimmigen Lächeln — vielleicht konnte er die Eisschlange mit ihren eigenen Waffen schlagen.

Schnell und mit zusammengepreßten Lippen traf er seine Vorbereitungen. Vollgefressen wie sie war, würde die Schlange zweifellos den ganzen Tag über schlafen. Aber Conan wußte nicht, wie lange er brauchen würde, um den

Bau der Bestie zu erreichen, und er hatte Angst, daß ein Schneefall oder Sturm die Fährte verwischen würde.

6

Wie sich herausstellte, brauchte Conan nicht viel mehr als eine Stunde, bis er den Bau Remoras gefunden hatte. Die Morgensonne lugte erst ein bißchen über die östlichen Gipfel des Eiglophiagebirges und ließ die Schneefelder wie ein Pflaster aus Brillantsplittern glitzern, als er vor der Öffnung der Eishöhle stand, zu der die gewundene Spur ihn geführt hatte. Diese Höhle befand sich in der Seite eines kleinen Gletschers, einer Art Ableger des Schneeteufels. Von dieser Höhle aus konnte Conan den Hang zurückschauen, über den dieser kleine Gletscher einen Bogen zu der Stelle machte, wo er aus dem großen entwachsen zu sein schien.

Conan trat in die Öffnung. Der Schein der aufgehenden Sonne blitzte und glitzerte von den durchschimmernden Eiswänden zu beiden Seiten und brach sich zu einem ständig wechselnden Regenbogenschillern. Conan war, als hätte ein Magier ihn ins Innere eines gewaltigen Edelsteins versetzt.

Erst als er tiefer in den Gletscher drang, schloß sich Dunkelheit um ihn. Verbissen setzte er Fuß vor Fuß und schlug den Kragen seines Bärenpelzumhangs vor das Gesicht, um sich vor der lähmenden Kälte zu schützen, die sogar seine Augen schmerzte und ihn zwang, kurze, flache Atemzüge zu machen, um seine Lunge nicht zu erfrieren. Winzige Eiskristalle bildeten sich wie eine feine Maske über seinen Zügen. Sie zersplitterte bei jeder Bewegung des Gesichts, nur um sich sofort erneut zu formen. Aber unbeirrt schritt er weiter und achtete auf das, was er so vorsichtig unter seinem Umhang hielt.

Und dann öffneten sich in der Düsternis vor ihm zwei

kalte grüne Augen, die tief in seine Seele zu starren schienen. Diese leuchtenden Scheiben strahlten ein eigenes, eisiges Licht aus, das den Eindruck erweckte, als schiene es durch Wasser hindurch. In seinem Schimmern sah er, daß die Höhle in eine runde Mulde, dem Nest der Eisschlange, auslief. Remoras ungeheure Länge ruhte zusammengerollt in diesem Nest. Ihr knochenloser Körper war dicht mit seidigem weißem Pelz bedeckt. Ihr Maul war eine kieferlose runde Öffnung, die sie im Augenblick geschlossen hatte. Über diesem Maul leuchteten die beiden großen Augen aus einem glatten runden Kopf.

Da sie offenbar geschlafen hatte, brauchte die Schlange einige Herzschläge, ehe sie auf Conans Anwesenheit reagierte. Während all der zahllosen Äonen, die sie in der kalten Stille des Schneeteufelgletschers hauste, hatte noch kein kümmerliches Menschlein es je gewagt, sie in der eisigen Tiefe ihres Nestes heimzusuchen. So begann sie jetzt erst mit ihrem unheimlichen, willenbannenden Flöten, das sich wie eine gewaltige Brandung auf Conan warf.

Aber es war bereits zu spät. Der Cimmerier schlug seinen Umhang zurück, um sein Mitbringsel zu offenbaren. Es war sein schwerer, stählerner Asgardhelm, in den er die glühenden Kohlen seines Feuers gepackt hatte. In ihnen steckte seine Streitaxt, von einer Schlinge des ledernen Kinnbands um den Griff an Ort und Stelle gehalten. Ein Zügel des Pferdezaumzeugs war um den Axtstiel und den Kinnriemen gewunden.

Mit dem Zügelende in einer Hand wirbelte Conan den gefüllten Helm wie ein Schleudergeschoß um den Kopf. Der Luftzug ließ die schwachglimmende Kohle dunkelrot, dann kirschrot, dann weiß glühen. Es begann nach schwelendem Helmfutter zu riechen.

Die Eisschlange hob ihren stumpfen Schädel. Ihr kreisrundes Maul öffnete sich langsam. Sie zeigte einen Ring kleiner, leicht nach innen gerichteter spitzer Zähne. Als das Flöten zu einem unerträglichen Schrillen anstieg und das runde Maul sich ihm näherte, hörte Conan auf, den Helm zu wirbeln und zog die Axt heraus, deren Schaft angesengt war und zum Teil rauchend brannte, wo er in dem jetzt weißglühenden Metall des Doppelblatts steckte. Ein schneller Wurf beförderte die Waffe in ihrem ungewöhnlichen Zustand in den gähnenden Rachen. Dann packte der Cimmerier den vollen Helm an einem seiner Flügel und schleuderte die glühenden Kohlen der Axt hinterher, ehe er sich eilig umdrehte und rannte.

7

Conan hätte später nicht zu sagen gewußt, wie er den Höhlenausgang wieder erreicht hatte. Die Bewegungen des sich im Todeskampf windenden und zuckenden Schneeungeheuers erschütterten den Gletscher. Donnernd zersprang das Eis ringsum. Nicht länger zog ein eisiger Odem durch den Tunnel, statt dessen füllte ihn nun dichter, wirbelnder Nebel aus, der Sicht und Atem raubte.

Conan stolperte über den unebenen Eisboden und schlug immer wieder heftig gegen die eine oder andere Tunnelwand, aber schließlich erreichte er die Außenwelt. Immer noch bebte der Gletscher unter den Todeszuckungen der gewaltigen Bestie in seinem Innern. Dampf stieg aus Dutzenden von Spalten und Höhlen zu beiden Seiten von Conan auf, der rutschend und schlitternd den schneeigen Hang hinunterlief. Er hielt sich seitwärts, um schneller den festen Boden mit seinen Felsbrocken und verkrüppelten Bäumen zu erreichen, aber ehe es ihm glückte, zerbarst der Gletscher. Als das weißglühende Axtblatt in das eisige Innere des

Ungeheuers drang, hatte es eine Kettenreaktion ausgelöst, die die Bestie zerriß.

Mit krachendem Donnern erzitterte das Eis, brach auf, schleuderte Fontänen glasähnlicher Bruchstücke in die Luft und zerfiel zu einem wirbelnden Gemisch aus Eis und spritzendem Wasser, das bald hinter einer gewaltigen Dampfwolke verborgen war. Conan hatte seinen Halt verloren. Er rutschte und rollte über die brodelnde Masse und prallte schließlich mit betäubender Wucht gegen einen Felsblock am Rand des schmelzenden Eises. Schnee drang ihm in Augen und Mund. Ein gewaltiges Gletscherstück schlug auf seinem Felsblock auf und begrub ihn fast unter einem Haufen Eissplitter.

Benommen befreite sich der Cimmerier daraus und schleppte sich in Sicherheit. Zwar hatte er sich glücklicherweise nichts gebrochen, aber so viele Schrammen, Blutergüsse und kleinere Wunden abbekommen, als hätte er an einer Schlacht teilgenommen. Über ihm wirbelte eine riesige Wolke aus Dampf und glitzernden Eiskristallen von der Stelle, wo sich die Höhle der Schlange befunden hatte, jetzt aber nur noch ein schwarzer Krater gähnte. Eistrümmer und Schmelzwasser glitten von allen Seiten in diesen Schlund. Dieser ganze Gletscherteil hatte sich um ein gewaltiges Stück gesenkt.

Allmählich beruhigte sich die Welt um Conan. Der schneidende Bergwind vertrieb die Dunstwolken. Das Schmelzwasser erstarrte zu neuem Eis. Der Gletscher wurde wieder fast so reglos wie zuvor.

Zerschlagen und erschöpft hinkte der Cimmerier zum Paß hinunter. So mitgenommen er auch war, blieb ihm nichts übrig, als den ganzen weiten Weg nach Nemedien oder Ophir zu Fuß zurückzulegen, außer er konnte irgendwo ein Pferd kaufen, zu leihen nehmen, erbetteln oder stehlen. Aber frohen Mutes wandte er sein zerschundenes Gesicht der

Sonne entgegen — dem goldenen Süden, wo prunkvolle Städte ihre Türme himmelwärts reckten, und wo ein furchtloser, starker Mann mit ein wenig Glück zu Gold, Wein und sanften vollbusigen Frauen kommen konnte.

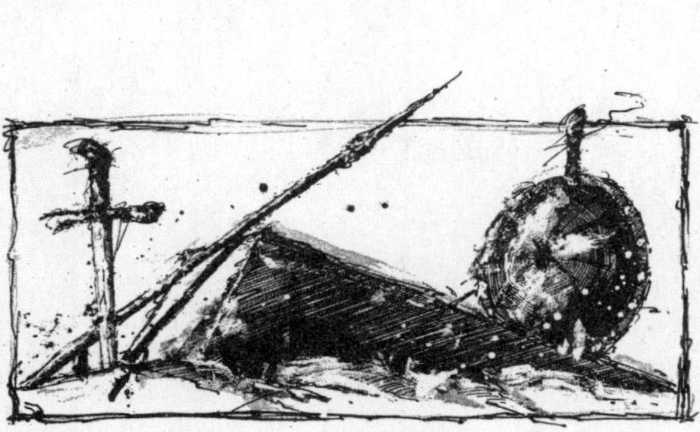

Die Königin der schwarzen Küste

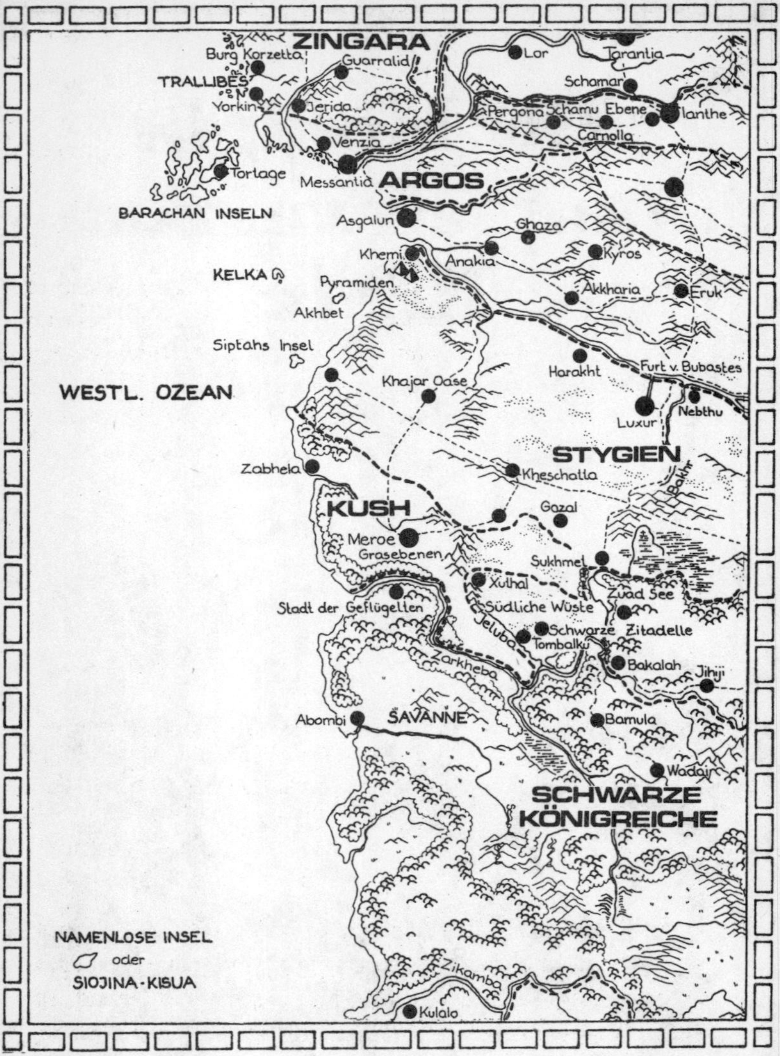
ZINGARA
Burg Korzetta
Guarralid
Lor
Tarantia
TRALLIBES
Schamar
Yorkin
Jerida
Pergona
Schamu Ebene
Ianthe
Carnolla
Venzia
Tortage
Messantia
ARGOS
BARACHAN INSELN
Asgalun
Ghaza
Khemi
Anakia
Kyros
KELKA
Pyramiden
Akkharia
Eruk
Akhbet
Siptahs Insel
Harakht
Furt v. Bubastes
WESTL. OZEAN
Khajar Oase
Nebthu
Luxur
STYGIEN
Zabhela
Kheschatta
KUSH
Gazal
Meroe
Grasebenen
Sukhmet
Xuthal
Zuad See
Stadt der Geflügelten
Südliche Wüste
Schwarze Zitadelle
Jeluba
Tombalku
Zarkheba
Bakalah
Jihiji
Abombi
SAVANNE
Bamula
Wadai
SCHWARZE KÖNIGREICHE
NAMENLOSE INSEL
oder
SIOJINA-KISUA
Zikamba
Kulalo

Die Königin der Schwarzen Küste

Robert E. Howard

Conan kehrt in die hyborischen Königreiche zurück, wo er sich in Nemedien, Ophir und schließlich Argos als Söldner verdingt. Eine unbedeutende Gesetzesübertretung zwingt ihn, das erstbeste Schiff aus Ophir zu nehmen. Er ist jetzt etwa vierundzwanzig Jahre alt.

1

CONAN WIRD PIRAT

So wie der Frühling neue Knospen bringt,
der Herbst die grünen Blätter niederrafft,
so sicher ist mein Herz noch unberührt,
für einen nur das Feuer meiner Leidenschaft.

Das Lied von Bêlit

Hufe trommelten über die Straße zu den Kais. Die aufschreienden und zur Seite springenden Fußgänger erhaschten nur einen flüchtigen Blick auf eine gerüstete Gestalt auf einem Rapphengst, deren wallender scharlachroter Umhang im Wind hinter ihr herflatterte. Weiter entfernt auf der Straße erschallten die Rufe und das Hufgetrappel der Verfolger, aber der Reiter warf keinen Blick zurück. Er jagte auf den Kai hinaus und zügelte sein Tier so dicht am Rand des Piers, daß es sich erschrocken aufbäumte. Die Seeleute, die eben das gestreifte Segel einer hochbugigen, breitbauchigen Galeere setzten, starrten ihm mit offenen Mündern entgegen. Der Schiffsherr, ein untersetzter, schwarzbärtiger Mann, stand am Bug und stieß die Galeere mit einem Bootshaken ab. Er brüllte wütend auf, als der Reiter sich vom Sattel schwang und mit einem Riesensatz auf dem Mitteldeck landete.

»Wer hat Euch an Bord gebeten?« schrie er aufgebracht.

»Legt schon ab!« donnerte der Eindringling mit einer wilden Geste, daß rote Tropfen von seinem Breitschwert sprühten.

»Aber wir segeln zu den Küsten von Kush!« rief der Schiffsherr.

»Dann komme ich eben mit nach Kush! Legt ab, Mann!«

Der andere warf einen schnellen Blick die Straße hoch, auf der ein Trupp Reiter herangaloppierte. Ihm folgte, in noch größerer Entfernung, eine Abteilung Armbrustschützen zu Fuß.

»Könnt Ihr denn für Eure Fahrt bezahlen?« fragte der Schiffsherr.

»Ich zahle mit blankem Stahl!« donnerte der Mann im Kettenhemd und schwang das mächtige Schwert, das bläulich in der Sonne glitzerte. »Bei Crom, Mann, wenn Ihr Euch nicht sofort beeilt, bade ich diese Galeere im Blut ihrer Mannschaft!«

Der Schiffsherr war ein guter Menschenkenner. Ein Blick auf das dunkle, narbenübersäte Gesicht mit dem grimmigen Ausdruck genügte ihm. Er erteilte einen scharfen Befehl und stieß den Bootshaken mit aller Kraft gegen den Kai. Die Galeere glitt hinaus ins klare Wasser. Die Ruder bewegten sich rhythmisch, und schon füllte eine Bö das schimmernde Segel. Das leichte Schiff legte sich in den Wind und schwamm dahin wie ein Schwan, während es immer mehr Geschwindigkeit aufnahm.

Auf dem Pier drohten die Reiter schwertfuchtelnd und befahlen brüllend, die Galeere solle wenden, während sie gleichzeitig auf die säumigen Armbrustschützen einschrien, sich zu beeilen, ehe das Schiff außer Schußweite war.

»Laßt sie wüten!« sagte der kräftige Mann mit dem Schwert grinsend. »Haltet nur gut auf Kurs, Meister Steuermann!«

Der Schiffsherr stieg vom schmalen Bugdeck hinunter und zwischen den Rudererreihen hindurch zum Mitteldeck. Der Fremde lehnte dort mit dem Rücken gegen den Mast, und schaute sich mit dem Schwert in der Hand wachsam um. Der Schiffsherr wandte den Blick nicht von ihm und achtete darauf, auch nicht versehentlich mit der Hand, dem langen Dolch in seinem Gürtel zu nahe zu kommen. Er sah einen hochgewachsenen Mann von mächtiger Statur in schwarzem Haubert, mit brünierten Beinschienen und einem hochglänzenden, gehörnten Helm aus bläulichem Stahl vor sich. Über der Kettenrüstung trug der Fremde einen scharlachroten Umhang, der im Seewind von seinen Schultern flatterte. Ein breiter Chagrinledergürtel mit einer goldenen Schließe hielt die Scheide seines Breitschwerts. Unter dem Helm bildete die gerade geschnittene schwarze Mähne einen erstaunlichen Gegensatz zu den funkelnden blauen Augen.

»Wenn wir schon miteinander reisen müssen«, sagte der Schiffsherr, »sollten wir uns auch vertragen. Mein Name ist Tito, ich bin eingetragener Meisterschiffsherr der argossanischen Häfen. Ich segle nach Kush, um dort bei den schwarzen Königen Holzperlen, Seide, Zucker und Schwerter mit Messingknäufen gegen Elfenbein, Kopra, Kupfererz, Sklaven und Perlen einzuhandeln.«

Der Mann mit dem Schwert schaute auf die stetig weiter zurückbleibenden Kais, wo seine Verfolger immer noch hilflos gestikulierten und offenbar Schwierigkeiten hatten, ein Schiff zu finden, das flink genug war, die schnelle Galeere einzuholen.

»Ich bin Conan, ein Cimmerier«, antwortete er. »Ich kam nach Argos, um mich hier zu verdingen, aber ohne die Aussicht auf einen Krieg sah es nicht gerade gut für mich aus.«

»Weshalb verfolgten Euch die Soldaten?« erkundigte sich Tito. »Es geht mich ja nichts an, aber ich dachte ...«

»Ich habe nichts zu verbergen«, versicherte ihm der Cimmerier. »Bei Crom, obgleich ich schon ziemlich lange Zeit unter euch zivilisierten Menschen verbrachte, verstehe ich eure Gebräuche immer noch nicht so recht.

Nun, jedenfalls benahm sich gestern abend in einer Schenke ein Hauptmann der Königsgarde dem Mädchen eines jungen Soldaten gegenüber nicht so, wie man es von einem Offizier erwarten sollte. In seiner begreiflichen Empörung erstach der Soldat ihn. Aber offenbar gibt es hier irgendein verfluchtes Gesetz, das das Töten von Gardeoffizieren verbietet. Der Junge und das Mädchen flohen. Es sprach sich herum, daß ich mich in ihrer Gesellschaft befunden hatte, also befahl man mich heute vor Gericht und dort fragte man mich, wo der Junge sich verkrochen hätte. Aber da er mein Freund war, durfte ich ihn doch nicht verraten. Das ergrimmte den Richter, und er gebrauchte viele große Worte, daß es meine Pflicht gegenüber Staat und Gesellschaft sei — und noch vieles andere, was ich nicht verstand —, zu sagen, wohin der Junge geflohen wäre. Inzwischen war auch in mir der Grimm erwacht, denn ich hatte schließlich meinen Standpunkt dargelegt.

Aber ich unterdrückte meinen Zorn und hielt mich zurück. Das verärgerte den Richter offenbar so sehr, daß er behauptete, ich mißachte die Ehre des hohen Gerichts, und er bestimmte, daß ich so lange im Kerker schmachten sollte, bis ich meinen Freund verriete. Als ich sah, daß er und das ganze Gericht den Verstand verloren hatten, zog ich mein Schwert und hieb es dem Richter über den Schädel, dann kämpfte ich mir den Weg aus dem Gericht. Ich stolperte über das Pferd des hohen Gerichtsherrn, das in der Nähe angebunden war, und lieh es mir aus. Ich ritt zum Pier, denn ich hoffte, ein Schiff nach fernen Gegenden zu finden.«

»Auch ich empfinde keine große Liebe für die Gerichte«, gestand Tito. »Zu oft schröpften sie mich, wenn reiche Kaufleute mich zu Unrecht aus diesem oder jenem Grund verklagten. Ich werde wohl einige Fragen zu beantworten haben, wenn ich wieder in diesem Hafen anlege, aber ich kann beweisen, daß ich unter Androhung von Waffengewalt dazu gezwungen wurde, Euch mitzunehmen. Steckt also Euer Schwert ruhig ein. Wir sind friedliebende Seeleute und haben nichts gegen Euch. Außerdem mag es sich als recht nützlich erweisen, einen Kämpfer wie Euch an Bord zu haben. Kommt mit mir ins Achterkastell, dann gönnen wir uns einen Krug Bier.«

»Einverstanden«, brummte der Cimmerier bereitwillig und schob sein Schwert in die Scheide.

Die *Argus* war ein kleines, robustes Schiff, typisch für die Kauffahrer, die ihre Geschäfte zwischen den Häfen von Zingara und Argos und entlang der südlichen Küsten abwickelten und sich selten aufs offene Meer wagten. Sie hatte einen hochgeschwungenen Bug, war breit in der Mitte, und im großen und ganzen von angenehmer Form. Gesteuert wurde sie von dem langen Ruder am Heck, und als Fortbewegung diente in der Hauptsache das breite, gestreifte Seidensegel, das von einem Klüver unterstützt wurde. Die Ruder dienten gewöhnlich nur dazu, dem Schiff aus Buchten und Mündungen zu helfen. Es gab zehn davon an jeder Seite, je fünf vor und hinter dem kleinen Mitteldeck. Der wertvollste Teil der Ladung war hier unter diesem und dem

Vorderdeck vertäut. Die Mannschaft schlief an Deck oder zwischen den Ruderbänken, wo Segeltuchplanen sie bei schlechtem Wetter schützten. Mit zwanzig Mann an den Riemen, drei am Steuerruder, und dem Schiffsherrn war die Besatzung komplett.

Anhaltend gutes Wetter begünstigte die *Argus*, und so machte sie gute Fahrt südwärts. Mit jedem Tag schien die Sonne heißer herab, und so spannte man auch jetzt die Segeltuchplanen auf, die aus demselben gestreiften Seidenstoff wie das schimmernde Segel waren und kaum weniger glänzten als die Goldverzierungen am Bug und entlang der Reling.

Die Küste von Shem kam in Sicht, ein weites welliges Grasland, und dahinter in der Ferne die weißen Zinnen der Stadttürme, aber auch Reiter mit blauschwarzen Bärten und Hakennasen, die vom Rücken ihrer Pferde aus die Galeere mißtrauisch beobachteten. Sie legte hier auch nicht an. Im Handel mit den wilden, wachsamen Söhnen Shems war nicht viel zu holen.

Genausowenig fuhr Meister Tito in die breite Bucht ein, wo der Styx seine gewaltigen Fluten in den Ozean ergoß, und wo die wuchtigen schwarzen Burgen der Khemi über das blaue Wasser ragten. Schiffe wagten sich selten ungebeten in diesen Hafen, wo Schwarze Magier hinter dem dichten Opferrauch ihre schrecklichen Zauber wirkten — hinter diesem Rauch, der immer und zu aller Zeit von den blutbefleckten Altären aufstieg, auf denen nackte Frauen ihre Furcht hinausschrien, und wo Set, die Alte Schlange, der Erzdämon der Hyborier, aber Gott der Stygier, sich mit seinem schuppenglitzernden Leib durch die Reihen seiner Anbeter schlängeln sollte.

Meister Tito machte einen weiten Bogen um diese verträumte Bucht mit ihrem glasklaren Wasser, obgleich von einer befestigten Landspitze eine Gondel mit schlangenverziertem Bug herausglitt und nackte dunkle Frauen mit großen roten Blumen im Haar den Seeleuten zuriefen und sie in schamlosen Posen lockten.

Nun ragten auf dem Festland keine glitzernden Türme mehr in den Himmel. Das Schiff hatte die Südgrenze Stygiens passiert und die Küste von Kush erreicht. Das Meer war für Conan, der in den schroffen Bergen des nordischen Hochlands geboren war, ein nie endendes Rätsel. Ihrerseits hatten von den rauhen Seeleuten nur wenige je einen seiner Rasse gesehen, und so zeigten sie großes und unverhohlenes Interesse an ihm.

Sie waren typische argossanische Matrosen, untersetzt und von kräftigem Körperbau. Trotzdem würden nicht einmal ihrer zwei soviel Kraft aufbringen, wie der Cimmerier allein, der um ein gutes Stück größer war als sie. Sie waren hart und zäh, aber er hatte die Ausdauer und die Vitalität des Wolfes. Das harte Leben in seinem heimatlichen Ödland hatte seine Muskeln und Nerven gestählt. Er lachte schnell, war jedoch auch genauso schnell ergrimmt und schrecklich in seinem Zorn. Er war ein ausdauernder Zecher, starke Getränke waren seine Leidenschaft — und seine Schwäche zugleich. So naiv wie ein Kind er auch in mancher Weise war, und so unvertraut mit den Feinheiten der Zivilisation, war er doch von Natur aus intelligent, auf seine Rechte bedacht, und so gefährlich wie ein hungriger Tiger. Trotz seiner jungen Jahre verfügte er über große Erfahrung im Kämpfen, und war schon weit herumgekommen. Letzteres verriet seine aus vielen Ländern zusammengewürfelte Kleidung. Er trug den gehörnten Helm der goldhaarigen Æsir von Nordheim; sein Haubert und die Beinschienen waren beste kothische Arbeit; die feine Kettenrüstung, die seine Arme und Beine schützte, stammte aus Nemedien; die Klinge an seinem Gürtel war ein mächtiges aquilonisches Breitschwert; und der Stoff seines prächtigen, scharlachroten Umhangs konnte nur auf einem ophireanischen Webstuhl entstanden sein.

Immer weiter südwärts kamen sie. Meister Tito begann Ausschau nach den von hohen Mauern umgebenen Siedlungen der Schwarzen zu halten, aber alles, was sie fanden, waren rauchende Trümmerhaufen an einer Bucht, und verstreut herumliegende schwarze Leichen.

Tito fluchte. »Ich machte hier gewöhnlich gute Geschäfte«, brummte er. »Es ist das Werk von Piraten.«

»Was geschieht, wenn wir mit ihnen zusammenstoßen?« fragte Conan und griff unwillkürlich nach dem Schwert.

»Meine Galeere ist kein Kriegsschiff. Wir kämpfen nicht, wir segeln davon. Aber falls es ihnen doch gelingen sollte, uns zu nahe zu kommen, wissen wir uns schon unserer Haut zu wehren. Es wäre nicht das erstemal, daß wir Seeräuber in die Flucht schlugen, und wir schaffen es sicher wieder, außer wir bekommen es mit Bêlits *Tigerin* zu tun.«

»Wer ist Bêlit?«

»Die wildeste Teufelin, für die sich noch kein Strick fand. Falls ich die Spuren richtig las, waren es ihre Henkersknechte, die die Siedlung an der Bucht überfielen. Ich hoffe, ich sehe sie einmal von der Rah baumeln! Man nennt sie die Königin der Schwarzen Küste. Sie ist eine Shemitin, die eine Mannschaft von Schwarzen um sich geschart hat. Sie ist eine Geißel der Seefahrt und hat schon so manchen guten Kauffahrer auf den Grund des Meeres geschickt.«

Tito holte gesteppte Wämser, stählerne Kappen, Pfeile und Bogen aus dem Achterkastell.

»Hat wenig Sinn, uns zu wehren, falls sie uns entern«, brummte er. »Aber es täte in der Seele weh, das Leben kampflos aufzugeben.«

Gegen Sonnenuntergang rief der Ausguck eine Warnung. Um die Landspitze einer Insel an Steuerbord glitt eine lange, tödlich gefährliche Form, eine schlanke Galeere, deren erhöhtes Deck von Bug bis Heck verlief. Vierzig Ruder an jeder Seite trugen sie schnell durchs Wasser. An der niedrigen Reling standen dicht gedrängt nackte Schwarze, die ein Lied grölten und dazu im Takt mit ihren Speeren auf ovale Schilde schlugen. Eine blutrote Fahne flatterte von der Mastspitze.

»Bêlit!« rief Tito erblassend. »Yare! Sofort wenden! In die Bucht! Wenn wir das Land erreichen, ehe sie uns einholt, haben wir noch eine Chance, mit dem Leben davonzukommen!«

Also wendete die *Argus* und jagte auf die Brandung zu, die sich gegen die palmenbewachsene Küste warf. Tito rannte auf und ab und trieb die keuchenden Ruderer zu noch größerer Anstrengung an. Die schwarzen Barthaare des Schiffsherrn schienen sich aufzustellen, seine Augen funkelten.

»Gebt mir einen Bogen!« bat Conan. »Es ist zwar nicht die Art von Waffe, der ich den Vorzug gebe, aber ich habe das Bogenschießen bei den Hyrkaniern gelernt. Es müßte schon dumm zugehen, wenn ich nicht einen oder zwei der Burschen auf jenem Deck fiedern kann.«

Vom Heckkastell aus beobachtete er das schlangengleiche Schiff, das mit unvorstellbarer Leichtigkeit durchs Wasser schnitt. Auch wenn er als Nichtseemann keinerlei Erfahrung mit Schiffen hatte, war ihm klar, daß die *Argus* dieses Wettrennen nicht gewinnen konnte. Schon jetzt zischten Pfeile vom Piratendeck kaum zwanzig Schritt hinter dem Heck ins Wasser.

»Wir stellen uns ihnen besser«, knurrte der Cimmerier, »sonst sterben wir noch alle mit einem Schaft im Rücken, ohne selbst auch nur das Schwert erhoben zu haben.«

»Legt euch in die Riemen!« brüllte Tito und hob verzweifelt die mächtigen Fäuste. Die bärtigen Ruderer brummten, aber sie strengten sich noch mehr an. Ihre Muskeln quollen schier aus der Haut und der Schweiß lief ihnen in Strömen über Gesicht und Oberkörper. Die Balken der stabil gebauten kleinen Galeere knarrten und ächzten, als die Männer sie geradezu durch das Wasser rissen. Der Wind hatte sich gelegt und so hing das Segel schlaff herab. Immer näher kamen die unerbittlichen Verfolger. Die *Argus* befand sich noch eine gute Meile außerhalb der Brandung, als einer der Steuermänner würgend über die Ruderpinne fiel. Ein langer Pfeilschaft ragte aus seinem Hals. Tito beeilte sich, seinen Platz einzunehmen, und Conan spreizte die Beine auf dem schaukelnden Deck und hob seinen Bogen. Er konnte auf dem Piratenschiff bereits deutliche Einzelheiten erkennen. Die Ruderer waren durch eine Reihe erhöhter Schilde entlang der Schiffsseiten geschützt, aber die auf dem Deck herumtanzende Entermannschaft war in voller Sicht. Die Piraten trugen eine Art Kriegsbemalung und einen Federschmuck auf dem Kopf. Erwartungsvoll schwangen sie Speere und gefleckte Schilde.

Auf einer erhöhten Plattform am Bug stand eine Gestalt, deren weiße Haut einen aufregenden Gegensatz zu dem glänzenden Schwarz um sie herum bildete. Das war zweifellos Bêlit. Conan zog den Pfeilschaft bis ans Ohr — doch dann hielt etwas seine Hand zurück, und statt auf Bêlit zu schießen, zielte er auf einen hochgewachsenen Speerträger mit Federbusch neben ihr.

Immer schneller holte die Piratengaleere das kleinere Schiff ein. Es hagelte Pfeile auf die *Argus*, und die Luft hallte von den Schreien der Getroffenen wider. Alle drei Steuermänner lagen gespickt wie Igel auf dem Deck. Tito bediente das Ruder nun allein, während er die schwärzesten Flüche ausstieß und die Muskeln wie Stränge aus den weitgespreizten Beinen traten. Aber schließlich ging auch er mit einem Pfeil im tapferen Herzen zu Boden. Die *Argus* kam vom Kurs ab und rollte hilflos in der Brandung. Die Ruderer schrien in ihrer Verwirrung. Sofort übernahm Conan auf seine typische Weise das Kommando.

»Auf, Jungs!« brüllte er, und schickte einen weiteren Pfeil ab. »Nehmt eure Klingen und zeigt den Hunden, was in euch steckt, ehe sie uns die Kehlen durchschneiden. Sinnlos, euch weiter in die Riemen zu legen, sie entern, ehe wir noch fünfzig Fuß weiterkommen!«

Mit dem Mut der Verzweiflung griffen die Ruderer nach ihren Waffen. Es war eine tapfere Geste, aber sie nutzte nichts. Es blieb ihnen gerade noch Zeit für eine Pfeilsalve, da hatten die Piraten sie bereits erreicht. Ohne Steuermann am Ruder drehte die *Argus* breitseits, und der mit Stahl gepanzerte Bug des Piraten krachte mittschiffs in sie. Enterhaken bohrten sich in ihre Seite. Von der hohen Reling schickten die schwarzen Seeräuber eine Salve Pfeile herunter, die durch die gesteppten Wämser der Getroffenen drangen, und dann sprangen sie mit Speeren in den Händen selbst herab, um ihr mörderisches Werk zu vollenden. Auf dem Deck des Piraten lagen etwa ein halbes Dutzend Leichen, ein Beweis für Conans Schießkünste.

Der Kampf auf der *Argus* war kurz und blutig. Die untersetzten Seeleute waren keine Gegner für die hochgewachsenen Barbaren, und wurden bis auf den letzten Mann niedergemacht. Nur an einer Stelle des Schiffes hatte das Handgemenge eine unerwartete Wendung genommen. Conan, der auf dem Dach des Heckkastells stand, befand sich in gleicher Höhe mit dem Deck des Piraten. Als der Bug mit dem Stahlmantel sich in die *Argus* bohrte, wappnete er sich breitbeinig gegen den Aufprall und warf seinen Bogen von sich. Einen hochgewachsenen Seeräuber, der sich über die Reling schwang, traf Conans Schwert noch im Sprung und durchtrennte ihn in der Mitte. Dann schnellte der Cimmerier sich an Deck der *Tigerin* und hieb mit einer so ungeheuren Wut um sich, daß ein ganzer Haufen der Piraten tot auf den Planken lagen, bevor sie überhaupt wußten, was los war.

Bald war er der Mittelpunkt eines Orkans stechender Speere und wild geschwungener Keulen. Aber er bewegte sich mit solch geschmeidiger Behendigkeit, daß die Speere an seiner Rüstung abglitten oder sie nur verbeulten oder wirkungslos durch die Luft zischten, während sein Schwert ein Todeslied sang. Die Kampfeslust seiner Rasse hatte ihn gepackt, und mit einem roten Schleier unvorstellbaren Grimms vor seinen funkelnden Augen spaltete er Schädel, zerschmetterte Rippen, durchtrennte Gliedmaßen, durchbohrte Herzen, bis die Toten sich rings um ihn häuften.

Er kämpfte sich zum Mast vor, gegen den er sich, unverwundbar in seiner Rüstung, lehnte, und machte Mann um Mann ein Ende, bis seine Gegner schließlich, keuchend vor Wut und Furcht vor ihm, zurückwichen. Dann, als sie ihre Speere hoben, um sie auf ihn zu schleudern, spannte er sich zum Sprung, um so viele Piraten wie möglich mit in den Tod zu reißen. Aber da gebot ein schriller Ruf den erhobenen Armen Einhalt. Wie Statuen standen die schwarzen Giganten mit den wurfbereiten Speeren, und der Cimmerier mit der bluttriefenden Klinge.

Bêlit sprang vor die Schwarzen und riß ihre Speere herab. Mit wogendem Busen und blitzenden Augen drehte sie sich zu Conan um. Etwas griff nach seinem Herzen und Staunen erfüllte ihn. Die Frau vor ihm war schlank und gewachsen wie eine Göttin: gleichzeitig grazil und üppig an den richtigen Stellen. Ihr einziges Kleidungsstück war ein breiter Seidengürtel. Ihre elfenbeinfarbigen Gliedmaßen und die wie Elfenbein schimmernden Halbkugeln ihrer Brüste erweckten eine heftige Leidenschaft in dem Cimmerier, stärker selbst als die Kampfeslust. Ihr volles glänzendes Haar, so schwarz wie eine stygische Nacht, fiel in weichen Wellen über den sanft geschwungenen Rücken. Ihre dunklen Augen ruhten brennend auf Conan.

Sie war so ungezähmt wie der Wüstenwind, so geschmeidig und gefährlich wie eine Raubkatze. Ohne auf seine mächtige Klinge zu achten, von der das Blut ihrer Krieger tropfte, stellte sie sich so dicht vor ihn, daß ihre Hüfte es sogar streifte. Ihre roten Lippen öffneten sich, als sie in seine düsteren, drohenden Augen blickte.

»Wer bist du?« fragte sie. »Bei Ischtar, nie sah ich deinesgleichen, obwohl ich die See von den Küsten Zingaras bis zu den Feuern des tiefsten Südens befahren habe. Woher kommst du?«

»Aus Argos«, sagte er kurz, auf jede Heimtücke vorbereitet. Sollten ihre Finger sich dem juwelenbesetzten Dolch in ihrem Gürtel nähern, würde ein Hieb mit dem Handrücken sie bewußtlos auf das Deck schleudern. Aber im Grunde befürchtete er nichts von ihr. Er hatte schon zu viele Frauen, gleich ob aus der Zivilisation oder barbarischen Ländern, in den muskulösen Armen gehalten, um das Feuer nicht zu erkennen, das in den Augen dieser Piratenkönigen brannte.

»Du bist kein weichlicher Hyborier!« sagte sie. »Du bist wild und hart wie der graue Wolf. Nie raubten die Lichter der Stadt diesen Augen die Schärfe, noch erschlafften diese Muskeln je durch ein Leben zwischen Marmorwänden.«

»Ich bin Conan, ein Cimmerier«, brummte er.

Die Menschen des heißen Südens erachteten die nordischen Lande als ein fast mythisches Gebiet, in dem wilde, blauäugige Riesen hausten, die von Zeit zu Zeit mit Feuer und Schwert aus ihren eisigen Weiten herabstiegen. Doch ihre Raubzüge hatten sie nie so weit südlich wie nach Shem

geführt, und so machte diese Tochter Shems keinen Unterschied zwischen Æsir, Vanir oder Cimmerier. Mit dem untrüglichen Instinkt des ewigen Weibes wußte sie sofort, daß sie einen ihr ebenbürtigen Mann gefunden hatte, und für sie spielte seine Rasse keine Rolle. Und die Tatsache, daß er aus einem so fernen, fremdartigen Land kam, machte ihn nur noch interessanter.

»Und ich bin Bêlit!« rief sie, wie eine andere vielleicht sagen würde: »Ich bin die Königin!«

»Sieh mich an, Conan!« Sie breitete die Arme aus. »Ich bin Bêlit, Königin der Schwarzen Küste. O Tiger des Nordens, du bist kalt wie die schneebedeckten Berge, die dich hervorbrachten. Nimm mich und zerdrück mich mit deiner wilden Liebe! Geh mit mir ans Ende der Welt und das Ende des Meeres. Feuer, Stahl und Kampf machten mich zur Königin — sei du mein König!«

Sein Blick schweifte über die zum größten Teil verwundeten Piraten und suchte in ihren Mienen nach Empörung oder Eifersucht. Doch nichts dergleichen drückten sie aus. Die Kampfeswut war aus ihren ebenholzfarbenen Gesichtern verschwunden. Da wurde ihm klar, daß Bêlit für diese Männer mehr als eine Frau war. Sie war ihre Göttin, deren Wunsch und Wille für sie als Gesetz galten. Er schaute auf die *Argus*. Sie schaukelte auf der Seite liegend in den blutschäumenden Wellen, die über ihr Deck spülten. Nur noch die Enterhaken verhinderten ihr Versinken. Er blickte auf die blauumsäumte Küste, auf den fernen grünen Dunst des Meeres, und auf die glutvolle Gestalt vor sich, und sein Barbarenherz schlug schneller. Diese blauschimmernden Weiten mit der weißhäutigen jungen Tigerin zu durchsegeln, zu lieben, zu lachen, herumzukommen, zu plündern . . .

»Ich werde mit dir kommen«, brummte er und schüttelte die roten Tropfen von seiner Klinge.

»He, N'Yaga!« Bêlits Stimme sang wie eine Sehne. »Hol

Kräuter und versorg die Wunden deines Herrn! Ihr anderen bringt die Beute an Bord und legt ab!«

Während Conan mit dem Rücken gegen die Achterreling lehnte und der alte Schamane die nicht allzu tiefen Verletzungen an Armen und Beinen behandelte, wurde die Ladung der *Argus* auf die *Tigerin* geschafft und in kleinen Kabinen unter Deck verstaut. Die Leichen der Mannschaft und der gefallenen Piraten warf man den Haien zum Fraß vor, während die verwundeten Schwarzen mittschiffs zum Verbinden gebracht wurden. Dann löste die Besatzung die Enterhaken, und als die *Argus* gluckernd im blutbefleckten Wasser verschwand, brach die *Tigerin* südwärts auf.

Die Piratengaleere glitt über die glasig blaue Tiefe. Nach einer Weile kam Bêlit zum Heck. Ihre Augen brannten wie die einer Raubkatze im Dunkeln. Sie nahm ihren Schmuck, die Sandalen, den Seidengürtel ab und warf alles vor Conans Füße. Dann stellte sie sich auf die Zehenspitzen, breitete die Arme aus und erbebte in ihrer weißen Blöße, während sie ihrer Mannschaft zurief: »Wölfe der blauen See, schaut nun den Tanz — den Hochzeitstanz Bêlits, deren Väter Könige von Asgalun waren!«

Sie tanzte wie der wirbelnde Wüstenwind, wie die lodernde, unlöschbare Flamme, wie die Paarung von Ursprung und Ende. Ihre weißen Füße schienen über dem blutbesudelten Deck zu schweben. Die Sterbenden vergaßen den Tod, während ihr Blick bewundernd an ihr hing. Als die Sterne durch den samtig blauen Dunstbehang schimmerten und ihr Schein Bêlits Körper in wirbelndes Feuer zu verwandeln schien, warf sie sich mit einem wilden Schrei zu Conans Füßen nieder. Die übermächtige Flut seines Verlangens schwemmte alles andere hinweg, und er preßte die bebende Gestalt an den schwarzen Harnisch.

2

DER SCHWARZE LOTUS

In diesem zerfallenden Bollwerk aus Fels
war ihr Blick gefangen in unheiligem Schein,
Und ein seltsamer Grimm loderte hoch in mir,
als hätt' ich ihr Herz nun nicht mehr allein.

Das Lied von Bêlit

Die *Tigerin* durchstreifte das Meer und verbreitete Furcht und Schrecken in den Dörfern der Schwarzen. Trommeln dröhnten die ganze Nacht hindurch und trugen die Kunde von Ort zu Ort, daß die Teufelin einen Gefährten gefunden hatte, einen Mann aus Eisen, dessen Grimm dem des verwundeten Löwen glich. Die Überlebenden von ausgeplünderten stygischen Schiffen verfluchten Bêlit und diesen weißen Krieger mit den wilden blauen Augen, so daß sich den stygischen Prinzen die Erinnerung an diesen Mann tief einprägte und sie zu einem bitteren Baum wurde, der in den kommenden Jahren blutige Früchte trug.

Aber so achtlos wie der unaufhaltbare Wind kreuzte die *Tigerin* vor den südlichen Küsten, bis sie schließlich an der Mündung eines breiten düsteren Flusses Anker warf, dessen dschungelüberwucherte Ufer ungeahnte Geheimnisse bargen.

»Das ist der Zarkheba, der Tod«, sagte Bêlit. »Sein Wasser ist Gift. Siehst du, wie dunkel und schlammig es ist? Die Schwarzen bleiben ihm fern. Einmal floh eine stygische Galeere vor mir den Fluß hinauf und verschwand. Ich ankerte genau hier an dieser Stelle und wartete. Ein paar Tage später trieb sie den Fluß herab. Ihre Decks waren leer und blutbesudelt. Nur ein einziger Mann war an Bord, doch der Wahnsinn hatte nach ihm gegriffen, und er starb, sinnloses Zeug plappernd. Die Fracht war unversehrt, doch die Mannschaft war auf gespenstische Weise verschwunden.

Liebster, ich glaube, daß sich irgendwo an diesem Fluß eine Stadt befindet. Ich hörte von Seeleuten, die sich ein Stück den Fluß hinaufgewagt hatten, daß sie in der Ferne hohe Türme und mächtige Mauern sahen, aber ihre Furcht war zu groß, sich ihnen zu nähern. Wir jedoch kennen keine Angst, Conan. Laß uns die Stadt plündern!«

Conan willigte ein. Er war fast immer mit Bêlits Vorschlägen einverstanden. Sie war der Kopf, der die Pläne schmiedete, er der Arm, der sie ausführte. Es war ihm gleich, wohin sie segelten und gegen wen sie kämpften, solange sie überhaupt segelten und kämpften. Ihm gefiel dieses Leben.

Ständige Überfälle und Raubzüge, hatten die Reihen ihrer Mannschaft gelichtet. Nur etwa achtzig Speerkämpfer waren ihnen geblieben, kaum genug, um die lange Galeere in Bewegung zu halten. Aber Bêlit nahm sich nicht die Zeit für die lange Fahrt in den Süden zu den Inselkönigreichen, wo sie gewöhnlich ihre Besatzung anheuerte. Sie dachte im Augenblick an nichts anderes als an ihren bevorstehenden Raubzug. Und so glitt die *Tigerin* in die Flußmündung, und die Ruderer legten sich schwer in die Riemen, um gegen die starke Strömung anzukämpfen.

Sie umruderten die geheimnisvolle Krümmung, die den Blick zur See nahm. Gegen Sonnenuntergang kämpften sie immer noch gegen die Strömung an und wichen den zahllosen Sandbänken aus, auf denen sich fremdartige Reptilien ringelten. Aber kein einziges Krokodil war zu sehen, keine Vierbeiner oder Vögel, die zur Tränke ans Ufer kamen. Weiter ruderten sie durch die Schwärze, die dem Mondaufgang vorherging. Die Ufer schienen Palisaden der Finsternis zu sein. Geheimnisvolles Rascheln und schleichende Schritte waren dahinter zu hören, und hin und wieder war das Schimmern grimmiger Augen zu sehen. Und einmal erhob sich eine nichtmenschliche Stimme in keckerndem Spott. Es war der Schrei eines Affen, erklärte Bêlit und fügte hinzu, daß die Seelen böser Menschen zur Strafe für immer in den Körpern dieser menschenähnlichen Tiere gefangen wären. Aber Conan glaubte es nicht so recht, denn einmal hatte er in einer hyrkanischen Stadt ein Tier mit unvorstellbar traurigen Augen in einem goldenen Käfig gesehen, und man hatte ihm gesagt, es sei ein Affe. Doch an ihm war nichts dieser dämonischen Bösartigkeit gewesen, die aus dem kreischenden Gelächter des Wesens aus dem Dschungel geklungen hatte.

Der Mond ging auf wie ein frischer Blutfleck auf schwarzem Tuch, und der Dschungel erwachte, um ihn lautstark zu begrüßen. Brüllen, Heulen und Schrillen ließen die schwarzen Krieger erzittern. Aber all dieser ohrenbetäubende Lärm kam, wie Conan bemerkte, von weit aus dem Innern des Dschungels. Es war, als scheuten die Tiere die düsteren Fluten des Zarkheba nicht weniger als die Menschen.

Über die dichten finsteren Wipfel und die sich wiegenden Farnwedel hinweg warf der Mond seinen Silberschein auf den Fluß, so daß das Kielwasser der *Tigerin* zu einem sich verbreiternden glitzernden Pfad wie aus zerplatzenden Juwelen wurde. Die Ruder tauchten in das phosphoreszierende Gewässer und kamen in frostigen Silberschaum gehüllt hoch. Die Federbüsche auf den Köpfen der Krieger wiegten sich im Wind, und die Edelsteine an den Schwertknäufen und Rüstungen funkelten.

Das kalte Licht ließ die Steine des Diadems in Bêlits schwarzen Locken in eisigem Feuer brennen, als die Piratin sich anmutig auf dem Leopardenfell ausstreckte, das sie auf dem Deck ausgebreitet hatte. Sie stützte sich auf einen Ellbogen, und ihr Kinn ruhte auf der schlanken Hand. Sie schaute Conan an, der es sich neben ihr bequem gemacht hatte, und strich seine im Wind flatternde Mähne aus dem Gesicht zurück. Bêlits Augen glitzerten wie dunkle Juwelen im Mondschein.

»Geheimnisse und Schrecken sind rings um uns, Conan«, murmelte sie, »und wir rudern in das Reich des Grauens und Todes. Fürchtest du dich?«

Ein Achselzucken war seine Antwort.

»Auch ich habe keine Angst«, fuhr sie nachdenklich fort. »Ich fürchtete mich nie. Oft schon schaute ich dem Tod ins Auge. Conan, fürchtest du die Götter?«

»Ich möchte nicht auf ihre Schatten treten«, antwortete der Cimmerier bedächtig. »Manche Götter haben die Kraft zu zerstören, andere helfen den Menschen, das behaupten jedenfalls ihre Priester. Der Mitra der Hyborier muß ein starker Gott sein, denn seine Anhänger erbauten ihre Städte auf der ganzen Welt. Aber selbst die Hyborier fürchten Set. Und Bel, der Gott der Diebe, ist ein guter Gott. Als ich Dieb in Zamora war, hörte ich viel über ihn.«

»Was ist mit deinen eigenen Göttern? Nie hast du ihre Namen in den Mund genommen.«

»Der höchste ist Crom. Er lebt auf einem himmelhohen Berg. Aber was sollte es nutzen, ihn anzurufen? Es ist ihm gleichgültig, ob die Menschen leben oder sterben. Es ist besser, seine Aufmerksamkeit gar nicht erst auf sich zu lenken, denn er schickt Verderben, keine Hilfe oder irdische Güter. Er ist grimmig und kennt die Liebe nicht. Doch er haucht dem Neugeborenen die Kraft zu streben und zu kämpfen ein. Wer kann mehr von den Göttern verlangen?«

»Aber was ist mit den Welten jenseits des Todesflusses?« fragte Bêlit beharrlich.

»Im Glauben meines Volkes gibt es keine Hoffnung, weder für das Heute, noch auf ein Leben nach dem Tod«, antwortete Conan. »In diesem Leben kämpfen und leiden die Menschen vergebens und finden ihre Freude nur im

Wahnsinn der Schlacht. Und wenn sie sterben, wandern ihre Seelen für alle Ewigkeit durch ein graues Nebelreich mit tiefhängenden Wolken und eisigen Winden.«

Bêlit schauderte. »Das Leben, auch wenn es wenig zu bieten hat, ist besser, als ein solches Geschick. Woran glaubst du, Conan?«

Er hob die Schultern. »Ich habe viele Götter kennengelernt. Wer sie verleugnet, ist so blind wie der, der sich zu sehr auf sie verläßt. Ich versuche nicht, über den Tod hinaus zu schauen. Vielleicht liegt hinter ihm die Schwärze, wie nemedische Skeptiker es behaupten, oder Croms eisiges Wolken- und Nebelreich, oder aber auch die weiten Säle der Walhall der Nordheimer. Ich weiß es nicht, es kümmert mich auch nicht. Ich möchte das Leben, solange es mir gehört, in tiefen Zügen trinken. Ich möchte saftiges Fleisch genießen und schweren Wein, möchte sanfte weiße Arme um mich spüren, und mich am Kampf begeistern, wenn die blauen Klingen sich rot färben. Ja, dann bin ich zufrieden. Sollen doch die Weisen, Priester und Philosophen sich den Kopf über Wirklichkeit und Illusion zerbrechen. Ich weiß nur eines, wenn das Leben eine Illusion ist, dann bin ich es nicht weniger, und somit wäre auch die Illusion für mich Wirklichkeit. Ich lebe, und das Leben brennt heiß in mir; ich liebe, ich kämpfe, ich bin zufrieden.«

»Aber die Götter sind wirklich«, murmelte Bêlit und hing ihren eigenen Gedanken nach. »Und über ihnen allen stehen die Götter der Shemiten: Ischtar und Aschtoreth, Derketo und Adonis. Auch Bel ist shemitisch, denn er wurde vor undenklicher Zeit im alten Shumir geboren, aus dem er lachend, mit lockigem Bart und verschmitzten Augen auszog, um längst vergessenen Königen die Schätze zu stehlen.

Es gibt ein Leben nach dem Tod, das weiß ich, und ich bin mir auch sicher, Conan von Cimmerien«, sie erhob sich auf die Knie und legte leidenschaftlich die Arme um ihn, »daß meine Liebe stärker als der Tod ist. Ich habe in deinen Armen gelegen und unter dem Feuer unserer Liebe gestöhnt. Du hast mich gehalten, mich an dich gedrückt und erobert, hast meine Seele mit der Heftigkeit deiner fordernden Lippen an dich gezogen. Mein Herz ist mit deinem verschmolzen, meine Seele Teil der deinen. Hätte der Tod bereits nach mir gegriffen und du kämpftest um dein Leben, so würde ich von überallher dir zur Hilfe eilen — ob mein Geist nun unter den Purpursegeln auf der Kristallsee des Paradieses dahintriebe, oder sich in den geschmolzenen Flammen der Hölle wände! Ich bin dein, und selbst alle Götter gemeinsam mit all ihren Ewigkeiten können uns nicht trennen!«

Ein schriller Schrei drang vom Ausguck am Bug zu ihnen. Conan schob Bêlit zur Seite und sprang hoch. Sein Schwert glitzerte im Mondlicht. Seine Haare richteten sich im Nakken auf bei dem Anblick, der sich ihm bot. Der schwarze Krieger baumelte von einem dunklen, biegsamen Stamm, der sich über die Reling bog, über dem Deck. Erst beim zweiten Blick erkannte der Cimmerier, daß es gar kein Stamm, sondern eine gewaltige Schlange war, die sich am Bug hochgewunden hatte und den bedauernswerten Schwarzen mit den Zähnen festhielt. Ihre nassen Schuppen blitzten im Mondschein, als sie sich hoch über das Deck hob, während ihr Opfer brüllte und sich wie eine Maus in den Fängen eines Pythons wand. Conan stürmte zum Bug. Ein Hieb seines mächtigen Schwertes durchtrennte den gewaltigen Schlangenleib fast, der dicker als der Körper eines Mannes war. Blut spritzte über die Reling. Das sterbende Ungeheuer krümmte sich darüber und peitschte, immer noch mit seinem Opfer im Rachen, im Todeskampf das Wasser, bis schließlich Mann und Schlange gemeinsam unter blutigem Gischt verschwanden.

Von da an übernahm Conan die Ausguckwache selbst, doch keine weiteren Bestien kamen aus den schlammigen Tiefen gekrochen, und als der Morgen über dem Dschungel graute, sah er die schwarzen Zinnen hoher Türme über den Bäumen aufragen. Er rief Bêlit, die in seinen scharlachroten Umhang gehüllt auf Deck geschlafen hatte. Sie eilte mit blitzenden Augen an seine Seite. Sie öffnete die Lippen, um ihren Männern zu befehlen, Bogen und Speere aufzunehmen, als ihre schönen Augen sich weiteten.

Was hier vor ihnen lag, nachdem sie eine dschungelüberwucherte Landspitze umrundet hatten und sich dem landeinwärts windenden Ufer näherten, war eine Geisterstadt. Unkraut und üppiges Schilf wucherten zwischen den Steinblöcken des geborstenen Kais und hatten das Pflaster gesprengt, das einst breite Straßen, riesige Plätze und geräumige Höfe bedeckt hatte. Von allen Seiten, außer vom Fluß her, hatte der Dschungel die Stadt bereits eingeschlossen, hatte eingestürzte Säulen und Trümmerhaufen mit giftigem Grün überzogen. Da und dort hoben schiefe Türme sich wie trunken dem Morgenhimmel entgegen und geborstene Pfeiler ragten aus zerfallenden Mauern. In der Stadtmitte erhob sich aus der Spitze einer Marmorpyramide eine schlanke Säule, darauf kauerte etwas, das Conan für eine Skulptur hielt, bis seine scharfen Augen entdeckten, daß es sich bewegte.

»Es ist ein großer Vogel«, sagte einer der Piraten am Bug.

»Es ist eine riesige Fledermaus«, widersprach ein anderer.

»Es ist eine Waffe«, sagte Bêlit.

In diesem Moment breitete das Geschöpf mächtige Schwingen aus und flatterte in den Dschungel.

»Ein geflügelter Affe«, murmelte der alte N'Yaga beunruhigt. »Es wäre klüger gewesen, uns selbst die Kehlen durchzuschneiden, als hierher zu kommen. Geister hausen hier.«

Bêlit lachte über die abergläubischen Ängste. Sie befahl die Galeere zu den zerfallenen Kais zu rudern und dort zu vertäuen. Sie sprang als erste auf den Pier. Conan folgte ihr dichtauf, und etwas zögernd gingen die ebenholzfarbigen Piraten an Land. Ihre weißen Federbüsche wogten im Morgenwind, sie hielten ihre Speere fest in den Händen, und immer wieder warfen sie besorgte Blicke auf den Dschungel rundum.

Drückende Stille, so unberechenbar wie ein schlafende Schlange, hing über der Stadt, aber es schien Bêlit nicht zu stören. In ihrer vibrierenden Lebendigkeit bildete ihre geschmeidige Elfenbeingestalt in den Ruinen einen malerischen Gegensatz zu dem Zerfall und der Trostlosigkeit ringsum. Langsam hob die Sonne sich über den Dschungel und überflutete die Türme mit einem stumpfen Gold, in dem die Mauern dunkle Schatten warfen. Bêlit deutete auf einen schlanken runden Turm, der auf einem verrottenden Fundament zu schwanken schien. Breite, gespaltene und mit Gras überwucherte Steinplatten führten zu ihm empor. Zu beiden Seiten lagen eingestürzte Säulen und unmittelbar vor ihm stand ein massiver Altar. Schnell rannte Bêlit die alten Platten hoch und blieb vor ihm stehen.

»Das war der Tempel der Alten«, sagte sie. »Schau«, wandte sie sich an Conan, der ihr gefolgt war, »man kann die Rinnen für das Blut an seinen Seiten sehen. Selbst der Regen von zehntausend Jahren konnte sie nicht von den dunklen Flecken reinwaschen. Die Zeit hat die Mauern ringsum zerfressen, aber dieser gewaltige Steinblock widerstand ihr und den Elementen.«

»Wer waren diese ›Alten‹?« fragte Conan.

Sie hob die Schultern. »Nicht einmal die Legenden berichten von dieser Stadt. Aber sieh dir die Vertiefungen an den beiden Altarenden an. Sie dienten gewiß als Griffe. Priester verstecken oft ihre Schätze unter dem Altar. He, ich brauche vier Männer, die versuchen sollen, ihn zu heben!«

Sie trat zur Seite, um ihnen Platz zu machen, und schaute zu dem Turm hoch, der sich wie betrunken über sie neigte. Drei der stärksten Schwarzen hatten die Hände in die eingehauenen Öffnungen gesteckt — die merkwürdigerweise so gar nicht recht für Menschenhände zu passen schienen — als Bêlit plötzlich mit einem Aufschrei zur Seite sprang. Die drei Schwarzen hielten erstarrt inne, während Conan, der sich gerade gebückt hatte, um ihnen zu helfen, fluchend herumwirbelte.

»Eine Schlange!« rief Bêlit und wich zurück. »Komm, erschlag sie! Und ihr anderen seht zu, daß ihr den Stein heben könnt!«

Conan eilte zu ihr, während ein anderer der Piraten seinen Platz einnahm. Während er ungeduldig das hohe Gras nach dem Reptil absuchte, bemühten sich die Schwarzen mit schier berstenden Muskeln, gespreizten Beinen und heftig keuchend, den Steinblock zu heben. Aber statt dessen bewegte der Altar sich plötzlich zur Seite. Und gleichzeitig war ein knirschendes Krachen zu hören. Der Turm stürzte ein und begrub die vier Schwarzen unter den schweren Trümmern.

Ihre Kameraden schrien erschrocken und entsetzt auf. Bêlits schlanke Finger gruben sich in Conans Arm. »Ich sah gar keine Schlange«, gestand sie. »Ich wollte dich nur vom Altar wegholen, weil ich befürchtete, daß die Alten sich etwas hatten einfallen lassen, um ihre Schätze zu behüten. Komm, wir wollen die Steine zur Seite räumen!«

Es kostete viel Schweiß, die Trümmer vom Altar fortzuschaffen und die Leichen zu bergen. Darunter fanden die Piraten eine in den Stein gehauene Gruft. Der Altar, der an einer Seite mit seltsamen Steinangeln versehen war, hatte als

Verschluß gedient. Die ersten Strahlen der Sonne wurden von Millionen glitzernden Facetten eingefangen. Ein Reichtum, wie selbst die Piraten sich ihn nicht in ihren kühnsten Träumen hätten vorstellen können, lag vor ihnen: Brillanten, Rubine, Blutsteine, Saphire, Türkise, Mondsteine, Opale, Smaragde, Amethyste und unbekannte Edelsteine, die wie die Augen sinnlicher Frauen leuchteten. Die Gruft war bis zum Rand damit gefüllt.

Mit einem Aufschrei sank Bêlit auf die Knie zwischen den blutbefleckten Trümmern am Gruftrand und tauchte die weißen Arme bis zu den Schultern in die glitzernde Pracht. Was sie fest umklammert zum Vorschein brachte, entlockte ihr einen Entzückensschrei. Ihre Rechte hob eine lange Halskette aus roten Steinen hoch, die auf dickem Golddraht aufgereiht waren und wie erstarrte klare Blutstropfen aussahen.

Bêlit wirkte völlig entrückt. Reichtum und materielle Güter versetzten die shemitische Seele leicht in einen wundersamen Rausch. Der Anblick dieser Schätze hätte selbst die Seele des Herrschers von Shushan erschüttert, der alles besaß, was ein Mensch sich nur wünschen mochte.

»Sammelt die Juwelen ein, Hunde!« rief sie schrill vor Erregung.

»Seht!« Ein muskulöser schwarzer Arm deutete auf die *Tigerin*, Bêlit wirbelte herum und fletschte die Zähne, als erwarte sie einen anderen Piraten herbeisegeln zu sehen, der beabsichtigte, sie ihrer Beute zu berauben. Aber von der Reling des Schiffes erhob sich lediglich eine dunkle Gestalt und flatterte hinein in den Dschungel.

»Der Teufelsaffe hat sich auf dem Schiff herumgetrieben«, murmelte einer der Schwarzen beunruhigt.

»Was macht es schon aus?« rief Bêlit und strich fluchend eine rebellische Locke über der Stirn zurück. »Macht eine Trage aus Speeren und Umhängen, damit wir die Juwelen fortschaffen können – wo, zum Teufel, gehst du denn hin?«

»Auf die Galeere, um nach dem Rechten zu sehen«, brummte Conan. »Es könnte ja leicht sein, daß dieses Fledermausding ein Loch in den Kiel gebohrt hat!«

Er eilte über die geborstenen Steinplatten des Kais und sprang an Deck. Eine schnelle, aber gründliche Untersuchung unter Deck veranlaßte ihn zu einem wilden Fluchen. Mit wütendem Blick schaute er in die Richtung, in die das flatternde Geschöpf verschwunden war. Hastig kehrte er zu Bêlit zurück, die das Plündern der Gruft überwachte. Sie hatte sich die kostbare Kette mehrmals um den Hals geschlungen und nun glitzerten die roten Tropfen dunkel auf ihrem weißen Busen. Ein riesiger nackter Schwarzer stand bis zu den Hüften in den Juwelen der Gruft und schaufelte mächtige Prankenvoll zu seinen Kameraden hoch. Ketten schillernder Pracht hingen von seinen schwarzen Fingern, Tropfen roten Feuers sickerten aus seinen hoch mit Steinen in allen Regenbogenfarben gefüllten Händen. Es sah aus, als stünde ein schwarzer Titan mit gespreizten Beinen in der brennenden Hölle, mit den Händen voll funkelnder Sterne.

»Dieser fliegende Teufel hat unsere Wasserfässer leckgeschlagen«, knurrte Conan. »Wären wir nicht so sehr mit diesen Steinen beschäftigt gewesen, hätten wir den Krach hören müssen. Es war sehr unvorsichtig von uns, keine Wachen an Bord zurückzulassen. Wir können das Wasser aus diesem Fluß nicht trinken. Ich nehme zwanzig Mann und suche nach Quellwasser im Dschungel.«

Sie schaute ihn abwesend an. Ihre Augen schienen nur die Juwelen zu sehen, und ihre Finger spielten mit den blutroten Steinen um ihren Hals.

»Ist gut«, murmelte sie, aber Conan war nicht sicher, ob sie ihn überhaupt gehört hatte. »Ich kümmere mich darum, daß der Schatz an Bord gebracht wird.«

Der Dschungel schloß sich schnell um sie und verwandelte das Gold des Lichtes zu gespenstischem Grau. Ranken hingen wie Pythons von den grünen Ästen herab. Die Piraten stapften hintereinander her und bahnten sich einen Weg durch das Dämmerlicht. Es sah aus, als verfolgten schwarze Phantome einen weißen Geist.

Das Unterholz war nicht so dicht, wie Conan befürchtet hatte. Der Boden war schwammig nachgiebig, aber nicht sumpfig. Vom Fluß aus verlief der Dschungel allmählich schräg aufwärts. Immer tiefer drangen sie in das wogende Grün vor, doch noch immer hatten sie keine Anzeichen von Wasser, weder das eines Baches, noch auch nur eines Tümpels, gefunden.

Plötzlich hielt Conan an. Seine Krieger schienen zu Basaltgestalten zu erstarren. In dem folgenden, angespannten Schweigen schüttelte der Cimmerier verärgert den Kopf.

»Geht weiter!« befahl er dem Unteranführer N'Gora. »Marschiert geradeaus, bis ihr mich nicht mehr sehen könnt, dann haltet an und wartet auf mich. Ich glaube, wir werden verfolgt. Ich habe etwas gehört.«

Die Schwarzen scharrten unruhig mit den Füßen, gehorchten jedoch. Während sie weiterstapften, trat Conan schnell hinter einen breiten Baumstamm und spähte den Weg zurück, den sie gekommen waren. Nichts, was aus diesem grünen Dickicht auftauchte, würde ihn überraschen. Doch nichts zeigte sich, und die leisen Geräusche der Männer im Gänsemarsch verloren sich allmählich in der Ferne. Jetzt erst fiel Conan auf, daß die Luft mit einem fremdartigen, süßlichen Duft geschwängert war. Etwas streifte sanft gegen seine Schläfe. Er wirbelte herum. Aus einer Gruppe grüner, ungewöhnlich dicht belaubter hoher Stiele nickten große schwarze Blüten ihm zu. Es war eine von ihnen, die ihn berührt hatte. Sie schienen ihm zu winken, streckten ihm ihre biegsamen Stengel entgegen. Sie

bewegten sich, raschelten, obgleich kein Windhauch zu spüren war.

Conan wich vor ihnen zurück, denn nun erkannte er sie als schwarzen Lotus, dessen Saft den Tod bedeutete und dessen Duft in traumschweren Schlaf wiegte. Schon spürte er, wie eine betäubende Gleichgültigkeit ihn beschlich. Er wollte sein Schwert heben, um die schlangengleichen Stengel niederzumähen, aber sein Arm hing hilflos an seiner Seite und ließ sich nicht bewegen. Er öffnete die Lippen, wollte seinen Kriegern rufen, doch nur ein schwaches Krächzen drang heraus. Im nächsten Moment schien der Dschungel um ihn mit erschreckender Plötzlichkeit zu schwanken und es wurde dunkel vor seinen Augen. Er hörte die grauenvollen Schreie ganz in seiner Nähe nicht mehr. Seine Knie gaben nach und er sank schlaff zu Boden. Die schwarzen Blüten nickten in der unbewegten Luft über ihm.

3

DAS GRAUEN IM DSCHUNGEL

War es ein Traum, den mir der schwarze Lotos gab?
Dann sei der Traum verdammt, der mir das Leben stahl;
Verdammt jeder Moment, der nicht erfüllt
vom Strom des dunklen Blutes über kalten Stahl.

Das Lied der Bêlit

Anfangs war die Schwärze der absoluten Leere um ihn, durch die der kalte Wind des kosmischen Raumes blies. Dann bildeten sich verschwommene, monströse Formen in dem unendlichen Nichts, als nähme die Dunkelheit Gestalt an. Der Wind wehte und schuf einen Strudel, eine wirbelnde Pyramide aus donnernder Finsternis. Aus ihr erwuchsen Form und Dimension, und dann plötzlich, wie Wolken, die sich auflösen, oder ein Vorhang, der aufgezogen wird, teilte sich die Dunkelheit. Sie schob sich zu beiden Seiten zurück und offenbarte eine große Stadt aus grünem Stein, die sich am Ufer eines breiten, durch eine schier endlose Ebene strömenden Flusses erhob. Geschöpfe von fremdartiger Gestalt bewegten sich in dieser Stadt. Sie waren geflügelt und von gewaltigem Wuchs. Sie entstammten gewiß keinem Zweig der Evolution, die zum Menschen geführt hatte, sondern waren die reifen Früchte eines exotischen Baumes mit eigenen Zweigen. Abgesehen von ihren Schwingen ähnelten sie dem Menschen in etwa soweit, wie der Mensch auf seiner höchsten Entwicklungsstufe dem Affen gleicht. Und was ihre geistige, ästhetische und intellektuelle Reife betraf, waren sie dem Menschen so überlegen, wie es der Mensch dem Gorilla ist. Doch als sie ihre mächtige Stadt erbauten, war der Mensch noch nicht dem Urschlamm entstiegen.

Diese Wesen waren sterblich, wie alle Kreaturen aus Fleisch und Blut. Sie lebten, liebten und starben, doch war ihre Lebensspanne gewaltig. Und dann setzte nach unzähligen Jahrmillionen die Veränderung ein. Das Bild schimmerte und verzerrte sich. Über Stadt und Land wogte die Zeit dahin, wie Wellen über einen Strand. Auf dem Planeten verschoben sich die magnetischen Felder, und die großen Gletscher und Eisflächen setzten sich auf die neuen Pole zu in Bewegung.

Aus den weiten Ebenen entlang der Ufer des großen Flusses wurden Sümpfe, in denen sich reptilisches Leben entwickelte. Wo sich die saftigen Wiesen erstreckt hatten, erhoben sich Wälder und verwuchsen zu dichtem, feuchtem Dschungel. Der Wandel verschonte auch die Bewohner der

Stadt nicht. Aus Gründen, die unverständlich blieben, wanderten sie nicht in neues, fruchtbares Land aus, sondern blieben in ihrer alten Stadt, die dem Untergang geweiht war — und sie mit ihnen. Und wie das einst mächtige und reiche Land immer tiefer vom schwarzen Sumpf des sonnenlosen Dschungels verschlungen wurde, versanken auch die Bewohner der Stadt im Chaos des kreischenden Dschungellebens. Gewaltige Beben erschütterten die Erde, die Nächte waren fahl vom Widerschein speiender Vulkane, die sich Feuersäulen gleich ringsum am dunklen Horizont erhoben.

Nach einem Erdbeben, das die Außenmauer und die höchsten Türme der Stadt zum Einsturz brachte und bei dem sich ein tödlicher Stoff aus den Tiefen der Erde mit dem Gewässer des Flusses vermischt hatte, stellte sich heraus, daß das Wasser, von dem die Bewohner der Stadt seit undenkbarer Zeit getrunken hatten, nun verseucht war.

Viele, die weiter damit ihren Durst stillten, starben. Und jene, die überlebten, veränderten sich allmählich auf grauenvolle Weise. Indem die geflügelten Geschöpfe sich den verändernden Lebensbedingungen angepaßt hatten, sanken sie tief unter ihre ursprüngliche Größe. Und nun veränderte das giftige Wasser sie auf noch schrecklichere Weise, und sie wurden von Generation zu Generation mehr zu Tieren. Sie, die geflügelte Götter gewesen waren, wurden zu flatternden Dämonen. Und alles Wissen ihrer Vorfahren wurde immer entstellter weitergegeben und verlor sich auf abartigen Pfaden. So, wie sie höher gestiegen waren, als die Menschheit es auch nur hätte erträumen können, so tief sanken sie nun und wurden zu Alptraumbestien. Kannibalismus und ständige Fehden untereinander führten bald zu ihrem Aussterben. Und schließlich lauerte zwischen den flechtenüberwachsenen Ruinen ihrer Stadt nur noch ein einziger ihrer Rasse, eine verkümmerte, abscheuerregende Perversion der Natur.

Dann tauchten zum erstenmal Menschen auf: dunkelhäutige, geiergesichtige Männer in Kupfer- und Lederharnischen mit Pfeil und Bogen — Krieger aus dem vorgeschichtlichen Stygien. Es waren ihrer nur fünfzig, mit eingefallenen Wangen und hager vor Hunger und Erschöpfung. Der Weg durch den Dschungel hatte ihnen viele Schürf- und Kratzwunden eingetragen, und die von verkrustetem Blut starren Verbände erzählten ihre eigene Geschichte von überstandenen, wilden Kämpfen, denen sie selbst noch hätten hinzufügen können, daß sie auf der Flucht vor einem stärkeren Stamm waren, der sie geschlagen und immer weiter in den Süden gejagt hatte, bis sie sich in dem grünen Dschungelmeer am Fluß verirrt hatten.

Erschöpft ruhten sie sich zwischen den Ruinen aus, wo rote Blumen, die in hundert Jahren nur einmal blühten, ihre Köpfe wiegten, und sie schliefen schnell ein. Und während sie schlummerten, huschte eine abscheuliche, rotäugige Gestalt aus den Schatten und vollführte über und an jedem der Schlafenden seine unheimlichen, grauenvollen Riten. Der Mond stand am dunklen Himmel, sein Schein zauberte rote Tupfen auf das Schwarz des Dschungels. Über den schlafenden Kriegern schimmerten die scharlachfarbigen Blumen wie Blutflecken. Als der Mond schließlich unterging, leuchteten die Augen des Hexers wie in Ebenholz gefaßte Rubine.

Beim ersten Grau des Morgens, der weißen Dunst aus dem Fluß zauberte, waren keine Menschen mehr zu sehen, nur noch eine haarige, geflügelte Alptraumgestalt in der Mitte eines Kreises von fünfzig gefleckten Hyänen, die ihre zuckenden Schnauzen zum dämmernden Himmel erhoben und wie gequälte Seelen in der Hölle heulten.

Danach wechselten die Szenen so schnell, daß sie sich überschnitten. Bewegungen verschwammen vor den Augen, Licht und Schatten verschmolzen vor dem Hintergrund eines schwarzen Dschungels, grüner Steinruinen und eines schlammigen Flusses. Schwarze Männer ruderten in langen Booten, mit grinsenden Totenschädeln am Bug, den Fluß herauf, oder schlichen mit Speeren in den Händen zwischen den Bäumen. Schreiend flohen sie vor roten Augen und geifernden Fängen in die Dunkelheit. Wimmern und Heulen Sterbender zerriß die Stille. Lautlose Füße huschten durch die Düsternis, rote Vampiraugen leuchteten. Der Mond blickte auf schreckliche Geschehnisse herab, und immer wieder flatterte vor seiner roten Scheibe ein fledermausähnlicher Schatten.

Das nächste Bild war abrupt klar, verglichen mit den bisherigen verschwommenen und flüchtigen Szenen. Eine lange Galeere tauchte im frühen Morgengrauen um die Dschungelspitze auf. Ebenholzfarbene Gestalten bedienten die Ruder, und am Bug stand ein weißhäutiger Riese in glitzernder Rüstung.

Erst zu diesem Zeitpunkt wurde Conan klar, daß er träumte. Bisher war er sich seiner Existenz überhaupt nicht bewußt gewesen. Aber als er sich selbst an Bord der *Tigerin* sah, wußte er, daß dies nicht die Wirklichkeit war, obgleich er nicht erwachte.

Noch während er sich darüber wunderte, wechselte der Schauplatz abrupt zu einer Dschungellichtung über, auf der N'Gora mit neunzehn schwarzen Speerkämpfern stand, als warteten sie auf jemanden. Gerade als Conan sich erinnerte, daß er es war, dessen sie harrten, tauchte eine grauenvolle Kreatur vom Himmel, und die Stille wurde von Schreckensschreien gebrochen. Panikerfüllt warfen die Männer ihre Waffen von sich und rannten blind durch den Dschungel — und dicht über ihnen flatterte die geifernde Alptraumgestalt.

Chaos und Verwirrung folgten dieser Szene, während derer der Cimmerier sich verzweifelt zu erwachen bemühte. Vage sah er sich selbst unter einer Gruppe nickender schwarzer Blüten liegen, und dann ein abscheuliches Wesen aus den Büschen auf ihn zukriechen. Mit ungeheurer Willensanstrengung brach er die unsichtbaren Bande, die ihn an seinen Traum fesselten, und richtete sich auf.

Benommen schaute er sich um. Neben ihm wiegte sich der dunkle Lotus. Hastig wich er vor ihm zurück.

Im schwammigen Boden ganz in der Nähe war ein Pfotenabdruck zu sehen, als hätte ein Tier, ehe es ganz aus den Büschen schlich, ein Bein vorgestreckt, es aber bei des Cimmeriers Erwachen hastig wieder zurückgezogen. Der Abdruck sah aus, wie der einer riesigen Hyänentatze.

Conan brüllte nach N'Gora. Seine Rufe klangen hohl und krächzend in der drückenden Stille, die über dem Dschungel hing. Er konnte die Sonne nicht sehen, aber sein von der Wildnis geschulter Instinkt sagte ihm, daß der Tag sich seinem Ende entgegenneigte. Erschrocken wurde ihm klar, daß er viele Stunden bewußtlos gelegen hatte. Entschlossen folgte er der Fährte seiner Krieger, die sich unübersehbar im Morast vor ihm abhob. Sie waren hintereinander gestapft. Bald erreichte er eine Lichtung — und hielt abrupt an, als ihm schaudernd bewußt wurde, daß es die Lichtung aus seinem lotusschweren Traum war. Schilde und Speere lagen verstreut umher, als wären sie in nackter Panik fortgeworfen worden.

Auch aus den Spuren las Conan, daß die Schwarzen blindlings die Flucht ergriffen hatten. Die Fußabdrücke überschnitten einander und verschwanden zwischen Farnen. Er folgte der allgemeinen Richtung und kam abrupt aus dem Dschungel zu einem Felsen, der wie ein Hügel erst schräg abwärts führte und dann plötzlich steil gut weitere vierzig Fuß abfiel. Etwas hockte am Rand des Hanges.

Zuerst hielt Conan es für einen großen Gorilla, doch schließlich wurde ihm bewußt, daß es sich um einen affengleich zusammengekauerten Schwarzen handelte, dessen Arme schlaff auf den Boden hingen und über dessen Lippen

Schaum quoll. Erst als die Kreatur mit einem schluchzengleichen Schrei die mächtigen Pranken hob und auf ihn losstürmte, erkannte er N'Gora. Der riesenhafte Pirat achtete nicht auf Conans Rufe, sondern stürmte mit Augen, von denen fast nur das Weiße zu sehen war, und gefletschten Zähnen weiter.

Trotz des Grauens, das der Wahnsinn immer im geistig Gesunden erweckt, handelte Conan sofort. Er stieß das Schwert durch den Leib des Schwarzen und wich den wie Klauen nach ihm ausgestreckten Händen aus. Als N'Gora zu Boden ging, trat Conan an den Rand des Felshangs.

Erschüttert schaute er auf die spitzen Felsbrocken hinunter, auf denen N'Goras Speerkrieger verstreut wie weggeworfene Puppen lagen. Kein einziger bewegte sich mehr. Eine dicke Wolke Fliegen summte über den blutüberströmten Steinen. Ameisen wimmelten bereits auf den Leichen. Auf den Bäumen in der Nähe hockten Aasgeier. Ein Schakal, der auf die Toten zuschleichen wollte, schaute hoch und sah den Mann. Zögernd trollte er sich.

Eine kurze Weile stand Conan reglos. Dann wirbelte er herum und rannte den Weg zurück. Achtlos stürzte er durch hohes Gras und Büsche und zertrampelte die Schlingpflanzen, die sich wie Schlangen über seinen Weg wanden. Sein Schwert hielt er gesenkt in der Rechten. Eine ungewöhnliche Blässe hatte sein Gesicht überzogen.

Nichts, außer Conans keuchendem Atem, brach die Stille des Dschungels. Die Sonne war untergegangen und riesenhafte Schatten hoben sich aus dem schwarzen Schlamm. Immer schneller rannte der Cimmerier, bis er endlich das Flußufer erreichte.

Er sah die Galeere am zerfallenen Kai und dahinter die Ruinen der Stadt, die im Dämmerlicht betrunken zu schwanken schienen. Und auf den Steinen des Piers und der Straße, die zu ihm führte, hoben sich hellere Flecken ab, als hätte ein Maler seinen in rote Farbe getauchten Pinsel sorglos ausgeschüttelt.

Und wieder schaute Conan auf Tod und Vernichtung. Vor ihm lagen seine Speerkämpfer, doch sie erhoben sich nicht, ihn zu begrüßen. Vom Rand des Dschungels bis zum Fluß, zwischen den geborstenen Säulen und am Kai waren sie verstreut, zerfleischt, ausgeweidet verstümmelt, halb aufgefressen.

Und überall um die Leichen und einzelnen Körperteile zeichneten sich gewaltige Abdrücke ab, wie die von riesigen Hyänentatzen.

Stumm trat Conan auf den Kai und schritt auf die Galeere zu, über deren Deck etwas hing, das im Dämmerlicht elfenbeinfarben schimmerte. Mit angehaltenem Atem starrte der Cimmerier auf die Königin der Schwarzen Küste, die von der Rahe ihrer eigenen Galeere baumelte. Zwischen der Rahe und ihrem Hals spannte sich eine Kette mit roten Steinen, die im letzten Licht des Tages wie große Blutstropfen glommen.

4

ANGRIFF AUS DER LUFT

Die Schatten waren schwarz um ihn,
so nah der mörderische Rachen,
und alles war von Blut so rot;
Doch meine Liebe bezwang den grimmen Tod,
und selbst die Tore der Hölle brachen
und hielten mich nicht fern von ihm.

Das Lied von Bêlit

Der Dschungel war ein schwarzer Koloß, der die ruinenübersäte Lichtung mit Ebenholzarmen umschlang. Der Mond war noch nicht aufgegangen. Die Sterne glitzerten wie Bernsteintropfen auf einem nach Tod riechenden Himmel, der den Atem anhielt. Wie eine eherne Statue saß Conan, der Cimmerier, mit dem Kinn auf eine Faust gestützt, auf der Pyramide zwischen den eingestürzten Türmen. In den entfernteren schwarzen Schatten huschten verstohlen prankengleiche Füße, und rote Augen funkelten. Die Toten lagen, wo sie gefallen waren. Nur Bêlit hing nicht mehr von der Rahe. Conan hatte aus zerhackten Ruderbänken und Speerschäften einen Scheiterhaufen errichtet. Darauf lag, zu ihrem letzten Schlummer gebettet, auf weichen Leopardenfellen und in Conans scharlachroten Umhang gehüllt, die Königin der Schwarzen Küste. Wie eine echte Herrscherin lag sie da, umgeben von ihren erbeuteten Schätzen: Seidenballen, golddurchwirkte Stoffe, Silberborte, Truhen mit Edelsteinen, Goldmünzen, Silberbarren, juwelenbesteckten Dolchen und kleinen goldenen Stufenpyramiden.

Doch wo der Schatz aus der Gruft dieser verfluchten Stadt geblieben war, wußte außer Conan, der ihn mit einem heidnischen Fluch dort hineingeworfen hatte, nur der schlammige Fluß Zarkheba. Und nun saß der Cimmerier mit grimmig zusammengebissenen Zähnen auf der Pyramide und wartete auf seinen unheimlichen Gegner. Die allesbeherrschende Wut in ihm hatte jegliche Furcht vertrieben. Welcher Art der Feind war, der aus der Schwärze erscheinen würde, wußte er nicht, es war ihm auch egal.

Er zweifelte nun nicht mehr an der Wahrheit der Visionen, die ihm der Schwarze Lotus gezeigt hatte, und so war ihm klar, daß N'Gora und seine Kameraden vor Schrecken über das geflügelte Ungeheuer, das vom Himmel auf sie herabgetaucht war, in blinder Panik geflohen und über den Felsrand in den Abgrund gestürzt waren — alle außer dem Unterführer, der zwar irgendwie ihrem Geschick entgangen war, jedoch nicht dem Wahnsinn. Inzwischen, oder unmittelbar danach, möglicherweise auch zuvor, hatten die anderen in er Stadt und am Ufer ihren grauenvollen Tod gefunden, und nicht in einer ehrlichen Schlacht, sondern einem furchtbaren Gemetzel. Vielleicht war ihre abergläubische Angst daran schuld gewesen, daß die Schwarzen sich nicht wehrten, als sie von den menschlichen Gegnern angefallen wurden.

Weshalb er so lange verschont geblieben war, verstand Conan nicht. Konnte es sein, daß diese bösartige Kreatur, die Herrscher über Stadt und Fluß zu sein schien, ihn noch eine Weile am Leben erhalten wollte, um ihn mit Gram und Furcht zu quälen? Alles deutete auf eine menschliche oder übermenschliche Intelligenz hin — das Zerschlagen der Wasserfässer, um die Gegner zu teilen, die Hetzjagd auf die Schwarzen, um sie über den Felsen zu stürzen, und schließlich der grimmigste Scherz, Bêlit an der blutroten Kette, die wie ein Henkersseil um ihren Hals geschlungen gewesen war, an der Rahe aufzuhängen.

Da er den Cimmerier offenbar als sein besonderes Opfer ausgewählt hatte und bisher mit ausgesucht schlauen Qualen seinen Verstand gepeinigt hatte, war fest damit zu rechnen, daß der unbekannte Feind das Drama beenden würde, indem er den Nordmann seinen anderen Opfern hinterherschickte. Kein Lächeln verzog Conans Lippen bei diesem Gedanken, wohl aber leuchteten seine Augen in grimmigem Humor auf.

Der Mond ging auf und ließ des Cimmeriers gehörnten Helm blitzen. Plötzlich senkte sich eine tiefe Stille über die Nacht herab, und der Dschungel hielt den Atem an. Instinktiv lockerte Conan das mächtige Schwert in der Scheide. Die Pyramide, auf der er saß, hatte vier Seiten. In die dem Dschungel zugeneigte Seite waren breite Stufen gehauen. Conan hielt einen shemitischen Bogen in der Hand, wie Bêlits Piraten sie benutzt hatten. Seinen Arm hatte er auf ein Knie gestützt, und zu seinen Füßen lag ein Haufen Pfeile, die gefiederten Schäfte ihm zugewandt.

Etwas bewegte sich in der Dunkelheit unter den Bäumen und hob sich plötzlich scharf im Schein des aufgehenden Mondes ab. Conan sah Kopf und Schultern einer Hyäne. Und gleich darauf kamen etwa zwanzig gefleckte Artgenossen in geducktem Lauf aus den Schatten. Ihre geifernden Fänge blitzten im Mondlicht und ihre Augen schienen Feuer zu sprühen, wie es bei einem echten Tier unmöglich war.

Zwanzig! Dann hatten die Speere der Piraten doch unter ihnen aufgeräumt, dachte Conan, als er sich erinnerte, daß es seiner Vision nach viel mehr sein müßten. Er spannte den Bogen. Noch während die Sonne vibrierte, machte eine der Hyänen einen Satz in die Höhe und fiel zuckend zu Boden. Doch das hielt die anderen nicht zurück. Ohne Zaudern kamen sie näher, und wie tödlicher Hagel brausten die Pfeile des Cimmeriers auf sie herab.

Trotz seiner glühenden Wut zielte Conan genau und kein Pfeil verfehlte sein Ziel. Die Luft war erfüllt von gefiedertem Tod, der breite Lücken in die Reihen der heranstürmenden

Bestien riß. Weniger als die Hälfte erreichte den Fuß der Pyramide, weitere blieben getroffen auf den breiten Stufen liegen. Ein Blick in die feuersprühenden Augen kündete Conan erneut, daß diese Kreaturen keine echten Tiere waren. Nicht nur ihre unnatürliche Größe verriet es, auch die Ausstrahlung, die fast greifbar um sie war, wie schwarzer Nebel, der aus einem mit Leichen bedeckten Sumpf aufsteigt. Der Cimmerier wußte nicht, welch gottloser Alchimie diese Bestien ihr Dasein verdankten, wohl aber, daß sie einer grauenvollen Teufelei entsprungen waren, denn hatte er das nicht in seinem Traum gesehen?

Conan sprang auf die Füße und sandte einen letzten Pfeil in die Bestie, die gerade zum Sprung an seine Kehle ansetzte. Der Schaft war ein fliegender Mondstrahl, der leicht verschwommen durch die Luft blitzte, aber sehr wirklich, als er durch den Leib des Wertiers drang, das sich zuckend überschlug und die Stufen hinunterrollte.

Doch dann hatten die anderen ihn in einem Alptraumsturm brennender Augen und geifernder Lefzen erreicht. Sein Schwert durchtrennte das erste Ungeheuer, ehe die Wucht der Leiber ihn zu Boden warf. Er zerschmetterte einen schmalen Schädel mit dem Schwertknauf, dann ließ er die Klinge fallen, da sie ihm in dieser Bedrängnis wenig nutzte, und griff nach den Kehlen zweier der Ungeheuer, die in wilder Raserei an ihm zerrten und kratzten. Ein fauliger Gestank raubte ihm fast den Atem, und sein eigener Schweiß ließ ihn die Augen zusammenkneifen. Nur seine Rüstung bewahrte ihn davor, in Stücke zerfetzt zu werden. Seine Finger fanden eine haarige Kehle und rissen sie auf. Seine Linke, die den Hals eines anderen Untiers verfehlt hatte, erfaßte ein Vorderbein und brach es. Ein gräßlicher Schrei, gespenstisch menschenähnlich und der einzige Schrei in diesem grimmigen Kampf, entrang sich der Bestie. Kaltes Grauen ließ Conan unwillkürlich seinen Griff lockern.

Die andere Hyäne, aus deren aufgerissener Kehle das Blut spritzte, warf sich in einer letzten Zuckung auf ihn und stieß ihm die Zähne in den Hals, doch ehe sie tief genug eingedrungen waren, fiel sie tot zurück.

Die mit dem gebrochenen Bein versuchte wie ein Wolf, ihm den Bauch aufzureißen und es gelang ihr tatsächlich, einige Glieder der Kettenrüstung zu durchbeißen. Conan stieß den Kadaver der ersten von sich und packte die andere. Mit ungeheurer Anstrengung, die seinen blutigen Lippen ein Stöhnen entrang, stand er auf und hielt die wild nach ihm schnappende Bestie fest in den Armen. Einen Moment taumelte er, während der stinkende Atem des Untiers in seiner Nase brannte und es versuchte, ihm die Zähne in den Hals zu graben. Dann warf er es mit aller Kraft von sich, daß es mit zersplitternden Knochen die Marmorstufen hinunterfiel.

Als er nach Atem ringend, taumelnd auf gespreizten Beinen stand und Dschungel und Mond durch einen blutigen Schleier vor seinen Augen verschwammen, drang heftiges Flügelflattern an sein Ohr. Er bückte sich schwindelig nach seinem Schwert und hob leicht schwankend mit beiden Händen die mächtige Klinge über seinen Kopf, während er das Blut aus seinen Augen schüttelte, um die Luft über sich nach dem neuen Gegner abzusuchen.

Doch statt eines Angriffs aus der Luft erbebte die Pyramide plötzlich unter seinen Füßen. Er hörte ein polterndes Krachen und sah die hohe Säule über sich wie ein Stab schwingen. Ohne zu überlegen, machte er einen weiten Satz zu einer auf etwa halber Höhe liegenden Stufe, die unter seinem Aufprall zu schaukeln begann. Sein nächster Sprung brachte ihn auf den Erdboden. Doch während seine Füße aufsetzten, fiel die Pyramide mit ohrenberstendem Krachen zusammen. Die Säule polterte in Tausende von Bruchstükken zerschellend herab. Einen flüchtigen Herzschlag lang schien es Marmorsplitter vom Himmel zu regnen. Und dann lag ein Trümmerhaufen gespenstisch schimmernd im Mondschein.

Conan schüttelte die Splitter ab, die ihn halb begraben hatten. Ein schwerer Steinbrocken hatte ihm den Helm vom Kopf geschlagen und ihn einen Augenblick lang betäubt. Über seinen Oberschenkeln lag ein Stück der Säule und drückte ihn zu Boden. Er wußte nicht, ob seine Beine gebrochen waren. Seine schwarze Mähne klebte schweißüberströmt auf seinem Kopf. Blut sickerte aus Wunden an seiner Kehle und den Händen. Er stützte sich auf einen Ellbogen und versuchte, sich von dem Trümmerstück auf seinen Oberschenkeln zu befreien.

Da brauste plötzlich etwas vom Himmel herab und landete im Gras in seiner Nähe. Als Conan sich mühsam umdrehte, sah er den — *Geflügelten!*

Mit unvorstellbarer Schnelligkeit schoß dieser auf ihn zu, daß Conan nur den verschwommenen Eindruck einer gigantischen, menschenähnlichen Gestalt auf verkümmerten, gekrümmten Beinen gewann, riesiger haariger Arme mit unförmigen schwarznägeligen Klauen, eines mißgestalteten Schädels, in dessen breitem Gesicht das einzig Erkennbare ein Paar blutrot glühende Augen waren. Die Kreatur war weder Mensch noch Tier, noch Teufel, doch sie wies Züge aller drei auf und solche über das Menschliche hinaus.

Aber Conan hatte keine Zeit für bewußte Überlegungen. Er streckte sich nach dem Schwertgriff, der ihm aus der Hand gefallen war. Aber er konnte ihn nicht erreichen. Verzweifelt griff er nach dem Trümmerstück, das seine Beine festhielt. Die Adern schienen ihm aus den Schläfen zu quellen, als er alle Kraft aufwandte, es von sich zu schieben. Es gab ein Stück nach, aber es war ihm klar, daß das Ungeheuer schneller sein würde und die schwarzen Klauen ihm den Tod brachten, ehe er sich würde befreien können.

Der Geflügelte hatte in seinem Ansturm nicht innegehalten. Er beugte sich wie ein schwarzer Schatten mit ausgebreiteten Armen über Conan — als sich plötzlich etwas Weißes zwischen die beiden stürzte.

Benommen sah der Cimmerier eine vor wilder Liebe bebende Gestalt, die wie Elfenbein im Mondlicht schimmerte. Er sah das Glühen ihrer dunklen Augen, die schweren dunklen Locken, den wogenden Busen, die leicht geöffneten roten Lippen, und sie schrie so scharf und schneidend wie das Klirren von Schwertklingen, als sie sich über das geflügelte Ungeheuer warf.

»Bêlit!« brüllte Conan. Sie warf ihm einen schnellen Blick zu, und er sah in ihren dunklen Augen die Liebe flammen, elementar wie ungebändigtes Feuer und schmelzende Lava. Dann war sie verschwunden, und der Cimmerier erblickte nur noch die geflügelte Bestie, die in ungewohnter Furcht zurückgetaumelt war und die Arme angstvoll erhoben hatte, als wolle sie einen Angriff abwehren. Da wußte Conan wieder voll Qual, daß Bêlit in Wirklichkeit auf ihrem Scheiterhaufen an Deck der *Tigerin* lag, und in seinen Ohren hallte ihr leidenschaftlicher Ruf: *Hätte der Tod bereits nach mir gegriffen und du kämpftest um dein Leben, so würde ich von überallher dir zur Hilfe eilen ...*

Mit einem furchterregenden Schrei richtete Conan sich auf und wälzte das Säulenstück zur Seite. Der Geflügelte kam wieder heran. Der Cimmerier sprang ihm entgegen mit dem Feuer des Wahnsinns in den Adern. Die Muskeln traten in dicken Strängen hervor, als er sein mächtiges Schwert schwang und sich dabei auf den Fersen drehte. Es traf das Ungeheuer, das sich auf ihn werfen wollte, über den Hüften. Der Oberkörper fiel nach einer, der Unterkörper nach der anderen Seite, als die scharfe Klinge den Leib durchtrennte.

In der mondhellen Stille starrte Conan, das bluttriefende Schwert kraftlos in der Hand, auf die beiden Teile seines

Gegners. Die roten Augen funkelten immer noch in erschreckender Lebendigkeit zu ihm empor, doch dann verschleierten sie sich und wurden glasig. Die Klauenhände verkrampften sich, ehe das Leben auch aus ihnen wich. Mit diesem Ungeheuer hatte die älteste Rasse der Erde ihr unrühmliches Ende gefunden.

Conan hob den Kopf und schaute sich nach den Kreaturen um, die Sklaven dieser Bestie und ihre Henkersknechte gewesen waren. Doch keine war zu sehen. Was im mondbeschienenen Gras verstreut lag, waren nicht die Kadaver von Tieren, sondern die Leichen von Männern: geiergesichtige, dunkelhäutige Männer, nackt, von Pfeilen durchbohrt, oder durch Schwerthiebe verstümmelt. Und sie zerfielen vor seinen Augen zu Staub.

Weshalb war der geflügelte Gebieter seinen Sklaven nicht zu Hilfe geeilt, als er, Conan, mit ihnen gekämpft hatte? Hatte er gefürchtet, in die Reichweite ihre scharfen Zähne zu kommen, weil sie sich vielleicht gegen ihn wenden und ihn zerreißen mochten? List und Vorsicht hatten in dem mißgestalteten Schädel gehaust, aber beides hatte ihm zu guter Letzt nichts genutzt.

Conan machte auf dem Absatz kehrt. Er schritt über den verfallenden Kai zur Galeere und ging an Bord. Ein paar Hiebe seines Schwertes lösten die Taue. Dann stellte er sich ans Steuerruder. Die *Tigerin* schaukelte leicht in dem schlammigen Wasser und trieb schließlich zur Flußmitte, bis die starke Strömung sie erfaßte. Conan lehnte sich gegen das Steuerrad. Sein Blick ruhte düster auf der Gestalt, die in seinem Umhang auf dem Scheiterhaufen aufgebahrt lag, mit all ihren Schätzen um sich, wie eine echte Königin keine größeren besaß.

5

DAS TOTENFEUER

Nun lebt wohl für immer, ihr blauen Wellen,
lebt wohl, ihr Ruder, du Segel im Wind;
nie mehr wird ihr Mut sich den Stürmen stellen.
Du blauer Gürtel der Welt, nimm zurück
den Schatz, den du gabst.

Das Lied von Bêlit

Wieder tönte die Morgenröte das Meer. Eine hellere Röte färbte die Flußmündung. Conan von Cimmerien stand auf sein mächtiges Schwert gestützt auf dem weißen Strand. Sein Blick ruhte auf der *Tigerin*, die auf ihre letzte Fahrt ging. Seine Augen wirkten stumpf, sie sahen das glasklare Wasser nicht. Die endlose blaue Weite hatte allen Zauber für ihn verloren. Heftiger Abscheu schüttelte ihn, als ihm die grünlichen Wellen bewußt wurden, die sich in der Ferne in geheimnisvollem Purpurdunst verloren.

Bêlit war Teil der See gewesen, der sie Glanz und Reiz verliehen hatte. Ohne sie war der Ozean von Pol zu Pol eine trostlose Öde. Ja, Bêlit gehörte zum Meer, und so gab er sie ihm und seinen unergründlichen Geheimnissen zurück. Mehr konnte er nicht tun. Für ihn war die glitzernde blaue Pracht nun abstoßender als die hohen Farne, die um ihn raschelten und ihm von der rätselvollen Wildnis hinter ihnen zuflüsterten, durch die er sich jetzt einen Weg würde bahnen müssen.

Keine Hand ruhte am Steuerrad der *Tigerin*, keine Ruder bewegten sie durch das grüne Wasser. Aber ein frischer Seewind blähte ihr Seidensegel auf, und wie ein wilder Schwan, der auf dem Weg zu seinem Nest den Himmel durcheilt, schnitt sie durch die Wellen und glitt seewärts. Die Flammen auf ihrem Deck loderten hoch. Sie züngelten nach dem Mast und hüllten die stille Gestalt ein, die im roten Umhang auf dem Scheiterhaufen aufgebahrt lag.

So schied die Königin der Schwarzen Küste dahin. Immer noch auf sein blutbeflecktes Schwert gestützt, blickte Conan ihr nach, bis das rote Glühen im fernen blauen Dunst erlosch, und die Morgensonne ihre goldenen Strahlen über das Meer sandte.

Das Tal der verlorenen Frauen

STYGIEN
Zabhela
Kheschatta
KUSH
Gazal
Meroe
Grasebenen
Sukhmet
Xuthal
Stadt der Geflügelten
Südliche Wüste
Zuad See
Jeluba
Schwarze Zitadelle
Tombalku
DARFAR
Zarkheba
Bakalah
Jihiji
Abombi
SAVANNE
Bamula
Wadai
SCHWARZE KÖNIGREICHE
Menhire
Sabatea
Tamba-Syn
Akbitana
Schuschan
Stadt des Set
Seyan
Rasht
TAIA
Pteion
Thuran
Kuthchemes
NACKTE WÜSTE
Kassali
Keschia
KESHAN
PUNT
Alkmeenon
Xuchotl
GOLDBERGE
FLACHLAND
Zikamba
Kulalo
SAVANNE
Gamburu
AMAZON
Nordhauptstadt
FEUERBERGE
DSCHUNGEL

Das Tal der verlorenen Frauen

Robert E. Howard

Während seiner Partnerschaft mit Bêlit hat Conan sich den Beinamen Amra, der Löwe, erworben, der ihn bis ans Ende seiner Laufbahn begleiten wird. Bêlit war die erste große Liebe seines Lebens. Nach ihrem Tod bleibt er der See mehrere Jahre fern. Er wendet sich landeinwärts und schließt sich dem ersten Stamm Schwarzer an, der ihm Obdach gewährt — es sind die kriegerischen Bamulas. In wenigen Monaten hat er durch Kämpfe und Intrigen die Stellung des Kriegshäuptlings der Bamulas errungen, deren Macht unter seiner Führung zusehends wächst.

1

Das Dröhnen der Trommeln und Schallen der gewaltigen Hörner aus Elefantenstoßzähnen war betäubend, doch in Livias Ohren klang der Lärm nur wie ein verwirrendes Gemurmel — dumpf und weit entfernt. Ihr Zustand schwankte zwischen Delirium und Bewußtlosigkeit, als sie sich auf ihrem Lager in der großen Hütte wälzte. Was außerhalb vorging, nahm sie kaum wahr. Immer noch sah sie verschwommen und chaotisch das schreckliche Bild vor ihren Augen. Es zeigte ihren nackten, sich vor Schmerzen windenden Bruder, dem das Blut über die Schenkel strömte. So unklar auch der Hintergrund ineinander verwobener Formen und Schatten war, so unverkennbarer war er. Die Luft schien vor Schmerzensschreien zu erzittern, und dazwischen war immer wieder höhnisches, teuflisches Lachen zu hören.

Livia war sich ihrer nicht als Einzelwesen, getrennt vom Rest des Kosmos,bewußt. Sie schwamm in einem gewaltigen Schmerzensmeer, war selbst nichts als fleischgewordene Pein. So lag sie, ohne bewußt zu denken oder sich zu bewegen, während draußen die Trommeln dröhnten, Hörner schallten und barbarische Stimmen im Takt zu stampfenden nackten Füßen und Händeklatschen ihr monotones Lied sangen.

Doch allmählich begann ihr Bewußtsein durch ihre geistige Erstarrung zu sickern. Ein dumpfes Staunen, daß sie körperlich unversehrt war, erfüllte sie als erstes. Ohne Dankbarkeit zu empfinden, nahm sie dieses Wunder hin. Es erschien ihr von keinerlei Bedeutung zu sein. Mechanisch setzte sie sich auf ihrem Lager auf und schaute sich stumpf um. Ihre Gliedmaßen bemühten sich um erste Bewegungen, als reagierten sie auf die erwachenden Nerven. Ihre nackten Füße scharrten unbewußt auf dem festgestampften Lehmboden. Ihre Finger am Saum des knappen Kittels, ihres einzigen Kleidungsstücks, zuckten. Dumpf erinnerte sie sich, daß, wie ihr schien, vor langer, langer Zeit grobe Hände ihr das Gewand vom Leib gerissen hatten, und ihr vor Angst und Scham die Tränen über die Wangen gerollt waren. Es kam ihr nun seltsam vor, daß eine so geringe Unbill sie so geschmerzt hatte. Das Maß von Gewalttätigkeit und Schmach war schließlich, wie alles andere auch, relativ.

Die Tür der Hütte schwang auf. Eine Frau von geschmeidiger Figur, die an ein Pantherweibchen erinnerte, trat ein. Ihr graziler Körper glänzte wie poliertes Ebenholz. Ein hauchdünnes, um die Hüften gewundenes Seidentuch war ihre einzige Bekleidung. Das Weiß ihrer Augäpfel spiegelte den Feuerschein vor der Hütte. Sie rollte in boshafter Andeutung die Augen.

Auf dem Bambustablett brachte sie das Essen: Fleisch, geröstete Jamswurzeln, gesottenen Mais, riesige Fladen Brot

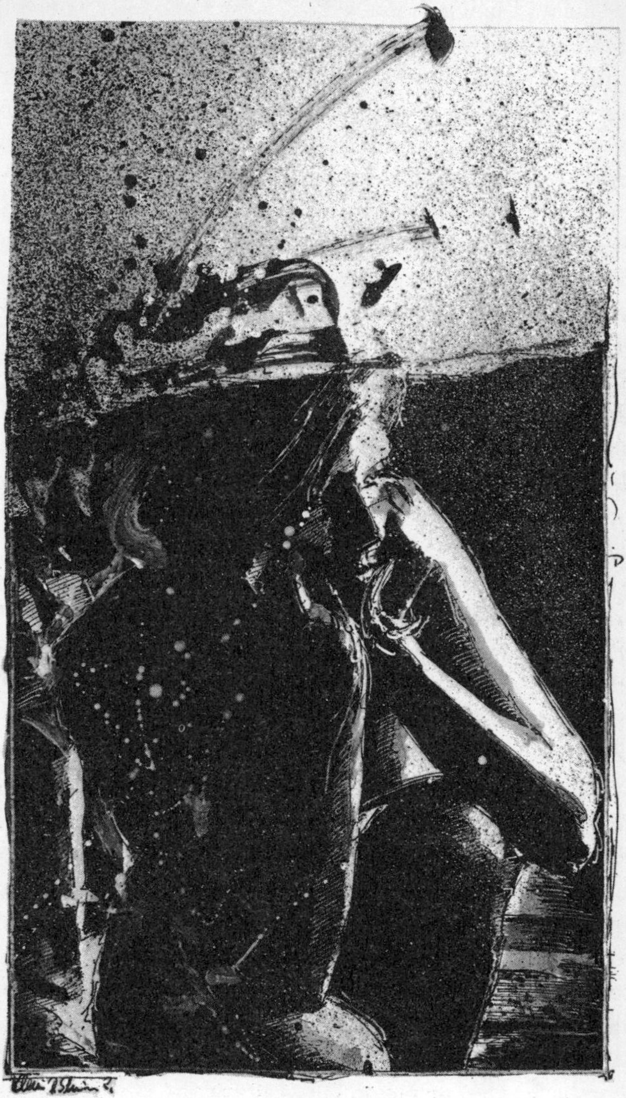

und einen gehämmerten Goldkrug mit Yaratibier. Sie stellte das Tablett auf einem Tischchen ab, aber Livia beachtete es nicht. Sie starrte stumpf auf die gegenüberliegende Wand, die mit Matten aus gewebten Bambussprossen behängt war. Die junge Eingeborenenfrau lachte mit blitzenden dunklen Augen und weißen Zähnen. Mit einem abfälligen Zischen und einer spöttischen Bewegung, die ihrer Verachtung noch weiteren Ausdruck gab, drehte sie sich um und stolzierte mit schwingenden Hüften, die aufreizender ihre Mißachtung ausdrückten, als eine Frau der Zivilisation es mit Worten fertiggebracht hätte, aus der Hütte.

Doch das Benehmen der Schwarzen war überhaupt nicht in Livias Bewußtsein gedrungen. Alle ihre Sinne waren noch nach innen gerichtet. Immer noch ließ die Klarheit der geistigen Bilder die wirkliche Welt wie ein düsteres Schattenreich erscheinen. Mechanisch aß und trank sie, ohne gewahr zu werden, was es war. Genauso mechanisch erhob sie sich schließlich und schritt unsicher durch die Hütte, um durch einen Spalt in der Bambuswand hinauszuspähen. Die abrupte Veränderung im Klang der Trommeln und Hörner hatte ihr Unterbewußtsein angesprochen und es angeregt, die Ursache dafür zu ergründen.

Zuerst konnte sie sich kein Bild dessen machen, was sie sah. Alles war chaotisch. Schattenhafte Gestalten bewegten sich, drängten sich aneinander, zuckten, wanden sich und hoben sich schwarz von einem unruhigen blutroten Hintergrund ab. Und dann ergaben die Bewegungen Sinn, und die Gestalten nahmen feste Formen an. Sie sah Männer und Frauen, die sich um ein Feuer bewegten. Die Flammen spiegelten sich auf Schmuck aus Silber und Elfenbein, weiße Federbüsche wogten, nackte Gestalten stolzierten herum oder warfen sich in Pose, und ihre Silhouetten waren wie Scherenschnitte auf rotem Hintergrund.

Auf einem Elfenbeinhocker, von Riesen mit Federbuschkopfputz flankiert, saß eine fette, gedrungene krötengleiche Gestalt von abstoßender Häßlichkeit. Ein Gestank wie von verrottendem Dschungel und fauligen Sümpfen ging von ihr aus. Ihre fleischigen Hände ruhten auf der Wölbung eines gewaltigen Bauches. Der Nacken war eine dicke Fettrolle, die den Kopf nach vorn zu drücken schien. Die Augen glühten wie Kohlen aus stumpfem Schwarz, und ihre fast erschreckende Vitalität strafte die scheinbare Unbeweglichkeit des unförmigen Leibes Lügen.

Als der Blick des Mädchens auf dieser Gestalt haftenblieb, spannte sich ihr Körper und feuriges Leben durchpulste ihn wieder. Aus einer geistlosen Puppe wurde sie plötzlich zum wachen, vernunftbegabten Wesen. Haß überschwemmte ihre Pein und wurde in seiner Heftigkeit selbst zu Schmerz. Noch stärker spannte sich ihr Körper, wurde hart wie Stahl. Sie spürte fast greifbar, wie ihr Haß ihrem Blick folgte, und glaubte, er müßte stark genug sein, die Gestalt zu durchdringen und niederzustrecken.

Aber falls Bajujh, der König der Bakalah, Unbehagen durch den haßerfüllten Blick seiner Gefangenen empfand, ließ er es sich zumindest nicht anmerken. Er fuhr fort, sein Froschmaul mit ganzen Händen voll Mais vollzustopfen, den er aus einer, von einer knienden Frau gehaltenen Schüssel schöpfte, während er gleichzeitig durch die breite Gasse schaute, die durch seine Untertanen gebildet wurde.

Durch diese von schwitzenden Schwarzen gesäumte Gasse mußte nach all dem lärmenden Trommeldröhnen und Hörnerschall zweifellos eine wichtige Persönlichkeit kommen, schloß Livia. Und so war es auch.

Eine Gruppe Krieger marschierte in Dreierreihen auf den Elfenbeinhocker zu. Ihre Federbüsche wogten und ihre Speere hoben sich glitzernd aus der bunten Menge. Vor den Speerträgern schritt ein Mann, bei dessen Anblick Livias Herz einen Schlag lang aussetzte, nur um danach um so heftiger zu pochen. Sie rang nach Atem. Ganz deutlich hob dieser Mann sich gegen den dunklen Hintergrund ab. Genau wie seine Begleiter trug er ein Lendentuch aus Leopardenfell und einen Federbuschkopfputz. Aber er war ein Weißer!

Es war offensichtlich, daß er nicht als Bittsteller oder Untergeordneter kam, als er sich dem Mann auf dem Elfenbeinhocker näherte. Kaum war er davor stehengeblieben, setzte plötzlich Stille ein. Livia fühlte die Spannung, obgleich sie ihren Grund nur vage ahnte. Einen Augenblick lang blieb Bajujh noch wie eine Riesenkröte sitzen und reckte den Hals nach oben, doch dann, wie gezogen von dem festen Blick des anderen, rutschte er vom Hocker. Er richtete sich auf und stand mit grotesk wackelndem, geschorenem Kopf vor dem Weißen.

Sofort löste sich die Spannung. Ein gewaltiger Schrei hob sich aus den Kehlen der Untertanen Bajujhs, und auf einen Wink des Fremden grüßten seine Krieger den König mit ausgestreckten Speeren, wie es seinem Rang entsprach. Es war Livia klar, daß dieser Weiße, wer immer er auch sein mochte, wahrhaftig über große Macht in diesem wilden Land verfügte, wenn Bajujh von Bakalah sich erhob, um ihn zu begrüßen. Und Macht bedeutete in diesem Fall kriegerische Stärke, denn Gewalt war das einzige, was diese barbarischen Rassen respektierten.

Wie gebannt blieb das Mädchen stehen und beobachtete den Fremden durch den Spalt in der Wand. Seine Krieger mischten sich unter die Bakalahs, tanzten, aßen mit ihnen und tranken ihr Bier. Er selbst und seine Unterführer saßen mit Bajujh und einigen der Bakalah-Häuptlinge mit gekreuzten Beinen auf Bambusmatten, und auch sie schlugen sich die Mägen voll und gossen das Bier in sich hinein. Livia sah, daß der Weiße genau wie die anderen sich das Essen mit den Händen aus den Kochkesseln schöpfte, und er aus einem

Krug mit Bajujh trank. Aber sie bemerkte, daß man ihm die Achtung eines Königs zollte. Da er keinen Hocker für ihn hatte, verzichtete Bajujh auf seinen und teilte eine Matte mit seinem Gast. Wenn der Krug nachgefüllt wurde, nippte der König der Bakalah nur daran, ehe er ihn an den Weißen weiterreichte. Macht! All dieses zeremonielle Gebahren ließ auf Macht, Stärke, Ansehen schließen. Livia zitterte vor Aufregung, als ihr ein atemberaubender Gedanke kam und sie einen Plan zu schmieden begann.

Also beobachtete sie den Weißen mit größter Aufmerksamkeit und nahm jede Einzelheit seiner Erscheinung auf. Er war hochgewachsen, und kaum einer der selbst riesenhaften Schwarzen kam an Größe und muskulöser Statur an ihn heran. Er bewegte sich geschmeidig wie ein Panther. Als die Flammen sich in seinen Augen spiegelten, schienen sie wie blaues Feuer zu brennen. Hochgeschnürte Sandalen schützten seine Füße, und von seinem breiten Gürtel hing ein Schwert in einer Lederscheide. Sein Aussehen war für sie fremdartig. Nie hatte Livia seinesgleichen gesehen, aber sie machte sich gar nicht die Mühe, zu raten, welcher Rasse er war. Ihr genügte die Tatsache seiner weißen Haut.

Die Stunden verstrichen, allmählich wurde es ruhiger, als immer mehr der Männer und Frauen in bierschweren Schlaf sanken. Schließlich stand Bajujh schwankend auf und hob die Hände, doch weniger, um das Fest aufzuheben, denn als Eingeständnis, daß er im Wettstreit des Bauch- und Gurgelvollschlagens aufgab. Als er stolperte, trugen seine Krieger ihn in seine Hütte. Der Weiße erhob sich. Die Unmengen von Bier, die er in sich hineingegossen hatte, schienen keine sonderliche Wirkung auf ihn zu haben. Torkelnd gaben die Unterhäuptlinge, die sich noch auf den Beinen halten konnten, ihm das Geleit zur Gästehütte. Er verschwand darin, und Livia bemerkte, daß ein Dutzend seiner eigenen Speerträger um sie herum Posten bezog. Offenbar wollte der Fremde keine Risiken eingehen, was Bajujhs Freundschaft anbelangte.

Livias Blick wanderte über den Kral, in dem es fast wie nach einer Schlacht aussah. Überall lagen reglos in allen Stellungen die Betrunkenen herum. Sie wußte natürlich, daß Wachen, die sich des Biergenusses hatten enthalten müssen, um das Dorf ihre Runden zogen, aber die einzigen Nichtschlafenden im Kral waren offenbar die Posten um die Hütte des Fremden und selbst von ihnen schien einigen der Kopf schwer zu werden, denn sie stützten sich auf ihre Speerschäfte.

Mit heftig klopfendem Herzen ging sie auf Zehenspitzen zur hinteren Tür ihrer Hütte und stieg über den schnarchenden Schwarzen, den man zu ihrer Bewachung abgestellt hatte. Wie ein elfenbeinfarbiger Schatten huschte sie über den freien Raum zwischen ihrer und der Hütte des Fremden. Auf Händen und Knien schlich sie zur Rückseite der letzteren. Ein riesiger Schwarzer kauerte hier. Sein Kopf mit dem Federbuschputz ruhte auf den Knien. Sie glitt an ihm vorbei zur Hüttenwand. Man hatte sie anfangs in dieser Hütte gefangengehalten. Ein mühsam geschaffenes Loch in der Bambuswand, das nun von innen mit einer Matte verhängt war, zeugte noch von ihrem vergeblichen Ausbruchsversuch. Sie zwängte sich seitwärts hindurch und schob die Wandmatte zur Seite.

Der Widerschein des außerhalb der Hütte lodernden Feuers fiel ins Innere. Noch während sie dabei war, die Matte zu bewegen, packte eine Hand grob ihr Haar, zerrte sie heftig in die Hütte und warf sie auf den Boden.

Es war so schnell gegangen, daß sie ein paar Herzschläge brauchte, um sich wieder zu fassen, ehe sie die zerzausten Zöpfe aus dem Gesicht zurückwarf und in die Augen des

Weißen hochstarrte, der sich über sie beugte. Seine Züge verrieten unverkennbare Verwunderung. Er hielt das Schwert in der Rechten, und seine Augen funkelten, ob aus Grimm, Mißtrauen oder Überraschung vermochte sie nicht zu erraten. Er sagte etwas in einer Sprache zu ihr, die sie nicht verstand — sie klang nicht guttural wie die der Schwarzen, aber auch nicht geschmeidig wie die zivilisierter Länder.

»O bitte!« flehte sie. »Nicht so laut. Sie werden es hören ...«

»Wer bist du?« fragte der Fremde jetzt auf Ophireanisch, aber mit barbarischem Akzent. »Bei Crom, ich hätte nie erwartet, ein weißes Mädchen in diesem höllischen Land zu finden!«

»Ich heiße Livia«, antwortete sie, »und bin Bajujhs Gefangene. O bitte, hört mir zu! Ich kann nicht lange hierbleiben. Ich muß in meiner Hütte zurücksein, ehe sie meine Abwesenheit bemerken.

Mein Bruder ...« — ein Schluchzen würgte sie, als sie fortfuhr. »Mein Bruder war Theteles. Wir stammen aus dem hohen Hause Chelkus, der Weisen und Edlen von Ophir. Eine Sondergenehmigung des Königs von Stygien ermöglichte es meinem Bruder Theteles, Kheshatta, die Stadt der Zauberer, zu besuchen, um die magischen Künste zu studieren. Ich begleitete ihn. Er war noch ein Jüngling, nicht so alt wie ich ...« Wieder versagte ihre Stimme. Der Fremde beobachtete sie stumm mit brennenden Augen und undurchdringlicher Miene. Es war etwas Wildes, Ungezähmtes an ihm, das sie erschreckte und unsicher machte.

»Die schwarzen Kushiten überfielen Kheshatta«, fuhr sie hastig fort. »Wir kamen gerade mit einer Kamelkarawane zur Stadt. Unsere Wachen ergriffen die Flucht, und die Räuber nahmen uns gefangen. Sie behandelten uns anständig und erklärten uns, sie würden mit den Stygiern ein

Lösegeld für uns aushandeln. Aber einer der Häuptlinge wollte dieses Lösegeld für sich allein, und so schlich er sich mit seinen Männern eines Nachts aus dem Lager und entführte meinen Bruder und mich. Dieser Trupp brachte uns südostwärts bis an die Grenze von Kush. Dort überfiel uns eine Bande Bakalahs. Sie machten die Kushiten nieder und schleppten uns in diesen Kral ...« Wieder übermannte sie das Schluchzen, und es dauerte eine Weile, bis sie fortfahren konnte. »Heute morgen wurde mein Bruder vor meinen Augen gemartert und zerstückelt ...« Bei dieser Erinnerung wurde ihr flüchtig schwarz vor den Augen, und sie schwankte. »Sie warfen seine Leiche den Schakalen vor. Wie lange ich bewußtlos lag, weiß ich nicht ...«

Als ihr die Stimme erneut versagte, hob sie die Augen zu dem finster die Stirn runzelnden Fremden. Eine plötzliche wilde Wut übermannte sie. Sie trommelte mit den Fäusten gegen die Brust des Weißen, der nicht mehr darauf reagierte als auf das Summen einer Fliege.

»Wie kannst du einfach dastehen!« schrie sie erstickt. »Bist du auch nur eine herzlose Bestie wie die anderen hier? O Mitra, einst glaubte ich an die Ehre bei den Männern. Jetzt weiß ich, daß jeder seinen Preis hat. Du — was weißt du schon von Ehre — oder Erbarmen — oder Anständigkeit? Nur deine Haut ist weiß, deine Seele ist so schwarz wie ihre. Es ist dir völlig egal, daß ein Mann deiner Rasse auf bestialische Weise niedergemetzelt wurde — und daß ich eine Sklavin dieser Hunde bin! Aber gut!«

Sie wich vor ihm zurück.

»Du sollst deinen Preis haben!« flüsterte sie und riß ihren dünnen Kittel an der elfenbeinfarbigen Brust auf. »Bin ich nicht schön? Bin ich nicht begehrenswerter als diese Eingeborenenweiber? Bin ich nicht ein Blutvergießen wert? Ist eine hellhäutige Jungfrau es nicht wert, daß man ihretwegen tötet?

Erschlag diesen schwarzen Hund Bajujh! Laß mich seinen verfluchten Kopf in den blutigen Staub rollen sehen! Töte ihn! *Töte ihn!*« In ihrer Erregung schlug sie die Fäuste gegeneinander. »Dann kannst du mich haben und mit mir tun, was du willst. Ich werde deine Sklavin sein!«

Auch jetzt sprach der Fremde nicht sofort, sondern schaute, mit der Hand um den Schwertgriff, finster auf sie hinunter.

»Du redest, als wärest du frei, dich nach Belieben zu geben«, sagte er schließlich. »Als wäre dein Körper ein Geschenk von so hohem Wert, daß es Königreiche zum Wanken zu bringen vermöchte. Weshalb sollte ich Bajujh umbringen, nur um dich zu bekommen? Frauen sind in diesem Land so billig wie Bambus, und es tut nichts zur Sache, ob sie willens sind oder nicht. Du schätzt dich zu hoch ein. Wollte ich dich, brauchte ich nicht erst Bajujh zu töten, um dich zu bekommen. Er würde dich mir schenken, ehe er es auf einen Kampf ankommen ließe.«

Livia schluckte. Ihr Feuer war erloschen. Die Hütte drehte sich um sie. Sie taumelte und ließ sich auf ein Lager fallen. Tiefste Bitterkeit erfüllte sie, nun da der Fremde ihr ihre absolute Hilflosigkeit mit so brutalen Worten zu Bewußtsein gebracht hatte. Unwillkürlich klammert der Mensch sich an vertraute Werte und Ideen, selbst in absolut fremder Umgebung, wo sie keine Gültigkeit haben. Und so glaubte Livia, trotz allem, was sie in letzter Zeit durchgemacht hatte, daß die Hingabe einer Frau der Angelpunkt in einem Spiel sein müsse, wie sie es vorschlug. Es war ein betäubender Schlag für sie, als sie nun erkannte, daß nichts, gar nichts, von ihr abhing, daß sie die Männer nicht wie Figuren auf einem Brett bewegen konnte, sondern sie selbst eine hilflose Spielfigur war.

»Ich sehe ein, wie absurd es ist, anzunehmen, daß auch nur irgendein Mann in dieser Ecke der Welt nach den Regeln und Sitten handeln würde, wie sie anderswo üblich sind«, murmelte sie schwach, ohne sich völlig bewußt zu sein, was sie sagte. Tatsächlich sprach sie nur mechanisch ihre Gedanken aus. Völlig benommen von diesem neuesten Schicksalsschlag lag sie reglos, bis die harten Finger des Weißen nach ihrer Schulter griffen und sie aufrichteten.

»Du schimpfst mich einen Barbaren«, sagte er barsch, »und Crom sei Dank, daß ich einer bin. Hätten dich Männer aus den barbarischen Ländern beschützt, statt der verweichlichten Schwächlinge der sogenannten Zivilisation, wärst du jetzt nicht die Sklavin eines Schweines. Ich bin Conan, ein Cimmerier, und lebe von der Schärfe meines Schwertes. Aber ich bin kein Hund, der eine Frau in den Klauen eines Wilden ließe. Auch wenn deinesgleichen mich einen Räuber nennen, tat ich nie einer Frau Gewalt an. Die Sitten unterscheiden sich in den einzelnen Ländern, aber wenn ein Mann stark genug ist, kann er sich sehr wohl auch anderswo an seine heimatlichen Gebräuche halten. Und kein Mensch schimpfte mich je einen Schwächling.

Selbst wenn du alt und häßlich wie der Lieblingsgeier des Teufels wärst, würde ich dich vor Bajujh retten, allein deiner Hautfarbe wegen. Aber du bist jung und schön, und mir hängen die Eingeborenenweiber zum Halse heraus. Ich werde mich bei diesem Spiel nach dir richten, aber nur, weil meine Instinkte dir in mancher Beziehung recht zu geben scheinen. Kehr in deine Hütte zurück! Bajujh ist heute nacht zu betrunken, um dich zu besteigen, und ich werde dafür sorgen, daß er morgen anderweitig beschäftigt ist. Und in der kommenden Nacht wirst du Conans, nicht sein Bett wärmen.«

»Wie ... wie willst du das bewerkstelligen?« fragte sie zitternd und von widerstreitenden Gefühlen erfüllt. »Sind das vor der Hütte alle deine Krieger?«

»Sie genügen«, brummte er. »Sie sind Bamulas, die das

Kriegshandwerk mit der Muttermilch aufgenommen haben. Ich kam auf Bajujhs Bitte hierher. Er will, daß ich mich ihm bei einem Überfall auf die Jihiji anschließe. Heute abend feierten wir. Morgen werden wir Kriegsrat halten. Wenn ich mit Bajujh fertig bin, wird er am nächsten Kriegsrat in der Hölle teilnehmen.«

»Du willst den Vertrag mit ihm brechen?«

»In diesem Land werden Verträge offenbar nur geschlossen, um gebrochen zu werden«, antwortete Conan grimmig. »Er beabsichtigt ja auch, den Vertrag mit den Jihijis zu brechen, und nachdem wir gemeinsam die Stadt geplündert haben, würde er versuchen, mich bei der erstbesten Gelegenheit niederzumachen, wenn ich nicht auf der Hut bin. Was in einem anderen Land niederträchtigster Verrat wäre, gilt hier als Klugheit. Ich habe mich nicht zum Kriegshäuptling der Bamulas hochgekämpft, ohne mir diese Lektionen gründlich einzuprägen, die das schwarze Land lehrt. So, und nun geh wieder in deine Hütte und schlaf gut in dem Bewußtsein, daß du deine Schönheit nicht für Bajujh, sondern Conan bewahrst!«

2

Zitternd und angespannt beobachtete Livia, was sich vor ihrer Hütte tat. Den ganzen Tag, seit ihrem späten Erwachen nach dem Gelage der Nacht zuvor, hatten die Bakalahs noch müde und mit schweren Köpfen alles für das nächste Fest am kommenden Abend vorbereitet. Und den ganzen Tag hatte Conan, der Cimmerier, in Bajujhs Hütte zugebracht, ohne daß Livia auch nur ahnen konnte, was dort beraten wurde. Sie hatte sich bemüht, ihre Aufregung vor der einzigen Person zu verbergen, die ihre Hütte betreten durfte — der gehässigen Eingeborenenfrau, die ihr die Mahlzeiten brachte. Doch das üblicherweise hüftschaukelnde Mädchen war noch viel zu benommen von den Ausschweifungen der vergangenen Nacht, als daß ihr die Veränderung im Benehmen der Gefangenen aufgefallen wäre.

Nun war die Nacht wieder hereingebrochen. Feuer erhellte den Kral und endlich traten die Häuptlinge aus der Hütte des Königs, um sich auf dem freien Platz zwischen den Hütten zum Essen und einem abschließenden, zeremoniellen Kriegsrat zusammenzusetzen. Diesmal wurde nicht so viel Bier getrunken. Livia bemerkte, daß die Bamulas allmählich wie zufällig einen immer engeren Kreis um die Gruppe der Häuptlinge schlossen. Sie sah den König und ihm gegenüber Conan, der sich lachend mit dem Riesen Aja, dem Kriegshäuptling Bajujhs, unterhielt.

Der Cimmerier kaute an einer gewaltigen Rinderlende, und während sie ihn beobachtete, sah sie, daß er einen schnellen Blick über die Schulter warf. Als wäre es ein Zeichen, auf das sie gewartet hatten, richteten alle Bamulas die Augen auf Conan. Der Cimmerier erhob sich lächelnd, als wolle er in einen der Kochtöpfe greifen, statt dessen hieb er flink wie eine Katze Aja den schweren Lendenknochen über den Kopf. Der Bakalahhäuptling sackte mit zerschmettertem Schädel zusammen, und gleich darauf zerrissen schrille Schreie die Luft, als die Bamulas wie blutdürstige Panther über die Bakalahs herfielen.

Kochkessel kippten um und ihr siedender Inhalt ergoß sich über kauernde Weiber. Bambuswände gaben unter dem Aufprall kämpfender Leiber nach, Todesschreie gellten durch die Nacht, und über alles schallte das begeisterte »Jih! Jih! Jih!« der kampfwütigen Bamulas, und ihre Speere blitzten im Feuerschein.

Der Kral wurde zu einem blutigen Schauplatz. Der Überfall der Bamulas hatte die Bakalahs durch seine Plötzlichkeit gelähmt. Mit keinem Gedanken hatten die Gastgeber einen derart tückischen Angriff vermutet. Die meisten Speere hatte man in den Hütten zurückgelassen, und viele der Krieger waren bereits angetrunken. Ajas Tod war das Signal gewesen, die blitzenden Klingen der Bamulas in Dutzende ahnungsloser Leiber zu stoßen. Es war ein schauriges Gemetzel.

Livia stand wie zur Statue erstarrt hinter ihrem Guckloch. Sie hatte ihre blonden Locken zurückgestreift und die Hände an die Schläfen gepreßt. Ihre Augen waren geweitet. Die Schmerzens- und Wutschreie zerrten an ihren gequälten Nerven. Die blutige Szene verschwamm vor ihren Augen, nur um sich erneut in grauenvoller Eindringlichkeit abzuzeichnen. Sie sah Speere in sich windende schwarze Leiber dringen, sah Keulen federbuschgeschmückte Schädel zerschmettern. Brennende Scheite und Äste wurden aus den Feuern gerissen und auf die Bambushütten geworfen, die augenblicklich in Flammen aufgingen. Noch schrillere Schmerzensschreie drangen an ihre Ohren, als lebende Körper kopfüber in die lodernde Brunst fielen. Der Gestank verbrennenden Fleisches vermischte sich mit dem von Schweiß und frischvergossenem Blut.

Livia ertrug es nicht länger. Sie schrie gellend und hämmerte mit den Fäusten gegen die Schläfen, bis der Wahnsinn nach ihr zu greifen begann und ihre Schreie zu hysterischem Gelächter wurden. Ohne daß es sie beruhigte, sagte sie sich, daß es ihre Feinde waren, die auf so gräßliche Weise ums Leben kamen — daß nun genau das geschah, was sie erhofft und worum sie gebetet hatte —, daß dieses grauenvolle Gemetzel nur der gerechte Lohn für all des Unrecht war, das man ihrem Bruder und ihr angetan hatte. Panisches Grauen schüttelte sie.

Doch nicht Mitleid für die Opfer, die zu Dutzenden unter den bluttriefenden Speeren zu Boden gingen, war es, was sie empfand, sondern hysterische, wahnsinnige Angst. Sie sah, wie Conans weißer Körper sich von den Schwarzen abzeichnete. Sie sah sein Schwert blitzen und die Toten rings um ihn fallen. Ein dichtes Handgemenge spielte sich rund um ein Feuer ab, und sie bemerkte eine unförmig fette Gestalt von einem Ring schützender Leiber umgeben. Conan bahnte sich einen Weg hindurch und verschwand zwischen kämpfenden Schwarzen. Aus dem Ring gellte ein durch Mark und Bein dringender Schrei. Das Handgemenge löste sich einen Herzschlag lang auf und gab ihr den Blick auf eine feiste, blutspritzende Gestalt frei. Doch dann schoben sich die Kämpfenden wieder vor ihr Blickfeld und Stahl zuckte durch die Leiber wie ein Blitzstrahl in der Dämmerung.

Ein fast tierischer Schrei, grauenvoll in seiner wilden Begeisterung erhob sich. Dann bahnte sich Conan einen Weg zurück durch das Kampfgetümmel, geradewegs auf Livias Hütte zu. In seiner Hand hielt er eine Trophäe — rot schimmerte der Feuerschein auf König Bajujhs abgetrenntem Kopf. Die zuvor so lebensdurstigen Augen waren nach oben gerollt, daß nicht viel mehr als das Weiße zu sehen war. Das Kinn hing wie in idiotischem Grinsen herab, Blut troff auf den Boden.

Livia wich wimmernd von ihrem Guckloch zurück. Conan hatte seinen Teil getan und kam nun, den Preis von ihr zu fordern. Er würde sie mit den blutigen Fingern berühren und sein noch vom Kampf keuchender Mund sich auf ihre Lippen pressen. Bei dieser Vorstellung verlor sie den Rest ihres Verstands.

Schreiend warf sie sich gegen die hintere Tür, die krachend aufschwang. Livia rannte über den freien Platz wie ein weißes Gespenst in einem Reich schwarzer Schatten und roter Flammen.

Vager Instinkt führte sie zu den Pferden. Ein Krieger schob gerade den Balken zurück, der die Koppel vom Rest der umzäunten Weide trennte. Er schrie erstaunt auf, als sie an ihm vorbeistürmte. Er griff nach ihr und bekam ihren dünnen Kittel am Hals zu fassen. Sie riß sich verzweifelt los, daß das Kleidungsstück in seiner Hand zurückblieb. Die Pferde schnaubten. Wild vom Feuerschein und Blutgeruch gingen drei der sehnigen Kushitenpferde durch und warfen den Krieger zu Boden.

Blindlings griff Livia nach einer fliegenden Mähne, wurde von den Füßen gerissen, landete kurz auf den Zehenspitzen, sprang hoch und kam auf den Rücken des dahinjagenden Tieres zu sitzen. In ihrer Panik brausten die Pferde durch die Feuer, und ihre kleinen Hufe ließen die Funken auseinanderstieben. Die verwirrten Schwarzen sahen mit großen Augen ein nacktes Mädchen mit fliegendem blondem Haar auf einem Pferd, das mit einem atemberaubenden Sprung über die Dornbuschmauer des Krals setzte und verschwand.

3

Livia konnte nicht einmal einen Versuch unternehmen, ihr Tier zu lenken, aber es war auch nicht nötig. Die Schreie und der Feuerschein blieben weit zurück. Der Wind spielte mit ihrem Haar und liebkoste ihre nackte Haut. In ihrer Benommenheit dachte sie nur an eines, sich an der wehenden Mähne festzuhalten und über den Rand der Welt zu brausen, weg von allem Leid und Schmerz und Grauen.

Stundenlang galoppierte das ausdauernde Tier dahin, bis es auf einem sternenbeschienenen Hügelkamm ins Stolpern kam und seine Reiterin abwarf.

Livia landete verhältnismäßig weich in dichtem Gras, trotzdem blieb sie eine Weile benommen liegen. Nur vage wurde ihr bewußt, daß ihr Pferd davontrottete. Als sie schließlich hochtaumelte, beeindruckte sie als erstes die nahezu absolute Stille. Sie war fast greifbar — wie weicher, dunkler Samt —, nach dem schier unaufhörlichem Schallen der barbarischen Hörner und dem Dröhnen der Trommeln, die sie tagelang wahnsinnig gemacht hatten. Sie schaute zu den großen weißen Sternen hinauf, die am Himmel dicht beieinander standen. Es war eine mondlose Nacht, aber das Sternenlicht erhellte auf trügerische Weise das Land und warf vage Schatten. Sie stand auf einer grasüberwucherten Hügelkuppe, von der aus ein sanfter Hang sich im Dunkeln verlor. In einer Richtung bemerkte sie in der Ferne eine dichte, dunkle Reihe von Bäumen, der Rand eines Waldes. Um sie war Nacht und betörende Stille, die nur vom Säuseln einer schwachen Brise unterbrochen wurde.

Das in der Dunkelheit unendlich weite Land schien zu schlafen. Erst das Streicheln des Windes ließ sie sich ihrer Blöße bewußt werden. Unwillkürlich versuchte sie sich mit den Händen zu bedecken. Sie spürte die Einsamkeit der Nacht, der Stille um sie. Sie war allein auf der einzigen Erhöhung des weiten Landes, und niemand war zu sehen, nichts war um sie als Dunkelheit und der wispernde Wind.

Sie war dankbar für die Nacht und die Einsamkeit. Hier bedrohte niemand sie, wollte keiner mit groben, fordernden Händen nach ihr greifen. Sie schaute den Hang vor sich hinab. Er führte in ein scheinbar endloses Tal, in dem Farne sich im Winde wiegten und der Sternenschein sich auf unzähligen weißen Punkten spiegelte. Sie hielt sie für Blumen, doch dann begann sich eine vage Erinnerung zu rühren. Voll Furcht hatten die Schwarzen von einem Tal gesprochen, in das die jungen Frauen einer fremdartigen, braunhäutigen Rasse geflohen waren, die ursprünglich in diesem Land gelebt hatte, ehe die Vorfahren der Bakalahs hierherkamen. Dort, so erzählten sie, waren die Frauen von den alten Göttern in weiße Blumen verwandelt worden, um ihren Schändern zu entkommen. Kein Eingeborener wagte sich in dieses Tal.

Aber Livia wagte es. Sie würde den Hügel hinuntersteigen, dessen Gras sich wie Samt unter ihren empfindlichen Füßen anfühlte. Sie würde zwischen den nickenden weißen Blüten leben, und kein Mann würde je kommen, um Hand an sie zu legen. Conan hatte selbst gesagt, daß Verträge da waren, um gebrochen zu werden, also würde sie auch ihren Pakt mit ihm brechen. Sie würde sich in das Tal der Verlorenen Frauen zurückziehen und in der Einsamkeit und Stille ihren Frieden finden.

Noch während ihr diese fast traumhaften und befreienden Gedanken kamen, stieg sie bereits den sanften Hang hinab, und die Talwände hoben sich zu beiden Seiten immer mehr. Doch auch ihre Hänge waren so sanft, daß sie, am Talboden angekommen, durchaus nicht das Gefühl hatte, zwischen Wänden gefangen zu sein. Rings um sie wogten Schattenseen, und große weiße Blütenköpfe nickten und flüsterten ihr zu. Sie spazierte aufs Geratewohl durch sie hindurch, teilte die hohen Stengel vorsichtig mit den Händen, lauschte dem Säuseln des Windes durch die Blätter, und erfreute sich wie ein Kind an dem melodischen Plätschern eines unsichtbaren Baches. Sie bewegte sich wie eine Schlafwandlerin, im Griff einer seltsamen Unwirklichkeit. Und immer aufs neue beruhigte sie der Gedanke, daß sie hier sicher vor der Brutalität der Männer war. Sie weinte, aber es waren Tränen der Erleichterung und Freude. Sie legte sich langausgestreckt ins Gras und klammerte sich an die üppigen Halme, als wollte sie ihre neue Zuflucht an die Brust drücken und sie für immer festhalten.

Nach einer Weile erhob sie sich wieder und pflückte Blumen. Sie wand sie zu einem Kranz für ihr goldenes Haar. Ihr Duft war wie alles andere in diesem Tal: träumerisch, sanft, verzaubernd.

Schließlich kam sie an eine Lichtung in der Mitte des Tales. Dort stand ein großer, wie von Menschenhand gehauener Stein. Er war mit Farnen, Blüten und Blumenketten geschmückt. Sie betrachtete ihn, als sie plötzlich Bewegung und Leben um sich spürte. Sie drehte sich um. Braunhäutige Gestalten schlichen aus den dichteren Schatten — schlanke geschmeidige Frauen, nackt, mit Blumen in den nachtschwarzen Haaren. Wie Traumgeschöpfe kamen sie auf sie zu, ohne ein Wort zu sprechen. Doch plötzlich erfüllte Furcht Livia, als sie in ihre Augen blickte. Sie leuchteten im Sternenschein, aber sie waren nicht menschlich. Sie verrieten die Veränderung, die sich in der Seele dieser Frauen vollzogen hatte. Die Angst wuchs in Livia, schüttelte sie. Die Schlange hatte sich in ihrem neuentdeckten Paradies gezeigt.

Doch sie konnte nicht fliehen. Die grazilen braunen Frauen hatten sie bereits umringt. Eine, noch lieblicher als die andere, trat schweigend zu dem zitternden Mädchen und legte die weichen braunen Arme um sie. Ihr Atem war wie der Duft der weißen Blumen, die sich im Sternenschein wiegten. Ihre Lippen drückten sich in einem langen, schrecklichen Kuß auf die Livias. Die Orphitin spürte Kälte durch ihre Adern rinnen und vermochte sich nicht mehr zu bewegen, ja war selbst unfähig zu sprechen. Und so ruhte sie wie eine weiße Marmorstatue in den Armen der schönen Braunen.

Flinke weiche Hände legten sie in ein Blumenbeet auf dem Altarstein. Die braunhäutigen Frauen reichten sich die Hände zum Reigen und tanzten in seltsamem Rhythmus um den Altar. Nie hatte je die Sonne oder der Mond dergleichen gesehen, und die Sterne schienen plötzlich stärker zu glühen, als hätte Zauberkraft sie angefacht.

Ein leiser Gesang hob an, der noch weniger menschlich war als das Gurgeln des fernen Baches. Er klang wie das Wispern des Windes zwischen den Blumen. Livia war bei vollem Bewußtsein, doch nicht imstande, sich zu bewegen.

Sie kam gar nicht auf den Gedanken, an ihren Sinnen zu zweifeln, noch suchte sie eine Erklärung. Es *gab* sie, genau wie es diese ungewöhnlichen Geschöpfe um sie *gab*. Eine stumpfe Erkenntnis ihres Seins erfüllte sie, genau wie die Wirklichkeit dieses Alptraums, während sie hilflos in den Sternenhimmel schaute, aus dem — und das sagte ihr etwas, das nicht ihrem sterblichen Wissen entsprang — *etwas* zu ihr kommen würde, wie es vor langer, langer Zeit zu diesen nackten braunen Frauen gekommen war, und sie zu diesen seelenlosen Wesen gemacht hatte, die sie jetzt waren.

Als erstes sah sie hoch über sich einen schwarzen Punkt zwischen den Sternen, der allmählich wuchs und die Gestalt einer Fledermaus annahm. Er wuchs weiter, änderte jedoch seine Form nicht mehr. Er schwebte über ihr zwischen den Sternen, dann ließ er sich erdwärts fallen. Er breitete die mächtigen Schwingen über sie aus, daß sie in ihren Schatten lag. Um sie herum hoben die Stimmen sich immer höher zu einem seelenlosen Lobgesang. Er hieß den Gott willkommen, der sich ein neues Opfer, so rosig wie eine Blume im Morgentau, holte.

Dann schwebte er unmittelbar über Livia. Ihre Seele krampfte sich bei seinem Anblick zusammen und eisige Kälte hüllte sie ein. Die Schwingen des Gottes waren zwar wie die einer riesigen Fledermaus, aber der Körper und das verschwommene Gesicht über ihr ähnelten nichts auf der Erde, im Meer oder in der Luft. Sie wußte, daß sie auf das Fleisch gewordene Grauen starrte, auf das finstere, kosmische Böse, das den nachtschwarzen Klüften jenseits selbst der schlimmsten Alpträume des Wahnsinns entsprungen war.

Das Entsetzen gab ihr ihre Stimme wieder. Sie schrie, wie sie noch nie geschrien hatte. Ein tiefes, drohendes Brüllen antwortete ihr. Sie hörte schwere, herbeieilende Schritte. Um sie herum war ein Wirbeln wie von tosendem Wasser.

Die weißen Blumen wogten heftig, und die braunen Frauen waren verschwunden. Über Livia schwebte der große schwarze Schatten, und eine hochgewachsene, weiße Gestalt, deren Federbusch den Sternen zuzunicken schien, rannte auf sie zu.

»*Conan!*« Der Name rang sich in einem gequälten Schrei von ihren Lippen. Mit dem Brüllen eines Löwen sprang der Barbar herbei und stieß sein im Sternenlicht funkelndes Schwert hinauf in den Himmel.

Die mächtigen Schwingen hoben und senkten sich. Erneut verstummt vor Grauen sah Livia den Cimmerier von dem schwarzen Schatten der Gestalt über ihm eingehüllt. Conan keuchte, seine Füße stampften auf den Boden und zermalmten die weißen Blumen. Seine Klinge drang tief und die Hiebe hallten in der Nachtluft wider. Wie eine Ratte in den Fängen eines Hundes wurde er hin und her geschüttelt. Blut spritzte auf die Wiese und rötete die weißen Blütenblätter, die dicht wie ein Teppich verstreut lagen.

Und dann sah das Mädchen, das diesen dämonischen Kampf wie in einem Alptraum verfolgte, daß die Fledermausgestalt schwankte und in die Luft taumelte. Das Flattern gebrochener Flügel war zu hören. Dann hatte die Bestie sich von ihrem Gegner losgerissen und schoß in den Himmel hinauf, wo sie zwischen den Sternen verschwand. Ihr Bezwinger taumelte trotz der gespreizten Beine. Er starrte mit erhobenem Schwert verblüfft in die Höhe. Sein Sieg hatte ihn selbst überrascht, aber er war durchaus gewillt, den grauenvollen Kampf fortzuführen, falls es nötig sein sollte.

Wenige Herzschläge später trat der Barbar keuchend und blutbesudelt an den Altar. Schweiß glitzerte auf seiner mächtigen Brust. Blut floß von Hals und Schulter über seine Arme. Als er nach Livia griff, brach der Bann, der sie gehalten hatte. Sie wich vor seiner Hand zurück und glitt vom Altar. Er lehnte sich gegen den Stein und schaute zu ihr, die vor seinen Füßen kauerte, hinab.

»Einige meiner Männer sahen dich aus dem Kral reiten«, sagte er. »Ich folgte dir, sobald ich konnte, und nahm deine Fährte auf, obgleich es nicht einfach war, sie im Fackellicht im Auge zu behalten. Sie war jedoch deutlich genug, bis zu der Stelle, da dein Pferd dich abwarf. Danach konnte ich deine Spur nicht mehr finden, aber ich nahm an, daß du ins Tal hinuntergestiegen bist. Meine Männer wollten nicht mitkommen, also suchte ich allein und zu Fuß weiter. Was für ein Teufelstal ist das? Was war das für eine Bestie?«

»Ein Gott«, wisperte sie. »Die Schwarzen sprachen manchmal von ihm — ein Gott aus alter Zeit und weiter Ferne!«

»Ein Teufel aus der Finsternis des Sternenraums!« brummte er. »Seinesgleichen sind nicht ungewöhnlich. Sie lauern dicht gedrängt wie Flöhe um den Lichtgürtel, der diese Welt umgibt. In Zamora hörte ich weise Männer über sie sprechen. Einige von ihnen finden ihren Weg zur Erde, aber wenn sie sie erreichen, müssen sie irgendeine Art irdische, fleischliche Form annehmen. Ein Mann wie ich mit einem guten Schwert nimmt es mit noch so vielen Fängen und Klauen auf, dämonischen oder irdischen. Komm jetzt! Meine Männer warten am Rand des Tales auf mich.«

Reglos blieb sie zu seinen Füßen kauern und suchte verzweifelt nach Worten, während er stirnrunzelnd auf sie hinabschaute. Schließlich sagte sie leise: »Ich bin vor dir geflohen, weil ich mein Versprechen nicht halten wollte. Nach der Vereinbarung, die wir trafen, gehöre ich dir. Bestrafe mich, wie du es für richtig hältst.«

Er schüttelte sich Schweiß und Blut aus der Mähne und steckte sein Schwert in die Scheide.

»Steh auf!« brummte er. »Es war ein schmutziger Handel.

Es tut mir nicht leid, daß dieser schwarze Hund Bajujh tot ist, aber du bist keine Dirne, die man kauft und verkauft. Die Sitten und Gebräuche der Menschen mögen zwar in jedem Land anders sein, aber das ist kein Grund, daß ein Mann sich wie ein Schwein benimmt, wo immer er auch sein mag. Ich mußte nicht lange darüber nachdenken, bis mir klar wurde, daß dich an dein Versprechen zu binden, ebenso schlimm wäre, wie dir Gewalt anzutun. Außerdem bist du nicht zäh genug für dieses Land. Du bist ein Kind der Stadt, der Bücher und feiner Manieren — was natürlich nicht deine Schuld ist, aber du würdest das Leben, das ich führe, und das mir gefällt, nicht lange durchhalten — und eine Tote würde mir wenig nutzen. Ich geleite dich an die stygische Grenze. Die Stygier werden dich dann sicher nach Ophir bringen.«

Sie starrte zu ihm hoch, als hätte sie nicht recht gehört. »Heim?« wiederholte sie staunend. »Heim? Ophir? Meine Landsleute? Städte, Türme, Frieden, mein *Zuhause*?« Plötzlich perlten Tränen über ihre Wangen. Sie sank nieder und umklammerte Conans Knie.

»Crom, Mädchen!« knurrte der Cimmerier verlegen. »Tu das nicht! Du kommst noch auf den Gedanken, daß ich dir einen Gefallen damit tue, wenn ich dich aus diesem Land jage. Habe ich dir denn nicht deutlich genug erklärt, daß du nicht die richtige Frau für den Kriegshäuptling der Bamulas bist?«

Die Ruine des Schreckens

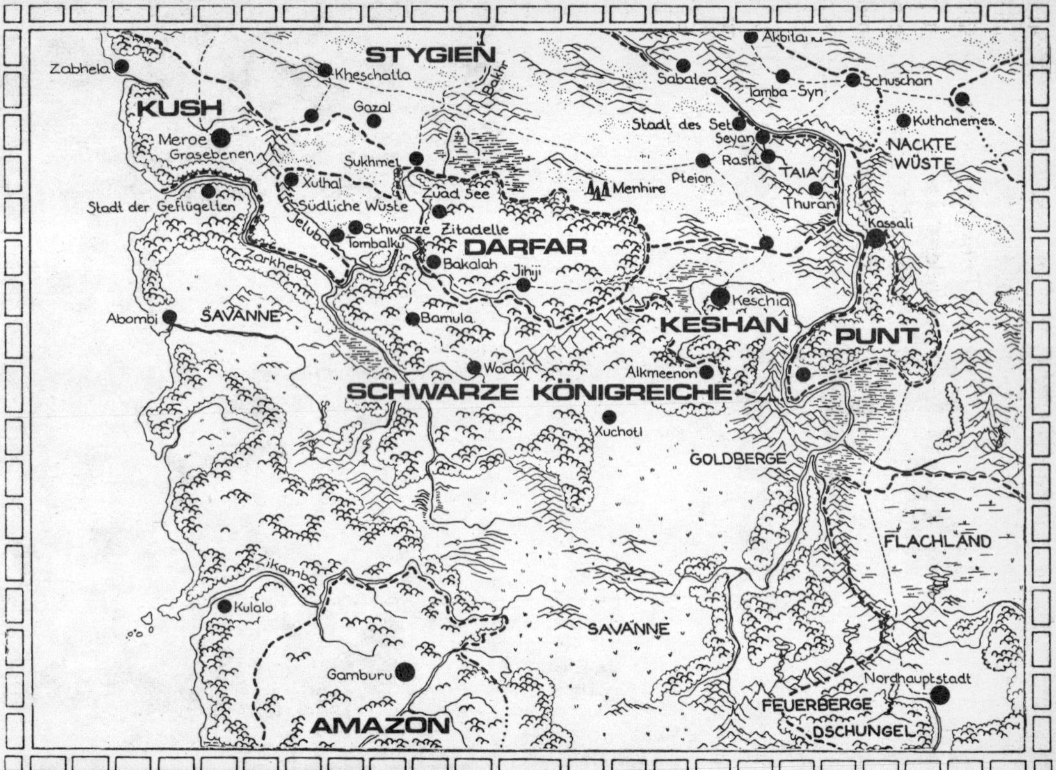
STYGIEN
Zabhela
Kheschatla
Bakhr
Sabatea
Akbitana
Tamba-Syn
Schuschan
Kuthchemes
NACKTE WÜSTE
KUSH
Gazal
Meroe
Grasebenen
Sukhmet
Stadt des Set
Seyan
Rasht
TAIA
Pteion
Thuran
Menhire
Xuthal
Zuad See
Stadt der Geflügelten
Südliche Wüste
Jeluba
Schwarze Zitadelle
Tombalku
DARFAR
Kassali
Bakalah
Jihiji
Zarkheba
Keschia
Abombi
SAVANNE
Bamula
KESHAN
PUNT
Wadai
Alkmeenon
SCHWARZE KÖNIGREICHE
Xuchotl
GOLDBERGE
FLACHLAND
Zikamba
Kulalo
SAVANNE
Gamburu
Nordhauptstadt
FEUERBERGE
DSCHUNGEL
AMAZON

Die Ruine des Schreckens

Lin Carter und L. Sprague de Camp

Conans Plan, ein schwarzes Reich mit ihm selbst an der Spitze zu errichten, wird durch eine Reihe von Naturkatastrophen und Intrigen seiner Feinde unter den Bamulas vereitelt, denen der Aufstieg eines Fremden zum Oberhaupt des Stammes ein Dorn im Auge ist. Zur Flucht gezwungen, durchquert er den äquatorialen Dschungel nordwärts und gelangt durch das weite Grasland ins halbzivilisierte Königreich Kush.

1

FLAMMENDE AUGEN

Jenseits der unwegsamen Wüsten Stygiens lag das weite Grasland Kushs. Über mehr als hundert Meilen gab es nichts als endlose grüne Weiten. Hier und da brach ein einsamer Baum die Eintönigkeit des sanft gewellten Landes: dornige Akazien, Drachenbaumagaven mit Lanzettblättern, smaragdgrüne Lobelien, fleischige, giftige Wolfsmilch. Da und dort schnitt ein Flüßchen sein seichtes Bett durch die Prärie und speiste den schmalen Waldstreifen entlang dem Ufer mit seinem kostbaren Naß. Sowohl Zebra-, Antilopen- und Büffelherden als auch andere Savannentiere durchstreiften weidend das Grasland.

Die Halme raschelten und neigten sich im Wind. Die glühende Tropensonne brannte von einem tief kobaltblauen Himmel. Ab und zu ballten sich Wolken zusammen und ein Gewitter blitzte und krachte mit unvorstellbarer Heftigkeit über dem Land, doch es verschwand so plötzlich, wie es gekommen war.

Als der Tag zur Neige ging, stapfte eine einsame, stille Gestalt über diese endlose Öde. Ein junger Riese war es, von kräftigen Körperbau, mit langen Armen und Beinen und geschmeidigen Muskeln, die unter der sonnengebräunten, mit weißen Narben gezeichneten Haut schwollen. Die mächtige Brust hob und senkte sich gleichmäßig. Seine knappe Kleidung, die lediglich aus einem Lendentuch und Sandalen bestand, verbarg kaum etwas von seiner beneidenswerten Statur. Sein Oberkörper war fast so dunkel wie die Haut der Eingeborenen.

Die zerzauste Mähne dicken schwarzen Haares umrahmte ein grimmiges, unbewegliches Gesicht. Unter finster zusammengezogenen schwarzen Brauen schweiften flammend blaue Augen ruhelos von Seite zu Seite, während er unermüdlich Fuß vor Fuß setzte. Sein wachsamer Blick durchdrang das dichte Gras, dem die untergehende Sonne einen rötlichen Schimmer verlieh. Bald würde die Nacht sich mit überraschender Plötzlichkeit über Kush herabsenken und Tod und Verderben auf leisen Sohlen durch das Land schleichen.

Aber der einsame Wanderer, Conan, der Cimmerier, kannte keine Furcht. Er war als Barbar unter Barbaren in den schroffen Bergen des Nordens aufgewachsen und verfügte über die Ausdauer und Vitalität des Wilden, die ihm auch dort überleben halfen, wo Menschen der Zivilisation, die zwar gelehrter und von feineren Manieren waren als er, rasch zugrunde gehen würden. Obgleich Conan seit acht Tagen zu Fuß unterwegs war und sich nur von dem Wild

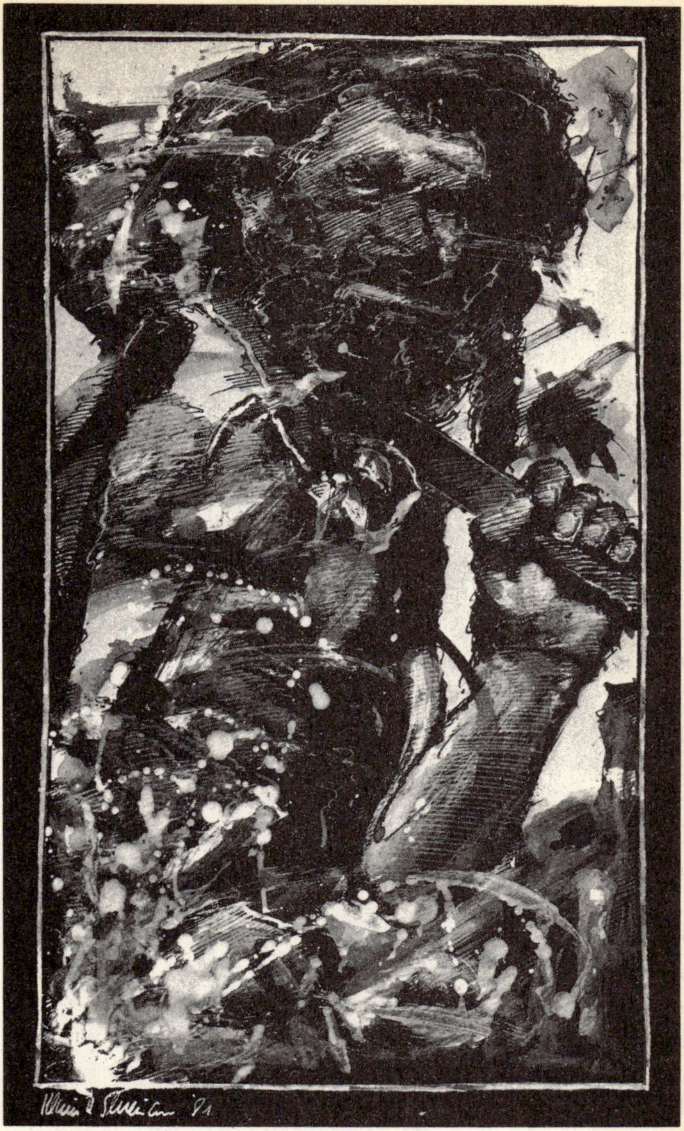

hatte ernähren können, das er mit dem mächtigen Jagdbogen der Bamulas erlegte, war er noch lange nicht am Ende seiner Kräfte.

Der Cimmerier war an das harte Leben in der Wildnis gewöhnt. Obgleich er den Luxus zivilisierten Lebens hinter den Mauern prunkvoller Städte der halben Welt kennengelernt hatte, vermißte er ihn nicht. Gleichmütig stapfte er weiter dem fernen Horizont entgegen, der nun in purpurnem Dunst verborgen lag.

Hinter ihm schliefen die dichten Dschungeln der Schwarzen Lande jenseits von Kush, wo phantastische Orchideen in leuchtenden Farben zwischen dunklem Grün blühten, wo die Wilden ihren kargen Lebensbedarf aus dem wuchernden Busch hackten, und wo die Stille des feuchtheißen Sumpfwaldes nur vom Knurren des jagenden Leoparden, dem Grunzen des Wildschweins, dem ohrenbetäubenden Trompeten des Elefanten oder dem schrillen Schrei eines gereizten Affen gebrochen wurde. Conan hatte dort als Kriegshäuptling des mächtigen Stammes der Bamulas gelebt, doch schließlich hatten die verschlagenen Priester die Bamulakrieger geschickt gegen ihren weißhäutigen Führer aufgehetzt, denn sie neideten ihm seinen Aufstieg und nahmen ihm seine unverhohlene Verachtung gegenüber ihren blutdürstigen Göttern und ihren grausamen Riten übel, bei denen das Blut in Strömen floß.

Es war eine lange Geschichte. Dürre hatte die Dschungelstämme heimgesucht, und mit dem Schrumpfen der Flüsse und dem Versickern des kostbaren Wassers in den schlammigen Wasserlöchern war es zum Krieg gekommen, da jeder der schwarzen Stämme verzweifelt um die paar noch vorhandenen Tümpel kämpfte. Dörfer gingen in Flammen auf, ganze Stämme wurden niedergemetzelt und den Aasfressern überlassen. Und dann folgte der Dürre, der Hungersnot und dem Krieg auch noch eine grauenhafte Seuche.

Die tückischen Zungen der Priester schrieben all diese Schrecken Conan zu. Sie schworen, daß es nur deshalb zu diesen Plagen gekommen war, weil es die Götter erzürnt hatte, daß ein weißhäutiger Fremder auf dem Thron saß, von dem aus bisher nur schwarze Häuptlinge das Geschick der Bamulas bestimmten. Sie bestanden darauf, daß Conan lebenden Leibes die Haut abgezogen werden und er unter Hunderten von einfallsreichen Martern auf dem schwarzen Altar der Teufelsgötter des Dschungels sterben müsse, sollte nicht der ganze Stamm untergehen.

Da ihm ein so grimmiges Geschick nicht zusagte, hatte der Cimmerier schnell gehandelt. Ein Hieb seines mächtigen, nordischen Breitschwerts führte das Ende des Hohenpriesters herbei. Danach hatte er den blutbesudelten hölzernen Götzen der Bamulas auf die übrigen Schamanen gekippt und war in der Dunkelheit des Dschungels untergetaucht. Viele ermüdende Meilen war er nordwärts gestapft, bis er das Gebiet erreichte, wo der dichte Sumpfwald sich allmählich lichtete und dem offenen Grasland wich. Nun beabsichtigte er, die Savanne zu Fuß zu überqueren, um das Königreich Kush zu erreichen, wo seine barbarische Kraft und sein gewichtiges Schwert ihm eine Stellung in den Diensten der dunkelhäutigen Monarchen verschaffen mochten, die über dieses alte Land herrschten.

Plötzlich wurde er durch einen Instinkt, der ihn vor drohender Gefahr warnte, aus den Gedanken an Vergangenes gerissen. Er blieb stehen und spähte durch die langen Schatten, die die untergehende Sonne warf. Er witterte wie ein Raubtier, aber weder Nase noch Augen machten die Quelle der Gefahr aus, die ganz nahe sein mußte, denn das sagte ihm sein in der Wildnis geschulter Instinkt, der ihn noch nie betrogen hatte. Jetzt spürte er wie eine Berührung mit einer Flaumfeder den Blick verborgener Augen auf dem Rücken. Die Härchen im Nacken richteten sich auf. Er wirbelte herum und sah zwei große glühende Punkte in der Düsternis.

Doch im gleichen Moment verschwanden die flammenden Augen. So flüchtig hatte er sie gesehen und so absolut war ihr Verschwinden, daß er geneigt war, sie als eine Einbildung abzutun. Er zuckte die Achseln und stapfte weiter, noch wachsamer denn zuvor. Und während er seinen Marsch fortsetzte, öffneten sich erneut flammende Augen zwischen den dichten Schatten des hohen Grases und folgten ihm. Hellbraune, geschmeidige Leiber glitten ihm auf lautlosen Pfoten nach. Die Löwen von Kush waren auf seiner Fährte und dürsteten nach heißem Blut und frischem Fleisch.

2

DER TODESKREIS

Eine Stunde später hatte die Nacht sich bereits auf die Savanne herabgesenkt. Nur ein schmaler Streifen roten Glühens, von dem sich hier und da ein knorriger Baum im Grasland abhob, breitete sich noch über den Horizont. Conan war fast am Ende seines Durchhaltevermögens angelangt. Dreimal hatten Löwinnen ihn aus den Schatten zu seiner Rechten oder Linken angesprungen. Dreimal hatte er sie mit dem fliegenden Tod seiner Pfeile niedergestreckt. Obgleich es schwierig war, in der zunehmenden Dunkelheit genau zu zielen, hatte ihm doch das wütende Fauchen der angreifenden Raubkatzen dreimal verraten, daß er getroffen hatte, nur wußte er natürlich nicht, ob er die Tiere lediglich verwundet oder getötet hatte.

Doch nun war sein Köcher leer, und er wußte, daß es sich

bloß noch um kurze Zeit handeln konnte, ehe die lautlos schleichenden Großkatzen ihn niedergerissen haben würden. Inzwischen waren acht oder zehn Löwen auf seiner Fährte — Grund genug, selbst für den mächtigen Barbaren, wenig Hoffnung zu hegen, denn auch wenn es ihm glückte, zwei oder drei der Angreifer mit dem Schwert niederzumachen, würde der Rest ihn in Stücke zerreißen. Conan hatte nicht zum erstenmal gegen Löwen gekämpft und kannte ihre ungeheure Kraft, die es ihnen ermöglichte, ein ganzes Zebra so mühelos davonzuzerren, wie eine Katze ihre erlegte Maus trug. Obwohl der Cimmerier einer der stärksten Männer seiner Zeit war, würde seine Kraft ihm nicht mehr nutzen als die eines Kindes, wenn ein Löwe ihn erst zwischen den Zähnen und Pranken hatte.

Conan lief weiter. Er rannte nun schon über eine Stunde mit den langen, gleichmäßigen Schritten, die die Meilen fraßen. Anfangs war er noch leichtfüßig vorangekommen, doch nun begannen die Anstrengungen seiner Flucht durch den schwarzen Dschungel und sein Achttagemarsch über die Ebene sich bemerkbar zu machen. Schleier tanzten vor seinen Augen, und die Muskeln seiner Beine schmerzten. Mit jedem Herzschlag schien mehr seiner Kraft zu weichen.

Er schickte ein Stoßgebet zu seinen barbarischen Göttern, die dichten Sturmwolken, die fast den ganzen Himmel bedeckten, zur Seite zu schieben, um den Mond durchzulassen. Er flehte sie an um einen steilen Hang, einen Baum oder einen Felsblock in dieser trostlosen Ebene an, damit er wenigstens Rückendeckung für seinen letzten Kampf hatte.

Aber die Götter erhörten ihn nicht. Die einzigen Bäume in diesem Gebiet waren verkrüppelte Dornengewächse, höchstens sechs bis acht Fuß hoch, mit einer pilzförmigen Krone. Selbst wenn es ihm gelänge, trotz der Dornen auf einen von ihnen zu klettern, konnten die Löwen ihn zweifellos mit einem Satz herunterholen. An steilen Hängen gab es lediglich ein paar Fuß hohe Termitenhügel, die zu schmal waren, um Schutz zu bieten. Es blieb ihm nichts übrig, als weiterzulaufen.

Um sich von behinderndem Gewicht zu befreien, hatte er den schweren Jagdbogen von sich geworfen, nachdem der letzte Pfeil abgeschossen war, obgleich es ihm in der Seele leid getan hatte, sich von dieser vortrefflichen Waffe zu trennen. Köcher und Waffengürtel folgten alsbald, bis er schließlich nur noch das Lendentuch aus Leopardenfell und die hochgeschnürten Sandalen trug, dazu seinen Wasserbeutel aus Ziegenhaut und das schwere Breitschwert, das er blank in der Rechten hielt. Auch das noch aufzugeben, würde ihn der letzten Hoffnung berauben.

Die Löwen waren ganz dicht hinter ihm. Der unverkennbare Geruch ihrer geschmeidigen Leiber stieg ihm bereits in die Nase, und er hörte ihren keuchenden Atem. Jeden Augenblick mochten sie ihn anspringen, und es würde sein letzter Kampf sein.

Er nahm an, daß seine Verfolger nach ihrer üblichen, uralten Taktik vorgehen würden. Der älteste Löwe, das Haupt des Rudels — würde unmittelbar hinter ihm bleiben, die jüngeren Löwen würden von den Flanken kommen, während ihn die flinkeren Löwinnen im Halbkreis überholen würden, bis sie weit genug voraus waren, um den Ring zu schließen. Dann würden sie ihn alle gleichzeitig anspringen und so eine wirksame Verteidigung unmöglich machen.

Plötzlich war das Land mit Licht überflutet. Das runde Silberauge des Mondes funkelte auf die weite Ebene herab. Es badete den fliehenden Barbaren in seinen Schein, und zog Fäden bleicher Silberflammen über die flinken Raubkatzen, daß ihr seidenglänzendes Fell gespenstisch leuchtete.

Conan sah, wie das Mondfeuer sich auf geschmeidigen Muskeln voraus zu seiner Linken spiegelte, und wußte, daß er bereits so gut wie eingekreist war. Als er sich gegen den

Angriff wappnete, bemerkte er jedoch zu seinem Staunen, wie die Löwin links voraus sich umdrehte und stehenblieb. Mit zwei Sätzen war er an ihr vorbei, da fiel ihm auf, daß auch die junge Löwin zu seiner Rechten abrupt angehalten hatte. Sie kauerte sich mit peitschendem Schwanz ins Gras. Ein seltsamer Laut — halb Brüllen, halb Winseln — drang aus ihrem Rachen.

Conan wagte einen kurzen Blick zurück. Zu seiner Verblüffung stellte er fest, daß das gesamte Rudel wie vor einer unsichtbaren Barriere angehalten hatte. Sie standen in einer Reihe, und der Mond ließ ihre Fänge aufblitzen. Wütendes Brüllen hörbarer Enttäuschung durchschnitt die Luft.

Conan kniff nachdenklich die Augen zusammen und runzelte verwirrt die Stirn. Was hatte das Rudel zurückgehalten, noch dazu gerade in diesem Augenblick, als es sich seiner Beute absolut sicher sein konnte und sich darauf stürzen wollte? Welche unsichtbare Kraft hatte die mörderische Jagd beendet? Einen Moment blieb er, die Augen auf das Rudel gerichtet, mit dem Schwert in der Hand stehen, und fragte sich, ob sie ihre Verfolgung wieder aufnehmen würden. Aber die Löwen blieben, wo sie waren. Sie fauchten und grollten, und Geifer troff von ihren Fängen.

Jetzt erst fiel Conan etwas Merkwürdiges auf. Die Stellen, an der die Löwen angehalten hatten, schienen einen Teil einer Grenze quer über die Savanne darzustellen. Auf der einen Seite, wo die Löwen sich befanden, war üppiges, hohes Gras, jenseits der unsichtbaren Grenzlinie dagegen wuchs das Gras nur spärlich und überall schauten große Flecken kahler Erde hindurch. Obgleich es schwierig war, es mit Sicherheit im Mondlicht festzustellen, glaubte Conan, daß das Gras auf seiner Seite gar nicht von üblichem Pflanzengrün war, sondern grau und trocken, als wäre ihm jede Kraft entzogen.

3

DIE SCHWARZE ZITADELLE

Obgleich Conan noch jeder Knochen vor Müdigkeit schmerzte, hatte die kurze Pause ihm doch zumindest soviel Kraft verliehen, seinen Weg fortsetzen zu können. Da er die Art der unsichtbaren Grenze, die die Löwen aufgehalten hatte, nicht kannte, wußte er auch nicht, wie lange diese geheimnisvolle Macht sie zurückhalten würde. Also hielt er es für das Beste, eine so große Strecke wie nur möglich zwischen sich und das Rudel zu legen.

Schon bald sah er eine dunkle Masse vor sich, die nach und nach in der Düsternis Form annahm. Noch vorsichtiger als zuvor stapfte er weiter, das Schwert kampfbereit in der Hand. Sein Blick versuchte das Halbdunkel zu durchdringen. Der Mond schien zwar noch hell, aber es hatte den Anschein, als schöbe sich ein immer dichter werdender Schleier vor ihn. Aus diesem Grund konnte er sich auch, abgesehen von ihrer Größe, kein Bild von der schwarzen Masse machen, die sich stumm in der Ebene vor ihm erhob. Einem titanischen Idol primitiver Dämonenanbeter gleich kauerte sie, wie von fremdartigen Geschöpfen vor undenklicher Zeit aus schwarzem Fels gehauen, reglos in dem abgestorbenen grauen Gras.

Erst als der Cimmerier näherkam, zeichneten sich Einzelheiten ab. Er sah, daß es sich um ein gewaltiges Bauwerk handelte, das, zum Teil zerfallen, auf der Ebene von Kush lag — ein kolossaler Bau, von unbekannten Händen für einen ungeahnten Zweck errichtet. Ein wenig erinnerte es Conan an eine Burg oder Festung, doch von einer Bauweise, wie er sie nie zuvor gesehen hatte. Schwarzer Stein bildete eine komplexe Fassade aus Pfeilern, Terrassen und Zinnen, die auf ungewöhnliche Weise und seltsam schief zusammengefügt waren. Sie bot einen ungemein verwirrenden Anblick. Das Auge folgte merkwürdigen Biegungen, die auf unerklärliche Weise falsch und gespenstisch verzerrt zu sein schienen. Das riesige Bauwerk erweckte den Eindruck absoluten Chaos, als wären seine Erbauer vom Wahnsinn geleitet worden.

Conan löste die Augen von den schwindelerregenden Krümmungen dieses mißgeformten Gebäudes. Allein sein Anblick erregte Übelkeit in ihm. Er konnte nun fast verstehen, weshalb die Tiere der Savanne dieser Ruine fernblieben. Auf unerklärliche Weise ging eine Aura von Grauen und Drohung davon aus. Vielleicht hatten die Tiere in all den Jahrtausenden, seit diese gespenstische schwarze Zitadelle auf der Ebene kauerte, ihre Furcht davor vererbt, bis schließlich alle ihr instinktiv fernblieben.

Der Mond verdunkelte sich, als sich erneut dichte Sturmwolken vor sein Antlitz schoben. In der Ferne grollte Donner, und Conans scharfe Augen nahmen vereinzeltes Zucken von Blitzen zwischen den wogenden Wolkenmassen wahr. Eines dieser plötzlichen Savannenunwetter hatte sich zusammengebraut.

Der Cimmerier zögerte. Einerseits zog ihn die Neugier und auch der Wunsch nach einem Obdach vor dem nahenden Gewitter zu der zerfallenden Festung, andererseits wollte das tiefverwurzelte Grauen des Barbaren vor dem Übernatürlichen ihn davor zurückhalten. Irdische Gefahren, von denen alle Sterblichen bedroht waren, fürchtete Conan in keiner Weise, ja er stellte sich ihnen verwegen. Aber alles Übernatürliche erweckte nur kaum zu beherrschende Panik in ihm. Und etwas an diesem ungewöhnlichen Bauwerk ließ ihn übernatürliches Grauen ahnen. Bis in den tiefsten Schichten seines Bewußtseins spürte er die Drohung, die von diesem Bollwerk ausging.

4

DIE SCHLANGENMENSCHEN

Ein lauteres Donnerdröhnen gab den Ausschlag. Der Cimmerier straffte sich und trat voll Selbstvertrauen mit der blanken Klinge in der Hand durch die Tür. Wachsam schlich er durch die hohe Kuppelhalle, ohne auf etwas Lebendes zu stoßen. Staub und verwelkte Blätter lagen auf den schwarzen Fliesen. In den Ecken und um die Fundamente der hohen Steinsäulen hatten sich Haufen verrottenden Unrats angesammelt. Ohne Zweifel hatte seit vielen Jahrhunderten kein lebendes Wesen mehr hier gehaust.

Wie der Mond offenbarte, der kurz zwischen den Wolken auftauchte, war die Halle zwei Stockwerke hoch. Eine Galerie zog sich rund um das erste Geschoß. Conans Neugier trieb ihn tiefer in das geheimnisvolle Bauwerk, fernab jeglicher menschlichen Behausung. Er streifte durch Korridore, die sich wie eine Schlangenfährte dahinwanden, und schaute in staubige Gemächer, deren Zweck er nicht einmal zu ahnen vermochte.

Die Zitadelle oder Burg, oder wie immer man dieses Bauwerk auch nennen mochte, war von schier atemberaubendem Ausmaß, selbst für den Cimmerier, der den Tempel des Spinnengottes in Yezud in Zamora kannte und den Palast König Yildizs in Aghrapur in Turan. Ein großer Teil davon — ein ganzer Flügel — war zu einem Trümmerhaufen aus schwarzen Steinblöcken zerfallen, aber was mehr oder weniger ganz geblieben war, machte immer noch das größte Bauwerk aus, das Conan je gesehen hatte. Sein Alter abzuschätzen, war unmöglich. Den schwarzen Onyx, aus dem es errichtet war, kannte man in diesem Teil der Welt überhaupt nicht. Er mußte von sehr weit hierhergebracht worden sein.

Weshalb man ausgerechnet diesen Stein zum Bau verwendete, verstand Conan nicht.

Etwas an der bizarren Bauweise erinnerte den Cimmerier an uralte Grüfte im unheimlichen Zamora, anderes wiederum an verbotene Tempel im fernen Hyrkanien, das er aus seiner Söldnerzeit in turanischen Diensten her ein wenig kannte. Doch ob das schwarze Bauwerk ursprünglich als Gruft, Festung, Palast oder Tempel — oder eine Kombination von allen — gedacht war, blieb ihm unklar.

Die ungeheuerliche Fremdheit der Einzelheiten und des Ganzen beunruhigten ihn auf unerklärliche Weise. Genau wie die Außenmauern nach den Gesetzen einer fremdartigen Geometrie errichtet zu sein schienen, wies auch das Innere verwirrende Eigentümlichkeiten auf. Beispielsweise waren die Treppenstufen viel breiter und hatten einen geringeren Abstand voneinander, als es für die Füße eines Menschen üblich war. Die Türöffnungen waren zu hoch und zu schmal. Conan konnte sich nur seitlich hindurchzwängen.

Die Wände waren mit Basreliefs in verschlungenen geometrischen Arabesken von verwirrender, blickbannender Vielfalt verziert. Conan stellte fest, daß es ihm wahrhaftig schwerfiel, und er es nur mit größter Willensanstrengung schaffte, seinen Blick von diesem Wandschmuck zu reißen, dessen geheimnisvolle verschlungenen Symbole ihn wie mit magnetischer Kraft anzogen.

Tatsächlich erinnerte alles an diesem fremdartigen, rätselhaften Bauwerk Conan an Schlangen: die sanft gekrümmten Korridore, die gewundenen Reliefs. Er glaubte sogar einen schwachen Hauch moschusähnlichen Schlangengeruchs in der Luft wahrzunehmen.

Der Cimmerier blieb stirnrunzelnd stehen. War dieses fremdartige Bauwerk vielleicht vom Schlangenvolk des alten Valusiens errichtet worden? Die Zeit dieser vormenschlichen Rasse lag unvorstellbar lange zurück, als noch keines Menschen Fuß über die Erde stapfte, die damals von riesigen Reptilien bevölkert war. Noch ehe die Sieben Reiche sich in der Zeit vor dem Kataklysmus zu ihrer Größe erhoben — ja selbst, bevor Atlantis den Tiefen des Westlichen Ozeans entstieg —, hatten die Schlangenmenschen über die Welt geherrscht. Und lange ehe der Mensch sich entwickelte, waren sie wieder verschwunden — aber nicht alle.

An den Lagerfeuern in den schroffen Bergen Cimmeriens und erneut in den marmornen Höfen der Tempel von Nemedien hatte Conan die Legende von Kull, dem atlantischen König von Valusien, gehört. Die Schlangenmenschen hatten da und dort mit Hilfe ihrer Magie überlebt, die es ihnen ermöglichte, den Menschen selbst wie menschliche Wesen zu erscheinen. Aber Kull war auf ihr Geheimnis gestoßen und hatte sein Reich mit Feuer und Schwert von ihnen gesäubert.

Konnte es nicht sein, daß diese schwarze Burg mit ihrer fremdartigen Bauweise ein Überbleibsel jener fernen Zeit war, als die erwachende Menschheit mit den Überlebenden dieser Reptilienrasse um die Herrschaft über die Welt kämpfte?

5

FLÜSTERNDE SCHATTEN

Das erste Gewitter zog an der schwarzen Zitadelle vorüber, nur ein paar Regentropfen trommelten auf das zerfallene Mauerwerk, und ein bißchen Regenwasser sickerte durch Löcher in der Decke. Dann, als das Unwetter sich westwärts wandte, ließen Blitze und Donner nach und gestatteten dem

Mond einen unbehinderten Blick durch die Mauerlücken. Aber weitere Gewitter folgten grollend und flammend aus dem Osten.

Conan schlief sehr unruhig in einer Ecke der Galerie im ersten Stock der großen Halle. Er wälzte sich schwer von einer auf die andere Seite wie ein Tier, das mit unerklärlichen Sinnen die nahende Gefahr wittert. Die Vorsicht hatte ihm geraten, sich nicht in der Halle mit den weit offenstehenden Türen zur Ruhe zu legen. Auch wenn der Todeskreis die Savannentiere von hier fernzuhalten schien, gerade deshalb mißtraute er um so mehr der unsichtbaren Macht, die dafür verantwortlich war.

Ein dutzendmal zuckte er hoch, umklammerte den Schwertgriff, und seine Augen versuchten, die Schatten zu durchdringen, um zu ergründen, was ihn geweckt hatte. Doch kein einzigesmal entdeckte er auch nur das geringste in der gewaltigen Halle. Jedesmal bemühte er sich, wieder einzuschlafen, und immer hatte er das Gefühl, daß sich vage Schatten um ihn sammelten, und er glaubte, flüsternde Stimmen zu vernehmen.

Mit einem müden Fluch zu seinen barbarischen Göttern verdammte er alle Schatten und Flüsterstimmen in die elf scharlachroten Höllen der cimmerischen Mythen und drehte sich zur Seite. Endlich schlief er tief und fest und träumte etwas Merkwürdiges.

Ihm war, als erwache sein Geist, obgleich sein Körper schlummerte. Die Augen seines *Ka*s, wie die Stygier den Astralleib nannten, sahen, daß ein stumpfes, blutrotes Glühen aus unsichtbarer Quelle die Galerie erhellte. Es war weder der Silberschein des Mondes, der seine Strahlen schräg durch Spalten und Ritzen im Mauerwerk warf, noch das kurze Aufzucken ferner Blitze. In diesem blutroten Leuchten konnte Conans Geist schwebende verschwommene Schatten sehen, die wie Fledermäuse zwischen den schwarzen Onyxsäulen umherhuschten — Schatten, deren funkelnde Augen unstillbaren Hunger verrieten, Schatten, die in einer fast unhörbaren Kakophonie höhnischen Gelächters und bestialischer Schreie flüsterten.

Irgendwie wußte Conans Traum-Ich, daß diese wispernden Schatten die Geister Tausender vernunftbegabter Wesen waren, die in diesem uralten Bauwerk den Tod gefunden hatten. Woher er das wußte, hätte er nicht zu sagen vermocht, aber für sein *Ka* war es eine feststehende Tatsache. Die unbekannten Geschöpfe, die dieses gigantische Bauwerk errichtet hatten — mochten es die Schlangenmenschen von Valusien gewesen sein, oder eine andere vergessene Rasse —, hatten die Onyxaltäre der schwarzen Zitadelle mit dem Blut Tausender gewaschen, und die Geister ihrer Opfer waren für alle Ewigkeit an diese Schreckensburg gekettet. Vielleicht war es der mächtige Zauberspruch vormenschlicher Magie, der sie an diese Mauern band. Möglicherweise war es derselbe Zauber, der die Savannentiere fernhielt.

Doch das war nicht alles. Die Geister der schwarzen Zitadelle dürsteten nach dem Blut der Lebenden — nach Conans Blut!

Sein erschöpfter Körper lag hilflos in einem magischen Schlummer, während Phantome um ihn schwebten und mit unfühlbaren Schattenfingern an ihm zerrten. Aber ein Geist vermag einem Lebenden nichts anzuhaben, ehe er nicht einen Leib aus Fleisch und Blut erlangt. Diese flüsternden Schattenhorden waren schwach. Seit Jahren hatte kein Mensch mehr den alten Fluch mißachtet und die Burg betreten, daß sie sich an ihm hätten nähren können. Und nun waren sie so geschwächt, daß es ihnen nicht mehr leicht fiel, zu einer gierigen Meute von Ghuls zu erstehen.

Irgendwie wußte das der Geist des schlafenden Kriegers. Während sein Körper weiterschlummerte, wachte auf der Astralebene sein *Ka* über ihn und beobachtete die Vampirschatten, die mit ihren Geisterflügeln um seinen Kopf flatterten und vergeblich unfühlbare Geisterkrallen in seine pulsierende Kehle zu bohren versuchten. Doch so sehr sie sich auch mühten und unhörbar wüteten, konnten sie ihm nichts anhaben. Von dem Zauber gebannt, schlief Conan weiter.

Nach unbestimmbarer Zeit vollzog sich eine Veränderung im rötlichen Leuchten der Astralebene. Die Geister drängten sich zu einer formlosen Masse sich verdichtender Schatten zusammen. Auch wenn sie über so gut wie keine Intelligenz verfügten, trieb der Hunger sie instinktiv zu einem gespenstischen Bündnis. Jeder Geist hatte einen kleinen Vorrat an Lebensenergie, der für eine Verkörperlichung erforderlich war. Jetzt bildeten sie eine Kette, daß die geringe Energie jedes einzelnen zu einem Ganzen zusammenfloß. Und so entwickelte sich, gespeist von der Lebenskraft von zehntausend Geistern, aus einer wirbelnden Wolke schattenhafter Teilchen, eine schreckliche Gestalt.

Und Conan schlief weiter.

6

DIE HUNDERT KÖPFE

Donner krachte ohrenbetäubend. Blitze zuckten blendend über die dunkle Savanne. Der Mond hatte sich längst wieder hinter dicken Wolken verkrochen, die nun barsten und sich in einem Regenschwall über das Grasland ergossen.

Die stygischen Sklavenjäger waren die ganze Nacht hindurch geritten, um die Wälder im Süden, jenseits von Kush, zu erreichen. Ihr Jagdzug war bisher noch nicht von Erfolg gekrönt worden. Kein einziger Schwarzer der Nomadenstämme war ihnen in die Hände gefallen. Ob Seuchen das Land leergefegt oder die Nomaden, vor den Sklavenjägern gewarnt, die Flucht ergriffen hatten, wußte keiner zu sagen.

Auf jeden Fall glaubten sie, in den üppigen Dschungeln des Südens mehr Glück zu haben. Die Schwarzen lebten dort in festen Dörfern, die die Sklavenjäger umzingeln, mit einem Überraschungsangriff im Morgengrauen nehmen und so die Bewohner wie Fische im Netz fangen konnten. Eingeborene, die zu alt, zu jung oder zu schwächlich für den langen Treck nach Stygien waren, würden sofort erschlagen, die restlichen zu einer menschlichen Kette zusammengeschmiedet, den langen mühseligen Weg nordwärts getrieben werden.

Die vierzig Stygier, gutberittene Krieger mit Helmen und Kettenrüstung, waren hochgewachsene, dunkle, geiernasige Männer mit kräftigen Muskeln, erfahren im Sklaventreiben, zäh, verschlagen, furchtlos. Sie kannten kein Erbarmen und sie dachten sich nichts dabei, wenn sie einen Nichtstygier töteten, jedenfalls nicht mehr, als wenn sie eine Mücke erschlugen.

Der erste Ausläufer des Gewitters hatte sie erreicht. Es goß wie aus Kannen. Der Wind peitschte ihre wollenen Umhänge um ihre Rüstungen und blies ihnen die Mähnen ihrer Pferde ins Gesicht. Das fast pausenlose Blitzen blendete sie.

Ihr Anführer sah die schwarze Zitadelle aus dem Grasland ragen, als die Blitze sie aus der regenverhangenen Dunkelheit abhoben. Er stieß einen gutturalen Befehl aus und drückte seiner Rappstute die Sporen in die Rippen. Die anderen galoppierten ihm nach und ritten mit klappernden Hufen, knarrendem Leder und klirrender Rüstung zu dem mächtigen Bauwerk. Verborgen durch Regenschleier und Nacht war die Fremdartigkeit der Fassade nicht zu erkennen, außerdem hatten die Stygier nur den einen Gedanken,

Unterschlupf zu finden, ehe sie bis auf die Haut durchnäßt waren.

Fluchend, brüllend und mit schweren Schritten betraten sie die Halle und schüttelte ihre Umhänge aus. Ein Gewirr unbekümmerter Stimmen brach die düstere Stille des zerfallenden Bauwerks. Reisig und dürres Laub wurden gesammelt und mit Feuerstein und Stahl angezündet. Bald prasselte ein rauchendes Feuer auf den gesprungenen schwarzen Fliesen, das seinen roten Schein über die reliefverzierten Wände warf.

Die Männer stellten ihre Satteltaschen ab, schlüpften aus den nassen Burnussen und breiteten sie zum Trocknen aus. Dann legten sie ihre Kettenrüstungen ab und rieben sie mit öligen Lappen trocken. Schließlich öffneten sie ihre Satteltaschen und bissen mit festen Zähnen in altbackene Brotlaibe.

Draußen wütete der Sturm. Regengüsse fluteten wie kleine Wasserfälle durch Spalten im Mauerwerk, aber die Stygier achteten nicht darauf.

Conan war erwacht. Er stand still auf der Galerie, während ein unkontrollierbares Beben seinen mächtigen Körper erschütterte. Als der Wolkenbruch einsetzte, war der Bann, der ihn in lähmenden Schlaf gewiegt hatte, gebrochen. Er hatte sich abrupt aufgerichtet und nach der schattenhaften Form Ausschau gehalten, die sich aus der Lebensessenz der Tausenden von Geistern gebildet hatte. Oder war es doch nur ein Traum gewesen? Im Zucken eines Blitzes vermeinte er etwas Amorphes, Dunkles, am Ende dieser Seite der Galerie zu erspähen, aber er empfand kein Bedürfnis danach, es sich genauer anzusehen.

Während er noch darüber nachdachte, wie er die Galerie verlassen könnte, ohne dem Alptraumwesen zu nahe zu kommen, drängten die Stygier polternd in die Halle. Conan war über ihre Ankunft nicht erfreut, denn sie bedeutete für ihn nur eine weitere Gefahr. Mit Vergnügen würden sie sich auf ihn stürzen. Jeder Fremde war als Sklave willkommen. Trotz all seiner ungeheuerlichen Kraft und seiner Geschicklichkeit im Kampf war dem Cimmerier nur zu klar, daß er es nicht gleichzeitig mit vierzig gutbewaffneten Gegnern aufnehmen konnte. Wenn es ihm nicht gelang, sich schnell einen Weg frei zu hauen und zu fliehen, würden sie ihn überwältigen. Er hatte die Wahl zwischen einem schnellen Tod oder einem menschenunwürdigen Leben härtester Schinderei in einem stygischen Sklavenpferch. Er wußte nicht, was er da vorziehen sollte.

Die Stygier lenkten jedoch nicht nur Conans Aufmerksamkeit von den Phantomen ab, sondern auch die der Phantome von Conan. In ihrem lange ungestillten Hunger wandten sie sich den vierzig Stygiern in der Halle zu, die ihnen mehr zu bieten hatten als der Cimmerier. Dort war frisches Fleisch und genug Lebenskraft, sie mehr als nur zu sättigen. Wie Blätter im Herbst trudelten sie über die Galeriebrüstung hinunter in die Halle.

Die Stygier hatten es sich um ihr Feuer bequem gemacht. Bauchige Flaschen mit Wein wanderten von Hand zu Hand, und die Männer unterhielten sich durcheinanderbrüllend in ihrer gutturalen Sprache. Obgleich Conan nur ein paar Worte Stygisch verstand, konnte er doch Tonfall und Gesten entnehmen, worum es ging. Der Anführer — ein kahlgeschorener Riese von Conans Statur — erklärte, daß ihn nichts auf der Welt in diesen Wolkenbruch hinausbekommen würde, und er beschlossen hätte, daß sie alle in dieser baufälligen Halle nächtigten. Zumindest war das Dach zum größten Teil noch dicht, und sie konnten im Trockenen schlafen.

Als eine größere Zahl von Flaschen geleert war, streckten die Stygier sich bald wohlig durchgewärmt und trocken zum

Schlafen aus. Das Feuer brannte nieder. Der Führer deutete auf einen seiner Männer und sagte etwas. Der Bursche protestierte, doch nach kurzem Wortwechsel erhob er sich ächzend und schlüpfte in seine Rüstung. Conan schloß daraus, daß er zur ersten Wache bestimmt worden war.

Schließlich stand der Mann mit einem Schwert in der Rechten und einem Schild am linken Arm in den Schatten außerhalb des immer geringer werdenden Feuerscheins. Von Zeit zu Zeit stapfte er langsam die ganze Halle auf und ab und blieb hin und wieder stehen, um einen Blick in die gewundenen Korridore zu werfen, oder durch die Eingangstür hinaus in das Unwetter, das allmählich weiterzog.

Während der Posten, den Rücken seinen Kameraden zugewandt, ins Freie schaute, bildete sich eine dunkle Form zwischen den schlafenden Sklavenjägern. Sie erwuchs langsam aus wogenden Wolken ungreifbarer Schatten und nahm aus der Lebenskraft Tausender von Geistwesen erschreckende Gestalt an. Aus einer riesigen Fleischmasse schossen ungezählte unförmige Gliedmaßen. Zehn oder zwölf stämmige Beine trugen das ungeheuerliche Gewicht. Aus der Oberseite sprossen Dutzende von Köpfen, manche wirkten tatsächlich menschenähnlich mit ihren fast normalen Zügen, buschigen Brauen und zottigem Haar, während andere lediglich grobe Klumpen waren, in die Augen, Ohren, Münder und Nasen aufs Geratewohl eingesetzt zu sein schienen.

Der Anblick dieses hundertköpfigen Ungeheuers in der nur noch schwach erhellten Halle genügte, das Blut selbst des mutigsten Mannes in den Adern zum Stocken zu bringen. Conan spürte, wie sich ihm die Härchen im Nacken aufstellten und Abscheu seine Haut kribbeln ließ.

Das Ungeheuer torkelte durch die Halle. Schwankend beugte es sich über einen der Stygier und griff mit einem halben Dutzend klauengleicher Gliedmaßen nach ihm. Als der Mann erwachte und vor Entsetzen aufbrüllte, zerriß das

Alptraumwesen ihn über seinen Kameraden, die in einem Sprühregen von Blut hochfuhren.

7

FLUCHT AUS DEM ALPTRAUM

In wenigen Augenblicken waren die Stygier auf den Beinen. So harte, abgebrühte Männer sie auch waren, schrien doch einige vor Schrecken auf, als sie das Ungeheuer sahen. Beim ersten Schrei war der Posten von der Tür herbeigeschossen. Er schlug mit dem Schwert auf die gräßliche Gestalt ein. Der Anführer griff nach der Waffe, brüllte Befehle, und hieb zu. Der Rest tastete verwirrt und überrascht ebenfalls nach Waffen, um sich gegen das Alptraumwesen zu wehren, das zwischen ihnen herumwatschelte und einen nach dem anderen in der Luft zerriß.

Schwerter hieben in die mißgestaltete Kreatur, Speere stachen in den aufgedunsenen Leib. Um sich greifende Hände und Arme wurden abgehackt und fielen zuckend zu Boden. Aber offenbar verspürte das Ungeheuer keine Schmerzen, denn es ließ sich in seiner blutigen Arbeit nicht stören. Einige seiner würgenden Hände rissen den Stygiern die Köpfe ab, andere packte es an den Füßen und schmetterte sie gegen die Säulen.

Während der Cimmerier in die Halle hinunterstarrte, zermalmte und zerfetzte das Ungeheuer gut ein Dutzend der Sklavenjäger. Selbst die tiefsten Wunden, die die Stygier dem Alptraumgeschöpf zufügten, schlossen sich sofort narbenlos. Abgetrennte Köpfe und Gliedmaßen wuchsen schnell nach.

Conan erkannte, daß die Stygier keine Chance gegen die dämonische Gestalt hatten, so beschloß er, zu verschwinden, solange das Ungeheuer mit den Sklavenjägern beschäftigt war, und sich nicht an ihn erinnerte. Da er es für unklug hielt, die Zitadelle durch die Halle zu verlassen, suchte er nach einem direkteren Ausgang und kletterte durch ein Fenster. Es führte auf eine Dachterrasse aus zersplitterten Fliesen, wo ein falscher Schritt ihn in die grausige Tiefe stürzen lassen mochte.

Der Regen hatte nachgelassen, es nieselte nur noch leicht. Der Mond, der hoch am Himmel stand, kam immer mehr zwischen den Wolken hervor. Conan beugte sich über die Terrassenbrüstung. Unmittelbar unter ihm boten sich mit Ranken überwucherte Skulpturen ihm geradezu an, an ihnen hinunterzuklettern. Mit der Geschicklichkeit eines Affen ließ er sich über die ungewöhnliche Fassade hinab.

Plötzlich leuchtete der Mond in voller Pracht auf den Hof, wo die Stygier ihre Pferde angepflockt hatten. Die Tiere wieherten und scharrten unruhig mit den Hufen bei dem Kampfeslärm, der aus der Halle drang und den grauenvollen Todesschreien.

Conan landete geschmeidig auf den Füßen. Er rannte zu der Rappstute, die dem Anführer der Sklavenjäger gehört hatte. Er wäre gern noch geblieben, um die Toten von einigen der Habseligkeiten zu befreien, die sie nicht mehr brauchten, denn er benötigte dringend eine Rüstung und ein paar andere Kleinigkeiten. Das Kettenhemd, das er als Bêlits Partner getragen hatte, war längst verrostet und zerfetzt, und seine Flucht vor den Bamulas war zu überstürzt gewesen, als daß er sich noch hätte ausrüsten können. Aber keine Macht der Welt hätte ihn dazu gebracht, sich in die Halle zu begeben, wo das Grauen lebenden Todes immer noch sein Unwesen trieb.

Als der junge Cimmerier das erwählte Pferd losband,

stürmte eine schreiende Gestalt durch den Eingang und über den Hof auf ihn zu. Conan sah, daß es der Posten war. Sein Helm, die Kettenrüstung und sein Schild hatten ihn soweit geschützt, daß er das Massaker überlebt hatte.

Conan öffnete den Mund, um ihm zu rufen. Er empfand keine ausgesprochen freundlichen Gefühle für die Stygier, aber dieser Bursche war offenbar der einzige, der von den Sklavenjägern übriggeblieben war, und der Cimmerier war durchaus bereit, sich mit ihm zusammenzutun, bis sie eine zivilisiertere Gegend erreicht hatten.

Doch Conan kam nicht dazu, diesen Vorschlag zu äußern, denn das Erlebte hatte den muskulösen Stygier um den Verstand gebracht. Seine Augen funkelten wild im Mondschein, und Schaum quoll über seine Lippen. Er stürzte geradewegs auf Conan zu und schwang seinen Krummsäbel. »Zurück zur Hölle mit dir, Dämon!« kreischte er.

Der primitive Überlebensinstinkt des in der Wildnis aufgewachsenen Cimmeriers ließ ihn handeln, ohne lange zu überlegen. Bis der Wahnsinnige nahe genug heran war, hatte Conan mit dem Schwert ausgeholt. Stahl traf klirrend auf Stahl, daß die Funken sprühten. Als der wildäugige Stygier erneut mit dem Säbel ausholte, stach ihm Conan die Schwertspitze in die Kehle. Der Wahnsinnige röchelte, schwankte und fiel.

Einen Augenblick lang stützte der Cimmerier sich keuchend an die Rappstute. Der Kampf war kurz, aber heftig gewesen, und der Sklavenjäger hatte sich als ernstzunehmender Gegner erwiesen.

Aus dem riesigen Bauwerk drangen keine Schreie mehr, statt dessen hatte bedrohliches Schweigen sich darauf herabgesenkt. Schließlich hörte Conan schwerfällige, schlurfende Schritte. Hatte das Phantomungeheuer alle Stygier getötet? Schleppte es nun seinen unförmigen Leib zur Tür, um sich im Hof umzusehen?

Der Cimmerier wartete nicht, es herauszufinden. Mit zitternden Fingern löste er die Lederbänder des Kettenhemds und zog es dem Toten aus. Er nahm auch Helm, Speer und Schild des Stygiers an sich. Letzterer war aus dem Fell eines der dickhäutigen Savannentiere gemacht. Hastig befestigte er alles am Sattelknauf, dann schwang er sich auf das Pferd, zerrte am Zügel und hieb der Stute die Fersen in die Flanken. Ohne einen Blick zurück galoppierte er aus dem Hof. Mit jedem Hufschlag der Rappstute blieb die Ruine des Schrekkens weiter zurück.

Irgendwo jenseits des Kreises verwelkten Grases streiften vermutlich noch die hungrigen Löwen umher. Aber nach den Grauen der schwarzen Zitadelle ging Conan gern das Risiko eines Kampfes mit den Raubkatzen ein.

Der Dämon aus der Nacht

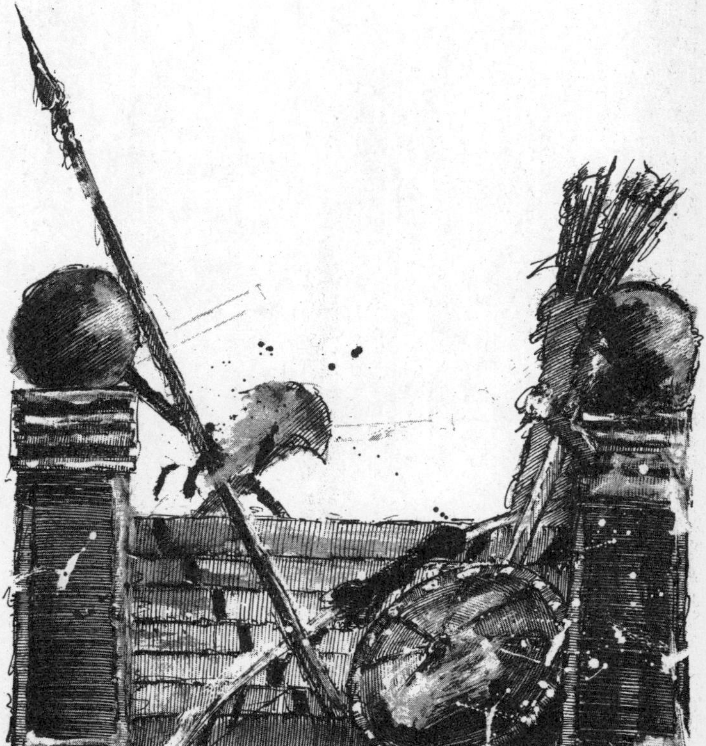

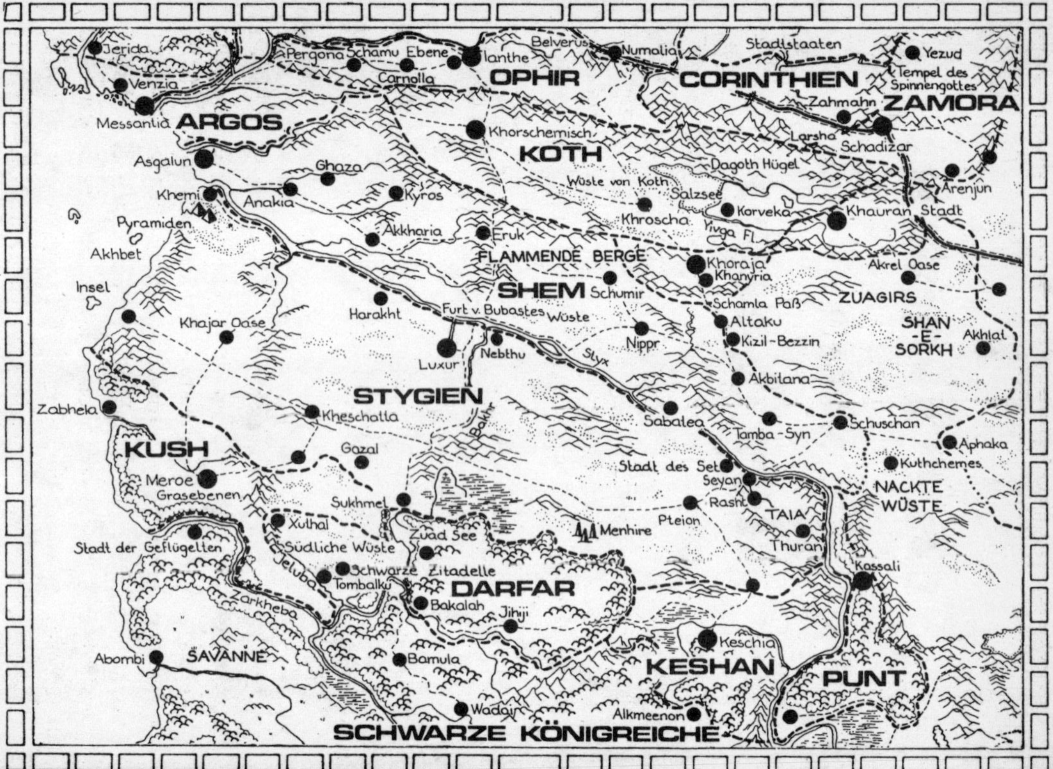
OPHIR
CORINTHIEN
ZAMORA
ARGOS
KOTH
FLAMMENDE BERGE
SHEM
ZUAGIRS
SHAN -E- SORKH
STYGIEN
KUSH
NACKTE WÜSTE
TAIA
DARFAR
KESHAN
PUNT
SCHWARZE KÖNIGREICHE
ŠAVANNE
Jerida
Venzia
Messantia
Pergona
Schamu
Ebene
Carnolla
Ianthe
Belverus
Numalia
Stadtstaaten
Yezud
Tempel des Spinnengottes
Zahmahn
Larsha
Schadizar
Arenjun
Khauran
Stadt
Khorschemisch
Dagoth Hügel
Wüste von Koth
Salzsee
Korveka
Khroscha
Yivga Fl.
Asgalun
Ghaza
Khemi
Anakia
Kyros
Pyramiden
Akkharia
Eruk
Akhbet
Insel
Khoraja
Khanyria
Akrel Oase
Schumir
Schamla Paß
Altaku
Kizil-Bezzin
Akhlat
Harakht
Furt v. Bubastes
Wüste
Nippr
Khajar Oase
Luxur
Nebthu
Styx
Akbilana
Zabhela
Kheschatta
Bakhr
Sabatea
Tamba-Syn
Schuschan
Aphaka
Kuthchemes
Gazal
Meroe
Grasebenen
Stadt des Set
Seyan
Rasht
Pteion
Sukhmet
Xuthal
Zuad See
Menhire
Thuran
Stadt der Geflügelten
Südliche Wüste
Schwarze Zitadelle
Kassali
Jeluba
Tombalku
Bakalah
Zarkheba
Jihiji
Keschia
Abombi
Bamula
Wadai
Alkmeenon

Der Dämon aus der Nacht

Lin Carter und L. Sprague de Camp

Schneller als erhofft, erreicht Conan auf dem Rücken der Rappstute schließlich das halbzivilisierte Königreich Kush. Das ist das Land, auf das der Name Kush tatsächlich zutrifft, obgleich der Cimmerier, wie andere aus dem Norden auch, diese Bezeichnung für alle Länder der Schwarzen südlich der stygischen Wüsten verwendet. Hier ergibt sich bald eine Gelegenheit, seine Geschicklichkeit im Umgang mit Waffen unter Beweis zu stellen.

1

DAS WESEN IM DUNKELN

Amboola von Kush brauchte eine Weile, bis er erwachte, denn sein Kopf war noch schwer vom Wein, dem er beim Fest am vergangenen Abend allzusehr zugesprochen hatte. In seiner Benommenheit konnte er sich nicht gleich erinnern, wo er sich befand. Der Mond schien durch ein kleines, vergittertes Fenster hoch oben in der Wand auf eine ihm unvertraute Umgebung. Schließlich entsann er sich, daß Königin Tananda ihn in die obere Zelle des Kerkers hatte werfen lassen.

Er vermutete nun, daß man ihm ein Betäubungsmittel in den Wein gegeben hatte. Während ihm der Kopf auf den

Tisch gesunken war, hatten die Gardesoldaten der Königin ihn und Lord Aahmes, den Vetter der Königin, verhaftet und in den Kerker geworfen. Das letzte, woran er sich erinnerte, waren die wütenden Worte der Königin: »Ihr Schufte habt also ein Komplott geschmiedet, mich aus dem Weg zu schaffen! Nun sollt ihr sehen, was ich mit Verrätern mache!«

Als der riesenhafte schwarze Krieger sich bewegte, wurde er sich erst der Eisenbänder an Hand- und Fußgelenken bewußt, von denen Ketten zu schweren Eisenringen an der Wand führten. Er strengte seine Augen an, um sich in der stinkigen Düsternis umzusehen. Wenigstens, dachte er, lebe ich noch. Selbst Tananda würde es sich überlegen, den Befehlshaber der Schwarzen Speerträger einfach ermorden zu lassen, schließlich war diese Truppe das Rückgrat der Armee von Kush, und er selbst der Held der unteren Kasten.

Was Amboola aber am meisten verblüffte, war die Anklage, sich mit Aahmes gegen die Königin verschworen zu haben. Gewiß, er und der Prinz waren gute Freunde. Sie hatten miteinander gejagt, getrunken und sich gegenseitig im Glücksspiel übertrumpft. Auch hatte sich Amboola hin und wieder, wenn sie allein waren, über Tananda beklagt, die ebenso grausam und tückisch wie schön war. Aber zu einer echten Verschwörung war es wahrhaftig nicht gekommen. Aahmes wäre dafür völlig ungeeignet, dazu war er viel zu gutmütig und verträglich, und er interessierte sich absolut nicht für Politik. Ein Intrigant, der auf Kosten anderer in der Gunst der Königin steigen wollte, mußte sich dieser falschen Anschuldigung bedient haben.

Amboola untersuchte seine Fesseln. Ihm war klar, daß er sie trotz seiner nicht unerheblichen Kraft nicht brechen konnte, genausowenig wie die Ketten, die daran hingen. Auch die Eisenringe an der Wand konnte er nicht herausziehen, das wußte er ganz sicher, denn er selbst hatte ihre Anbringung überwacht.

Er kannte den nächsten Schritt der Königin. Sie würde ihn und Aahmes foltern lassen, um aus ihm die Einzelheiten des vermeintlichen Komplotts herauszupressen und die Namen ihrer Mitverschworenen. Trotz all seines barbarischen Mutes schreckte Amboola allein vor dem Gedanken daran zurück. Vielleicht wäre es das Beste, sämtliche Edlen von Kush der Mitverschwörerschaft zu bezichtigen? Schließlich konnte Tananda nicht alle bestrafen! Versuchte sie es, würde die eingebildete Verschwörung schnell zur Tatsache werden ...

Plötzlich war Amboola völlig nüchtern und ein eisiger Schauder lief ihm über den Rücken. Etwas Lebendes, Atmendes befand sich in der Zelle mit ihm.

Mit einem leisen Schrei zuckte er hoch und versuchte die Dunkelheit zu durchdringen, die ihn wie die Schattenschwingen des Todes einzuhüllen schien. Im schwachen Licht, das durch das vergitterte Fenster drang, konnte er schließlich vage etwas Schreckliches, Dunkles ausmachen. Eine eisige Hand griff nach seinem Herzen, das in keiner der vielen Schlachten Angst gekannt hatte.

Ein formloser grauer Nebel schwebte in der Düsternis. Wallende Schleier wirbelten, als die Phantomgestalt feste Form anzunehmen begann. Unbeschreibliches Grauen ließ Amboola erzittern, und seine Augen drohten ihm bei diesem Anblick aus den Höhlen zu quellen.

Zuerst sah er einen Rüssel, wie der eines Schweines dicht mit Borsten bedeckt, sich in den durchs Fenster fallenden Monstrahl schieben. Dann bemerkte er zwischen den Schatten etwas Unförmiges, Mißgestaltetes, das aufrecht stand. Zu dem Schweineschädel gesellten sich dicke, haarige Affenarme mit plumpen Händen wie die eines Pavians.

Mit einem durchdringenden Schrei sprang Amboola auf — da setzte sich das Ungeheuer mit der lähmenden Schnelligkeit eines Alptraumgeschöpfs in Bewegung. Der schwarze

Krieger sah geifernde Lefzen, aus denen riesige stichelartige Hauer ragten, und kleine Schweinsäuglein, die rot glühten. Dann hatten die krallenbewehrten Klauen ihn erfaßt und hielten ihn fest, während die Hauer stachen und rissen ...

Kurz darauf fiel der Mondschein auf eine verkrümmt auf dem Boden liegende schwarze Gestalt in einer wachsenden Blutlache. Das graue Alptraumwesen, das den Krieger zerrissen hatte, war verschwunden, hatte sich wieder in den Dunstschleiern aufgelöst, aus denen es entstanden war.

2

DER UNSICHTBARE SCHRECKEN

»Tuthmes!« Die Stimme klang so drängend wie die Faust, die gegen die Teakholztür des Hauses des ehrgeizigen Edelmanns von Kush hämmerte. »Lord Tuthmes! Laßt mich ein! Der Teufel ist wieder los!«

Die Tür schwang auf. Tuthmes stand auf der Schwelle. Er war ein hochgewachsener, schlanker Mann mit dem schmalen Gesicht und der dunklen Haut seiner Rasse. Er trug eine wallende, weiße Seidenrobe, als hätte er sich gerade bereitgemacht, ins Bett zu gehen. In der Hand hielt er eine kleine Bronze-Lampe.

»Was gibt es denn, Afari?« erkundigte er sich.

Der Besucher, in dessen schwarzem Gesicht das Weiße der Augen leuchtete, stürmte ins Haus. Er keuchte wie nach einem anstrengenden Lauf. Er war ein hagerer, drahtiger Mann, kleiner als Tuthmes und mit negroideren Zügen. Trotz all seiner Hast vergewisserte er sich, daß die Tür geschlossen war, ehe er antwortete:

»Amboola! Er ist tot! Im Roten Turm!«

»Wa-as?« rief Tuthmes. »Tananda wagte es, den Befehlshaber der Schwarzen Speerträger hinrichten zu lassen!«

»Nein, nein, nein! So unbedacht ist sie sicher nicht. Er wurde auch nicht hingerichtet, sondern ermordet. Etwas muß in seine Zelle gelangt sein — wie, weiß nur Set! —; es zerfleischte ihm die Kehle, zermalmte seine Rippen und zerschmetterte ihm den Schädel. Bei Derketas Ringellocken, ich habe viele tote Männer gesehen, aber keinen so grauenvoll zugerichtet wie Amboola. Tuthmes, es ist das Werk eines der Dämonen, von denen die Schwarzen raunen! Der unsichtbare Schrecken treibt wieder sein Unwesen in Meroê!« Afari quetschte das kleine Idol seines Schutzgottes, das er an einem Lederband um den dürren Hals hängen hatte. »Amboolas Kehle war zerrissen, aber zweifellos nicht von einem Löwen oder Affen, sondern eher von haarscharfen Sticheln.«

»Wann passierte es?«

»Kurz nach Mitternacht. Soldaten im unteren Turmgeschoß, die die Treppe zu seiner Zelle bewachten, hörten ihn schreien. Sie rannten die Stufen hoch, stürmten in die Zelle und fanden ihn so, wie ich es bereits beschrieb. Ich schlief unten im Turm, so wie Ihr es mir geraten habt. Nachdem ich mir die Leiche angesehen hatte, kam ich direkt zu Euch, nicht ohne den Wächtern zu befehlen, nichts verlauten zu lassen.«

Tuthmes' kaltes Lächeln wirkte häßlich. Er murmelte: »Ihr kennt Tanandas Wutausbrüche. Nachdem sie Amboola und ihren Vetter Aahmes in den Kerker werfen ließ, könnte es ohne weiteres sein, daß sie veranlaßte, Amboola zu töten und die Leiche so zuzurichten, daß sie aussah, als wäre es das Werk des Ungeheuers, das seit einiger Zeit das Land heimsucht. Nun, wäre das nicht vorstellbar?«

Verständnis dämmerte in des Ministers Augen. Tuthmes,

der die Hand auf Afaris Arm legte, fuhr fort: »Geht jetzt und handelt, ehe die Königin etwas erfährt! Führt einen Trupp der Schwarzen Speerträger in den Roten Turm. Sie sollen die Soldaten niedermachen, weil sie während ihrer Wache schliefen. Ihr handelt in meinem Auftrag. Sorgt dafür, daß das jeder erfährt! Das wird den Schwarzen beweisen, daß ich ihren Befehlshaber räche, und gleichzeitig nehme ich damit Tananda eine Waffe aus der Hand. Also laßt die Soldaten töten, ehe sie es veranlassen kann.

Dann seht zu, daß die anderen der Edlen möglichst schnell davon hören! Wenn Tananda sich so der Mächtigen ihres Reiches entledigt, müssen wir alle auf der Hut sein.

Dann begebt Euch zur Äußeren Stadt und holt Ageera, den Hexer! Sagt ihm nicht direkt, daß Tananda hinter dieser Untat steckt, aber deutet es geschickt an!«

Afari erschauderte. »Wie kann ein normaler Sterblicher diesem Teufel gegenüber lügen? Seine Augen sind wie glühende Kohlen, sie scheinen in unvorstellbare Tiefen zu dringen. Ich sah, wie er Tote erweckte, wie Gebeine klappernd wandelten und die Zähne in Totenschädeln knirschten.«

»Ihr braucht ja nicht zu lügen«, beruhigte ihn Tuthmes. »Es genügt, wenn Ihr Euren eigenen Verdacht durchblicken laßt. Und selbst wenn tatsächlich ein Dämon Amboola tötete, muß doch ein Sterblicher ihn aus der Finsternis beschworen haben. Vielleicht steckt Tananda wirklich dahinter. Also, beeilt Euch!«

Als Afari, tief in seine Gedanken über die neuen Anweisungen des Edlen versunken, gegangen war, blieb Tuthmes einen Augenblick lang in seinem Gemach stehen, das mit Wandteppichen von barbarischer Pracht behangen war. Blauer Rauch sickerte aus einem gewölbten Behälter in einer Zimmerecke.

»Muru!« rief Tuthmes.

Nackte Füße schlurften über den Boden. Ein Vorhang wurde zurückgezogen und ein fast unwahrscheinlich großer, dünner Mann kam mit geducktem Kopf durch die Türöffnung.

»Hier bin ich, Meister«, sagte er.

Der Mann, der selbst über den hochgewachsenen Tuthmes hinausragte, trug ein langes Stück scharlachroten Stoffes, das er sich wie eine Toga über eine Schulter geschlungen hatte. Obgleich seine Haut schwarz wie Kohle glänzte, waren seine Züge doch feingeschnitten wie die der herrschenden Kaste von Meroê. Sein wolliges Haar war zu einem phantastischen Kamm geschnitten.

»Ist *er* in seinen Käfig zurück?« fragte Tuthmes.

»Ja.«

»In sicherem Gewahrsam?«

»Ja, mein Lord.«

Tuthmes runzelte die Stirn. »Wie könnt Ihr sicher sein, daß er Euren Befehlen immer gehorchen und nach ihrer Ausführung zu Euch zurückkehren wird? Wäre es denn nicht möglich, daß er Euch eines Tages, wenn Ihr ihn für einen Auftrag freigebt, tötet und in welch unheilige Dimension auch immer, die er sein Zuhause nennt, flieht?«

Muru spreizte die Hände. »Die Zauber, die mir Macht über den Dämon verleihen, so wie ich sie von meinem Meister lernte, als er aus Stygien verbannt wurde, haben nie versagt.«

Tuthmes musterte den Zauberer mit einem durchdringenden Blick. »Mir scheint, ihr Magier verbringt den größten Teil eures Lebens in Verbannung. Wie soll ich wissen, daß nicht eines Tages einer meiner Feinde Euch besticht, das Ungeheuer auf *mich* zu hetzen?«

»O Lord Thuthmes, wie könnt Ihr so etwas von mir denken! Wohin sollte ich ohne Euren Schutz gehen? Die Kushiten verachten mich, weil ich nicht von ihrer Rasse bin, und aus Gründen, die Ihr kennt, Lord, kann ich nicht nach Kordafa zurückkehren.«

»Hm. Nun, sorgt gut für Euren Dämon, denn wir werden ihn bald wieder brauchen. Dieser schwatzhafte Narr, Afari macht sich gern wichtig. Er wird das Gerücht von Ambooles Ermordung mit vielen Ausschmückungen verbreiten, die auf die Rolle der Königin in dieser Sache hindeuten. Die Kluft zwischen Tananda und ihren Lords wird sich vertiefen, und ich werde Nutzen daraus ziehen.«

In einem seltenen Anflug guter Laune goß Tuthmas Wein in zwei Silberkelche und reichte einen dem hageren Zauberer, der ihn mit einer stummen Verneigung entgegennahm. Tuthmes fuhr fort:

»Natürlich wird er nicht erwähnen, daß das Ganze mit seinen falschen Anschuldigungen gegen Amboola und Aahmes erst begann — und das ohne Auftrag von mir, wohlbemerkt. Er ahnt nicht, daß ich — dank Eurer magischen Fähigkeiten, Freund Muru — über all dies Bescheid weiß. Er gibt vor, meiner Sache und meiner Partei treu ergeben zu sein, aber er würde uns sofort verkaufen, wenn er glaubte, dadurch etwas für sich herausschlagen zu können. Er wünscht sich nichts sehnlicher, als Tananda zu heiraten und als Prinzregent über Kush zu herrschen. Wenn ich König bin, brauche ich ein vertrauenswürdigeres Werkzeug als diesen unfähigen Minister.«

Tuthmes nippte an seinem Wein und sagte nachdenklich: »Seit der König, ihr Bruder, in der Schlacht gegen die Stygier fiel, klammert Tananda sich an den Elfenbeinthron und spielt eine Partei gegen die andere aus. Aber es mangelt ihr an den nötigen Qualitäten, ein Land am Zügel zu halten, dessen Tradition die Herrschaft einer Frau nicht anerkennt. Sie ist eine unüberlegte Schlange, die sich nur dadurch eine Weile an der Macht halten kann, indem sie immer den Edlen töten läßt, den sie gerade am meisten fürchtet, ohne zu bedenken, daß sie dadurch den Rest gegen sich aufbringt.

Behaltet Afari gut im Auge, Muru, und paßt auf Euren Dämon auf! Wie gesagt, wir werden ihn bald wieder brauchen.«

Als der Kordafaner gegangen war, nachdem er sich wieder tief hatte ducken müssen, um durch die Tür zu kommen, stieg Tuthmes eine Treppe aus poliertem Mahagoni hinauf und trat auf das mondhelle Dach seines Palastes.

Er stützte sich auf die Brüstung und schaute hinunter auf die stillen Straßen der Inneren Stadt von Meroê. Er sah die Paläste, die Gärten, und den großen Platz, auf dem sich auf ein Signal hin innerhalb von wenigen Herzschlägen tausend schwarze Reiter aus den Höfen der anschließenden Kaserne sammeln konnten. Etwas weiter entfernt befand sich das mächtige Bronzetor der Inneren Stadt, und außerhalb die Äußere Stadt. Meroê stand inmitten eines welligen Graslands, das sich — nur von vereinzelten niedrigen Hügeln unterbrochen — bis zum Horizont ausdehnte. Ein schmaler Fluß schlängelte sich hindurch und streifte den Rand der Äußeren Stadt.

Eine hohe, dicke Mauer, die die Paläste der herrschenden Kaste umgab, trennte die Innere von der Äußeren Stadt. Die Herrscherkaste stammte von Stygiern ab, die vor Jahrhunderten südwärts gezogen waren, um ein Reich für sich zu erobern, und die ihr stolzes Blut mit dem ihrer schwarzen Untertanen vermischt hatten. Die Innere Stadt war nach einem klaren Plan errichtet, mit symmetrisch angelegten Straßen und Plätzen und mit Steinhäusern und Gärten.

Die Äußere Stadt andererseits war eine wuchernde Wildnis aus Lehmhütten, krummen Straßen und unübersichtlichen Plätzen. Die Schwarzen, die Ureinwohner des Landes, wohnten in der Äußeren Stadt, während in der Inneren nur die Herrscherkaste mit ihren Dienern und den Schwarzen Reitern lebte, die als ihre Wachen dienten.

Tuthmes schaute über das Meer der Hütten. Feuer glühten auf den Plätzen, Fackeln loderten in den gewundenen Straßen. Ab und zu drangen ein paar Liedfetzen an sein Ohr, ein barbarischer Gesang, in dem Wut oder Blutdurst mitschwangen. Tuthmes hüllte sich fröstelnd enger in seine Robe.

Er schritt über das Dach und blieb beim Anblick einer Gestalt stehen, die unter einer Palme des künstlichen Gartens schlief. Als Tuthmes' Zehe ihn stupste, erwachte der Mann und sprang auf.

»Pst, sei leise!« mahnte ihn Tuthmes. »Es ist vollbracht. Amboola ist tot, und noch ehe die Sonne aufgeht, wird ganz Meroê wissen, daß es durch Tananda geschehen ist.«

»Und der ... der Teufel?« wisperte der Mann schaudernd.

»Er ist zurück in sicherem Gewahrsam. Hör zu, Shubba! Es ist an der Zeit, daß du aufbrichst. Sieh dich unter den Shemiten um und wähle eine passende Frau aus — eine Weiße. Schaffe sie umgehend hierher. Wenn du innerhalb eines Mondes mit ihr hier eintriffst, werde ich dir ihr Gewicht in Silber bezahlen. Versagst du, lasse ich deinen Kopf an diese Palme nageln.«

Shubba warf sich auf die Knie und drückte die Stirn in den Staub. Dann erhob er sich und eilte vom Dach. Wieder schaute Tuthmes über die Äußere Stadt. Die Feuer schienen nun irgendwie wilder zu lodern, und eine Trommel schlug mit drohendem Klang. Ein plötzlicher Lärm durcheinanderrufender Stimmen schallte gen Himmel.

»Sie haben erfahren, daß Amboola tot ist«, murmelte Tuthmes, und wieder fröstelte er.

3

TANANDA REITET

Der Morgen weckte Meroê mit rotem Glühen. Die ersten Strahlen der aufgehenden Sonne stachen durch den Dunst und spiegelten sich auf den kupfernen Kuppeln und Türmen der Inneren Stadt. Bald gingen die Bürger von Meroê ihrem Tagwerk nach. In der Äußeren Stadt schritten schwarze Frauen in stolzer Haltung mit Körben und Kürbisflaschen auf dem Kopf zum Markt, während junge Mädchen lachend und scherzend zum Brunnen liefen. Nackte Kinder balgten sich und spielten oder rannten durch die staubigen engen Straßen. Riesenhafte Schwarze saßen vor den Türen ihrer strohbedeckten Hütten und übten ihr Handwerk aus, oder hingen im Schatten ihren Tagträumen nach.

Auf dem Marktplatz boten Händler unter gestreiften Markisen ihre Ware feil, und faules Obst und Gemüse lag auf dem Pflaster herum. Schwarze feilschten endlos um den Preis von Feigen, Bananenbier und gepunztem Messingzierrat. Schmiede beugten sich über Holzkohlenfeuer und hämmerten eifrig eiserne Hacken, Messer und Speerspitzen. Die heiße Sonne brannte auf alles herab — auf Schweiß, Frohsinn, Ärger, Nacktheit, Stärke, Schmutz und Kraft der Schwarzen von Kush.

Plötzlich änderte sich die Stimmung. Mit klappernden Hufen trabte ein Trupp Reiter — sechs Männer unter der Führung einer Frau — in Richtung auf das große Tor der Inneren Stadt zu.

Die Haut der Frau glänzte in einem dunklen Braun. Ihr üppiges schwarzes Haar wurde von einem goldenen Stirnband aus dem Gesicht gehalten. Außer Sandalen und edelsteinbesetztem goldenem Brustschutz, der ihren vollen Busen jedoch nur teilweise bedeckte, trug sie nur einen kurzen Seidenrock, der von einem Gürtel um die Taille gehalten wurde. Sie hatte offene Züge und ihre kühnen Augen glänzten herausfordernd und verrieten große Selbstsicherheit. Sie lenkte ihr drahtiges Kushitenpferd souverän mit den in Goldarbeit verzierten scharlachroten Zügeln des juwelenbesteckten Zaumzeugs. Ihre Füße ruhten in silbernen Steigbügeln. Eine Gazelle lag vor ihr über dem Sattel. Zwei schlanke Jagdhunde trotteten hinter dem Pferd her.

Als die Frau vorüberritt verstummten die Alltagsgeräusche. Die schwarzen Gesichter verfinsterten sich, die dunklen Augen glühten. Männer und Frauen drehten die Köpfe und flüsterten einander zu, und das Wispern wurde schließlich zu einem lauten, unheilschwangeren Gemurmel.

Die Miene des Jünglings, der neben der Frau herritt, verriet Besorgnis. Er schaute die gewundene Straße hoch und schätzte die Entfernung zu dem noch von den Hütten verdeckten Bronzetor ab. »Die Menge wird unruhig, Eure Hoheit. Es war unbedacht, heute durch die Äußere Stadt zu reiten.«

»Und wenn sie sich zu Meuten sammeln, werden die schwarzen Hunde mich nicht von meinem Jagdvergnügen abhalten«, erwiderte die Frau. »Reitet sie nieder, wenn sie eine bedrohliche Haltung einnehmen!«

»Leichter gesagt, als getan«, flüsterte der Jüngling, während sein Blick die murmelnde Menge überflog. »Sie kommen aus ihren Hütten und drängen sich auf die Straße — seht doch!«

Sie kamen zu einem breiten, unebenen Platz, auf dem es von Schwarzen wimmelte. Auf einer Seite stand ein Haus aus Lehmziegeln und Palmenstämmen, das etwas größer als die Nachbarhütten war. Zusammengebundene Totenschädel baumelten über dem Eingang. Das war der Jullahtempel, den die herrschende Kaste verächtlich das Teufel-Teufel-

Haus nannte. Die Schwarzen verehrten Jullah anstatt Set, den Schlangengott ihrer Herrscher und deren stygischen Vorfahren.

Die Menge starrte finster auf die Reiter. Ihre Haltung war drohend. Tananda, die jetzt eine leichte Unruhe befiel, bemerkte den Reiter nicht, der sich aus einer anderen Straße dem Platz näherte, obgleich er unter normalen Umständen zweifellos ihre Aufmerksamkeit auf sich gelenkt hätte, denn er war weder braun, noch schwarz, sondern ein kraftvoll gebauter Weißer mit Kettenhemd und Helm.

»Diese Hunde führen nichts Gutes im Schild«, flüsterte der Jüngling an Tanandas Seite, und zog seinen Krummsäbel ein Stück aus der Scheide. Die anderen Wachen — Schwarze wie die Bürger rund um sie — ritten dichter heran, aber sie griffen nicht nach ihren Klingen. Das bedrohliche Gemurmel wurde lauter, obgleich die Schwarzen nichts unternahmen.

»Wir reiten einfach durch sie hindurch«, bestimmte Tananda und gab ihrem Tier die Sporen. Die Schwarzen machten ihr murrend Platz.

Da kam eine hagere schwarze Gestalt aus dem Teufel-Teufel-Haus. Es war der alte Ageera, der Hexer, nur in sein Lendentuch gekleidet. Er deutete auf Tananda und brüllte: »Dort reitet sie, die ihre Hände in Blut taucht! Sie, die Amboola mordete!«

Sein Ruf war der zündende Funke. Ein vielstimmiger Schrei stieg aus der Menge auf. Sie drängte heran. Das »Nieder-mit-Tananda!« zerriß die Luft.

Dann streckten sich Hunderte von Händen nach den Beinen der Reiter aus. Der Jüngling versuchte Tananda zu schützen, aber ein geschleuderter Stein zerschmetterte ihm die Stirn. Die mit ihren Klingen um sich schlagenden Wachen wurden von ihren Pferden gezerrt und unter den Füßen des Mobs zertrampelt. Panik griff nach Tananda. Sie schrie gellend, als ihr Pferd sich aufbäumte. Dutzende wilder, schwarzer Gestalten — Männer und Frauen — griffen nach ihr.

Ein Riese packte sie am Schenkel und zerrte sie aus dem Sattel hinab in die Hände des Mobs. Ihr Rock wurde ihr vom Leib gerissen und als Trophäe durch die Luft geschwenkt. Das löste ein wildes Gelächter unter der entfernteren Menschenmenge aus. Eine Frau spuckte ihr ins Gesicht und riß ihr den Brustschutz ab, dann zerkratzte sie ihr mit schwarzen Fingernägeln den Busen. Ein Stein streifte Tanandas Schläfe.

Die Königin sah einen weiteren Stein in der Hand eines jungen Burschen, der sich durch die Menge drängen wollte, um ihr den Schädel einzuschlagen. Dolche blitzten. Doch der dichtgedrängte Mob war sich selbst im Weg, nur das verhinderte, daß sie sofort den Tod fand. Ein Brüllen erhob sich: »Zum Jullahtempel!«

Der Ansturm ließ ein wenig nach. Tananda wurde halb getragen, halb von dem wütenden Mob mitgeschleift. Schwarze Hände hatten sie an Armen, Beinen und dem Haar gepackt. Schläge, die ihr galten, wurden durch die Menge blockiert oder abgelenkt.

Dann wendete sich das Blatt. Der Mob kam ins Schwanken und Stolpern, als ein Reiter auf einer mächtigen Rappstute sich rücksichtslos einen Weg durch die Menge brach. Schreiend gingen viele der Schwarzen unter den Hufen zu Boden. Tananda sah flüchtig den Reiter über der wogenden Menschenmasse. Sein finsteres Gesicht unter einem metallenen Helm war narbenübersät. Und dann erblickte sie auch ein gewaltiges Schwert, das auf und ab schwang und Blut sprühte. Aber von irgendwo aus der Menge stieß ein Speer in den Leib des Pferdes. Es wieherte, bäumte sich auf und ging zu Boden.

Der Reiter landete jedoch geschmeidig auf den Beinen und

hieb wild um sich. Speerspitzen prallten von seinem Helm oder dem Schild an seinem linken Arm ab, während des Fremden Klinge durch Fleisch und Knochen drang und Schädel spaltete.

Das war zuviel für die Schwarzen. Sie wichen vor dem Weißen zurück, der auf die verstörte Königin zustapfte und sie hochhob. Er deckte sie mit seinem Schild und zog sich mit ihr, das Schwert drohend erhoben, zu einer Mauer zurück. Er drückte sie dagegen und schlug die wütenden, brüllenden Angreifer zurück, die nun wieder auf sie einstürmten.

Hufgeklapper war zu hören. Eine Kompanie Gardesoldaten galoppierte auf den Platz und trieb die Aufrührer vor sich her. Die Kushiten schrien in plötzlicher Panik auf und flohen in die Seitenstraßen. Doch gut zwei Dutzend Tote blieben auf dem Pflaster zurück. Der Hauptmann der Garde — ein riesenhafter Schwarzer, prachtvoll anzusehen in roter Seide und goldglänzendem Harnisch — schwang sich vor seiner Königin vom Pferd.

»Ihr habt lange mit eurem Kommen gewartet«, rügte Tananda, die ihre Haltung wiedergewonnen hatte.

Der Hauptmann wurde aschfahl. Ehe er sich bewegen konnte, hatte die Königin den Männern hinter ihm ein Zeichen gegeben. Mit beiden Händen stieß einer von ihnen seinen Speer mit solcher Gewalt zwischen die Schulterblätter seines Offiziers, daß die Spitze aus der Brust herausdrang. Der Hauptmann sank in die Knie, und ein halbes Dutzend weitere Speerstiche vollendeten das blutige Werk.

Tananda schüttelte das lange schwarze, jetzt völlig zerzauste Haar, und wandte sich ihrem Retter zu. Sie blutete aus Dutzenden kleinerer Verletzungen und war nackt wie ein Neugeborenes, aber sie schaute den Mann ohne jegliche Verlegenheit oder Unsicherheit an. Er erwiderte ihren Blick. Seine Miene verriet unverhohlene Bewunderung für ihre

Haltung und die Wohlgeformtheit ihrer braunen Glieder und Rundungen.

»Wer bist du?« fragte sie.

»Ich bin Conan, ein Cimmerier«, antwortete er.

»Aus Cimmerien?« Sie hatte noch nie von diesem Land gehört, das viele hundert Meilen von Kush entfernt im Norden lag. Sie runzelte die Stirn. »Du trägst Rüstung und Helm der Stygier. Hast du etwas mit ihnen zu tun?«

Er schüttelte den Kopf und entblößte die weißen Zähne zu einem Grinsen. »Ich habe die Rüstung von einem Stygier, aber ich mußte ihn erst töten, um sie zu bekommen.«

»Was willst du hier in Meroê?«

»Ich ziehe durch das Land und verleihe manchmal mein Schwert und die Hand dahinter«, erwiderte er. »Ich kam hierher, um mein Glück zu suchen.« Er hielt es nicht für ratsam, seine Piratentätigkeit an der Schwarzen Küste oder seine Stellung als Kriegshäuptling eines der Dschungelstämme im Süden zu erwähnen.

Die Königin musterte die mächtige Statur Conans und schätzte die Breite seiner Schultern und seiner Brust ab. »Ich werde dein Schwert heuern«, erklärte sie schließlich. »Was ist dein Preis?«

»Welchen Preis bietet Ihr mir?« entgegnete er mit einem betrübten Blick auf sein totes Pferd. »Ich bin ein mittelloser Wanderer und jetzt auch noch zu Fuß.«

Sie schüttelte den Kopf. »Nein, bei Set! Nicht länger wirst du mittellos sein als Hauptmann der Königlichen Garde. Sichern hundert Goldstücke im Monat mir deine Treue?«

Conan warf einen flüchtigen Blick auf den früheren Hauptmann, der in Seide und Stahl tot in seinem Blut lag. Aber der Anblick trug nicht dazu bei, sein plötzliches Grinsen zurückzuhalten.

»Ich glaube schon«, brummte er.

4

DIE GOLDENE SKLAVIN

Die Tage vergingen. Der Mond nahm ab und wieder zu. Ein kurzer, spontaner Aufstand der unteren Kasten wurde mit eiserner Hand von Conan niedergeschlagen. Shubba, Tuthmes' Diener, kehrte nach Meroê zurück. Im Gemach des Edlen, wo Löwenfelle den Marmorboden bedeckten, sagte er: »Ich habe die Frau gefunden, die Euch vorschwebte, Herr — eine Nemedierin, von einem argossanischen Kauffahrer geraubt. Ich bezahlte dem shemitischen Sklavenhändler viele schwere Goldstücke für sie.«

»Bring sie hierher, ich will sie sehen!« befahl Tuthmes.

Shubba verließ den Raum und kehrte eine kurze Weile später mit einem Mädchen zurück. Sie war grazil, und ihre weiße Haut bot einen schier blendenden Gegensatz zu den braunen und schwarzen Leibern, die Tuthmes gewohnt war. Ihr Haar fiel in langen Ringellocken weit über die weißen Schultern. Sie trug nur einen zerrissenen Kittel. Shubba nahm ihn ihr ab, und sie drückte hastig die Hände auf den Leib, um ihre Blößen zu bedecken.

Tuthmes nickte gleichmütig. »Sie ist ein annehmbares Stück Ware. Wenn ich nicht auf den Thron aus wäre, wäre ich vielleicht gewogen, sie für mich selbst zu behalten. Hast du ihr Kushitisch beigebracht, wie ich befahl?«

»Ja, ich lehrte es sie in der Stadt der Stygier und später täglich auf dem Karawanentreck. Auf die Art der Shemiter überzeugte ich sie von der Notwendigkeit des Lernens mit dem Pantoffel. Sie heißt Diana.«

Tuthmes setzte sich auf den Diwan und bedeutete dem Mädchen, sich mit überkreuzten Beinen vor ihm auf dem Boden niederzulassen. Das tat sie.

»Ich gebe dich der Königin von Kush als Geschenk«, sagte

er. »Es soll so aussehen, als wärest du ihre Sklavin, aber in Wirklichkeit wirst du für mich arbeiten. Du wirst regelmäßig Aufträge von mir erhalten und sie ohne Fehl ausführen. Die Königin ist grausam und unüberlegt, also hüte dich davor, sie zu erzürnen. Du wirst nichts von deiner Verbindung zu mir verlauten lassen, selbst wenn man dich foltern sollte. Wenn du glaubst, im Königspalast sicher vor mir zu sein und deshalb in Versuchung gerätst, meine Befehle zu mißachten, werde ich dir auch dort meine Macht beweisen.«

Er nahm sie an der Hand, führte sie durch einen Korridor, eine Treppe hinunter und in ein längliches, schwach beleuchtetes Zimmer. Der Raum war durch eine Kristallwand in zwei gleiche Hälften geteilt. Das Kristall war trotz seiner Dicke von gut drei Fuß so klar wie Wasser, und fest genug, selbst dem Ansturm eines Elefanten zu widerstehen. Tuthmes führte Diana dicht an diese Wand und befahl ihr, dort mit dem Gesicht zum Kristall stehenzubleiben, während er zurücktrat. Plötzlich ging das Licht aus.

Unerklärliche Panik erfüllte das Mädchen. Sie zitterte am ganzen Leib, als mit einemmal Licht in der Dunkelheit hinter der Scheibe aufglühte. Und da sah sie einen mißgestalteten, gräßlichen Schädel aus der Finsternis auftauchen. Ein kurzer borstiger Rüssel ragte heraus, und darunter stichelspitze Hauer. Als diese Alptraumkreatur auf sie zukam, schrie sie gellend auf und ergriff die Flucht, denn in ihrer Panik hatte sie vergessen, daß ja eine dicke Kristallwand sie von dem Ungeheuer trennte. In der Dunkelheit lief sie geradewegs in Tuthmes' Arme. Sie hörte ihn zischen: »Jetzt hast du meinen Diener gesehen. Wenn du nicht tust, was ich befehle, werde ich ihn auf dich hetzen. Und glaube mir, er wird dich finden, wo immer du auch sein magst. Du kannst ihm nirgendwo entkommen.« Als er ihr noch etwas ins Ohr flüsterte, fiel sie in Ohnmacht.

Tuthmes trug sie die Treppe hoch und übergab sie einer Schwarzen mit der Anweisung, sie wieder zur Besinnung zu bringen, ihr Speise und Trank vorzusetzen, sie zu baden, zu kämmen, zu parfümieren und fein herauszuputzen, damit er sie am Morgen der Königin verehren konnte.

5

TANANDAS PEITSCHE

Am nächsten Tag führte Shubba Diana von Nemedien zu Tuthmes' Zweispänner, hob sie hinein und nahm die Zügel. Das Mädchen war kaum wiederzuerkennen. Ihr Liebreiz war durch eine feine Spur von Schönheitsmitteln und Wohlduft noch erhöht worden, und das schleierfeine Seidengewand trug dazu bei, nichts ihres makellosen Wuchses zu verbergen. Ein silbernes Diadem glitzerte in ihrem goldenen Haar.

Aber sie war völlig verängstigt und verstört. Das Leben war ein einziger Alptraum für sie, seit die Sklavenhändler sie geraubt hatten. In all den langen Monaten seither hatte sie sich mit dem Gedanken getröstet, daß nichts ewig währt und ihre Lage so beklagenswert war, daß sie gar nicht schlimmer werden konnte. Doch sie hatte sich getäuscht, es war noch ärger gekommen.

Nun sollte sie einer grausamen und jähzornigen Königin als Geschenk dargeboten werden. Damit war ihre Lage schlimmer denn je, denn tat sie nicht, was Tuthmes sie hieß, würde der Dämon sich ihrer bemächtigen, und tat sie es, war anzunehmen, daß die Königin sie schließlich ertappte und auf schreckliche Weise töten ließ.

Im Westen formten sich am stahlblauen Himmel dichte Wolken. Kushs trockene Jahreszeit neigte sich ihrem Ende entgegen.

Der Wagen holperte über den Hauptplatz vor dem Königspalast. Die Räder knirschten auf dem feinen Sand und rumpelten über gelegentliches Pflaster. Wenige Meroiten der oberen Kaste waren unterwegs, denn die Hitze hatte ihren Höhepunkt erreicht. Die meisten der Herrscherkaste machten ihr Nachmittagsschläfchen. Ein paar schwarze Diener schlurften durch die Straßen und drehten ihre schweißglänzenden Gesichter dem vorüberfahrenden Zweispänner zu.

Vor dem Palast half Shubba Diana aus dem Wagen und führte sie durch das vergoldete Bronzeportal. Ein fetter Haushofmeister ging ihnen voraus durch ausgedehnte Korridore in ein großes Gemach. Es war im gleichen üppigen Prunk wie das einer stygischen Prinzessin ausgestattet — und etwas Ähnliches war Tananda ja auch. Auf einem mit Gold und Perlmutt eingelegten Diwan ruhte die Königin, lediglich in einen kurzen Rock aus roter Seide gewandet.

Von oben herab musterte sie die zitternde blonde Sklavin. Das Mädchen war ganz offensichtlich ein wertvolles Stück. Aber da Tananda jeder Hinterlist fähig war, vermutete sie sie auch schnell bei anderen. Eine unverhüllte Drohung klang aus ihrer Stimme, als sie sprach:

»Rede, Mädchen! Weshalb hat Tuthmes dich in den Palast geschickt?«

»Ich — ich weiß nicht — wo bin ich? Wer seid Ihr?« Diana hatte eine dünne helle Stimme, wie die eines Kindes.

»Ich bin Königin Tananda, Törin! Und jetzt beantwortete meine Frage!«

»Ich kenne die Antwort nicht, Eure Majestät. Ich weiß nur, daß Lord Tuthmes mich Euch als Geschenk schickt . . .«

»Du lügst! Tuthmes ist krank vor Ehrgeiz. Da er mich

haßt, würde er mir nie ein Geschenk ohne einen selbstsüchtigen Grund machen. Er hat irgend etwas ausgebrütet. Sprich, oder es wird dir schlecht ergehen!«

»Ich ... ich weiß es nicht! Ich weiß es doch nicht!« wimmerte Diana und brach in Tränen aus. Sie hatte solche Angst vor Murus Dämon, daß sie nicht einmal sprechen könnte, wenn sie es wollte, denn ihre Zunge würde sich weigern, zu gehorchen.

»Zieht sie aus!« hieß Tananda ihre Diener. Sie rissen dem Mädchen das Schleiergewand vom Leib.

»Hängt sie auf!« befahl die Königin jetzt.

Dianas Handgelenke wurden gebunden, dann warf man den Strick über einen Querbalken und zog ihn so straff, daß die Hände des Mädchens über ihren Kopf gestreckt waren.

Tananda stand auf und nahm eine Peitsche in die Hand. »Jetzt«, sagte sie mit einem grausamen Lächeln, »werden wir Freund Tuthmes' Plan bald erfahren. Doch zuvor frage ich dich noch einmal: Willst du freiwillig sprechen?«

Von Schluchzen gewürgt konnte Diana nur den Kopf schütteln. Die Peitsche schnalzte und klatschte auf den Rücken der Nemedierin. Ein roter Striemen blieb zurück. Diana schrie gellend auf.

»Was hat das zu bedeuten?« fragte eine tiefe Stimme. Conan, der sein Kettenhemd über einem Lederwams trug und das Schwert am Gürtel hängen hatte, stand an der Tür. Da er sehr vertraut mit Tananda geworden war, betrat er ihren Palast unangemeldet. Für die Königin war er nicht der erste Liebhaber — der ermordete Amboola war einer der Erwählten gewesen —, aber noch in keines Mannes Armen hatte sie diese Leidenschaft genossen und noch nie zuvor hatte sie ihr Verlangen so offen zur Schau getragen. Sie konnte von dem Nordmann gar nicht genug bekommen.

Doch jetzt wirbelte sie herum. »Sie ist nur eine Schlampe

aus dem Norden, die Tuthmes mir als Geschenk schickte — ohne Zweifel, um mir einen Dolch zwischen die Rippen zu stoßen, oder Gift in meinen Wein zu mischen«, fauchte sie. »Ich versuche nur, die Wahrheit aus ihr herauszuholen. Wenn du mit mir schlafen willst, dann komm später zurück!«

»Das ist nicht der einzige Grund meines Hierseins«, erklärte er wölfisch grinsend. »Auch die Staatsraison erfordert es. Ich frage dich, was soll dieser Unsinn, den Schwarzen Zutritt zur Inneren Stadt zu gewähren, um Aahmes' Tod am Scheiterhaufen mitzuerleben?«

»Unsinn, Conan? Es wird den schwarzen Hunden zeigen, daß ich nicht mit mir spaßen lasse. Der Schurke wird auf unvergeßliche Weise gemartert werden. Und so werden alle Gegner unserer göttlichen Dynastie sterben! Was hast du dagegen einzuwenden?«

»Nur das: wenn du ein paar tausend Kushiten in die Innere Stadt läßt und dann durch die Marterung ihren Blutdurst anfachst, brauchst du dich nicht zu wundern, wenn es zu einem neuen Aufruhr kommt. Deine göttliche Dynastie hat sich keine Mühe gegeben, die Liebe des Volkes zu gewinnen.«

»Ich fürchte diesen schwarzen Abschaum nicht!«

»Vielleicht nicht. Aber ich habe deinen hübschen Hals schon zweimal vor ihm gerettet, und wer weiß, ob es beim drittenmal nicht schiefgehen könnte. Ich habe versucht, das deinem Minister Afari gerade jetzt erst in seinem Palast klarzumachen, aber er sagte, es sei dein ausdrücklicher Befehl, und er könnte nichts tun. Da dachte ich mir, du würdest vielleicht von mir Vernunft annehmen, da deine Leute dich zu sehr fürchten, als daß sie es wagten, etwas zu sagen, das dich erzürnen könnte.«

»Was ich beschlossen habe, wird auch durchgeführt werden! Und jetzt verschwinde und störe mich nicht länger bei der Arbeit — oder möchtest du die Peitsche selbst schwingen?«

Conan trat näher an Diana heran. »Tuthmes hat keinen schlechten Geschmack«, stellte er fest. »Aber das Mädchen ist vor Angst völlig verstört. Nichts, was du aus ihr herausholen kannst, ist des Anhörens wert. Überlasse sie mir, dann werde ich dir zeigen, was ein bißchen Güte zu erreichen vermag!«

»Güte — von dir? Daß ich nicht lache! Kümmere dich um deine eigenen Angelegenheiten, Conan, und ich befasse mich mit den meinen. Du solltest inzwischen schon deine Wachen für das große Schauspiel heute abend postieren.« Tananda wandte sich wieder dem Mädchen zu und sagte scharf: »Und jetzt heraus mit der Sprache, verdammtes Weibsstück!« Die Peitsche zischte, als sie damit zu einem weiteren Hieb ausholte.

Mit der Flinkheit und Geschmeidigkeit eines Löwen war Conan bei Tananda. Er faßte sie am Handgelenk und drehte es, daß sie die Peitsche fallenließ.

»Laß mich sofort los!« rief sie schrill. »Du wagst es, Gewalt gegen mich zu gebrauchen? Ich werde . . . ich werde dich . . .«

»Was wirst du?« fragte Conan ruhig. Er warf die Peitsche in eine Ecke, holte seinen Dolch aus dem Gürtel und durchtrennte den Strick, der Dianas Handgelenke hielt. Tanandas Diener wechselten unsichere Blicke.

»Achtet auf Eure königliche Würde, Hoheit!« sagte Conan spöttisch grinsend, während er sich Diana unter den Arm klemmte. »Denk daran, Schätzchen, daß du mit mir als Befehlshaber der Garde zumindest eine Chance hast. Ohne mich — nun, du kennst die Antwort selbst. Auf Wiedersehen bei der Marterung.«

Mit der Nemedierin unter dem Arm schritt er zur Tür. Kreischend vor Wut hob Tananda die Peitsche auf und schleuderte sie Conan nach. Der Griff prallte gegen seinen breiten Rücken.

»Nur weil sie eine Fischbauchhaut wie du hat, ziehst du sie mir vor!« schrie die Königin. »Du wirst deine Unverschämtheit bitter bereuen!«

Mit dröhnendem Gelächter verließ Conan das Gemach. Tananda ließ sich auf den Boden fallen. In hilfloser Wut hämmerte sie mit den Fäusten auf die Fliesen, und die Tränen rannen ihr über die Wangen.

Kurze Zeit später sah Shubba, der Tuthmes Zweispänner zum Palast seines Herrn zurückfuhr, voll Staunen, wie Conan sein Haus mit einem nackten Mädchen unter dem Arm betrat. Hastig zerrte er an den Zügeln.

6

DUNKLER RAT

Die ersten Lampen flackerten in der Dämmerung, als Tuthmes mit Shubba und Muru, dem riesenhaften dürren Zauberer aus Kordafa in seinem Gemach saß. Shubba schaute seinen Herrn, nachdem er Bericht erstattet hatte, unsicher an.

»Ich sehe schon, daß ich Tanandas Mißtrauen unterschätzte«, sagte Tuthmes. »Bedauerlich, ein so vielversprechendes Werkzeug wie diese Nemedierin zu vergeuden, aber es trifft eben nicht jeder Speer sein Ziel. Die Frage ist nun: Was sollen wir als nächstes unternehmen? Hat jemand Ageera gesehen?«

»Nein, Herr«, antwortete Shubba. »Er verschwand, nachdem er den Aufstand gegen Tananda angezettelt hatte —

umsichtigerweise, wenn ich bemerken darf. Manche glauben, er habe Meroê verlassen, andere, daß er sich im Jullahtempel verborgen hält und sich heimlich mit seiner Magie beschäftigt.«

»Wenn unsere göttliche Königin den Verstand einer normalen Frau hätte«, höhnte Tuthmes, »würde sie ein paar ihrer Gardesoldaten in das Teufel-Teufel-Haus schicken und die Priester an ihren eigenen Dachbalken aufhängen.« Die beiden anderen zuckten unwillkürlich zusammen und senkten unbehaglich den Blick.

Tuthmes schaute sie an. »Ich weiß, daß ihr euch vor ihren Zauberkünsten fürchtet. Aber laßt uns weiter überlegen. Das Mädchen ist uns von keinem Nutzen mehr. Wenn es Tananda nicht gelang, ihre Geheimnisse zu entlocken, wird es Conan auf sanftere Weise bestimmt glücken. Und in seinem Haus erfährt sie nichts, was für uns von Interesse wäre. Sie muß also umgehend sterben. Muru, könnt Ihr Euren Dämon zu Conans Haus schicken, um die Nemedierin zu töten, während er heute abend seine Soldaten befehligt?«

»Das kann ich«, versicherte ihm der Kordafaner. »Soll ich ihn nicht dort gleich auf Conan warten lassen, damit er auch ihn aus dem Weg räumt? Denn ich sehe schon, daß Ihr nie König werden könnt, solange der Cimmerier lebt. Als Befehlshaber der Garde wird er wie der Teufel kämpfen, um die Königin, seine Geliebte, zu beschützen, weil er den Treueeid abgelegt hat. Da spielt es keine Rolle, wie die beiden privat miteinander streiten mögen.«

Shubba fügte hinzu: »Selbst wenn wir mit Tananda ein Ende gemacht haben, wird Conan uns im Weg stehen. Vielleicht würde sogar er König. Praktisch ist er bereits der ungekrönte, als Vertrauter und Liebhaber Tanandas. Außerdem verehren seine Gardesoldaten ihn. Sie schwören, daß er trotz seiner weißen Haut innerlich ein Schwarzer ist.«

»Gut«, erklärte Tuthmes sich einverstanden. »So laßt uns beide gleichzeitig aus dem Weg räumen. Ich werde mich als Zuschauer an der Marterung Aahmes' sehen lassen, damit keiner mich verdächtigen kann, ich hätte bei der Ermordung eine Hand im Spiel gehabt.«

»Warum hetzen wir den Dämon denn nicht auch auf Tananda selbst?« fragte Shubba.

»Die Zeit dazu ist noch nicht gekommen. Ich muß mich erst der Unterstützung der anderen Edlen versichern, damit mein Anspruch auf den Thron anerkannt wird, und das dürfte nicht einfach sein. Zu viele von ihnen bilden sich ein, selbst ein Anrecht auf die Königswürde zu haben, wie ihr ja sehr wohl wißt. Ehe meine Partei nicht stark genug ist, wäre mein Thron genauso wacklig, wie der Tanandas es jetzt ist. Ich kann warten und zusehen, wie sie sich inzwischen durch ihre Ausschreitungen selbst um ihr hübsches Köpfchen bringt.«

7

DAS SCHICKSAL EINES KÖNIGREICHS

In der Mitte des Hauptplatzes der Inneren Stadt wurde Prinz Aahmes an einen Pfahl gebunden. Aahmes war ein rundlicher, braunhäutiger junger Mann. Gerade seine Unerfahrenheit in politischen Dingen hatte es Afari leicht gemacht, ihn durch eine fälschliche Beschuldigung aus dem Weg zu räumen.

Feuer an den vier Ecken des Platzes und Fackelreihen erhellten die Szenerie. Zwischen dem Pfahl und dem Königspalast war eine niedrige Plattform errichtet worden, auf der Tananda saß. Um diese Plattform standen zu ihrem

Schutz drei Reihen Gardesoldaten. Die Flammen ließen die langen Speerklingen, die Schilde aus Elefantenhaut, und die Federbüsche auf ihren Helmen rot aufleuchten.

An einer Seite des Platzes saß Conan auf seinem Pferd an der Spitze einer Kompanie berittener Gardesoldaten, die ihre Lanzen hoch aufgerichtet hatten. In der Ferne zerrissen Blitze die dichte Wolkendecke.

In der Mitte, wo Lord Aahmes angebunden war, hatten weitere Gardesoldaten rund um ihn einen Raum freigehalten. Dort erhitzte der königliche Foltermeister seine Werkzeuge über einer kleinen Esse. Der Rest des Platzes war schier zum Bersten mit nahezu allen Bürgern Meroês gefüllt, die sich ohne Kastenunterschied aneinanderdrängten. Der Fackelschein spiegelte sich im Weiß der Augen und blitzende Zähne in schwarzen Gesichtern. Tuthmes und seine Begleiter standen dicht nebeneinander in der vordersten Reihe.

Conan schaute mit düsterer Vorahnung über die Menschenmassen. Bis jetzt ging es noch ruhig zu, aber wer konnte schon wissen, was geschehen würde, wenn die primitiven Instinkte der Zuschauer aufgepeitscht wurden? Außerdem quälte ihn eine unerklärliche Angst am Rande seines Bewußtseins. Aber nicht um die eigensinnige Königin machte er sich Sorgen, sondern um die Nemedierin, die er in seinem Haus nur in Gesellschaft einer schwarzen Dienerin zurückgelassen hatte, weil er alle seine Gardesoldaten hier auf dem Platz brauchte.

In den wenigen Stunden, die er Diana kannte, hatte Conan sein Herz für sie entdeckt. Sie war lieb, sanft, ja vielleicht sogar noch unberührt, und das genaue Gegenteil der feurigen ungestümen, leidenschaftlichen, grausamen und sinnlichen Königin. Tanandas Liebhaber zu sein, war zweifellos aufregend, aber Conan dachte, daß er nach einer Weile zur Abwechslung vielleicht doch lieber eine etwas weniger stürmische Geliebte hätte. Er kannte die Königin gut genug, um es nicht für ausgeschlossen zu halten, daß sie einen ihrer Diener in sein Haus schickte, um die Nemedierin zu ermorden, während er anderweitig beschäftigt war.

In der Mitte des Platzes hatte der Foltermeister mit einem Blasebalg sein kleines Holzkohlenfeuer angefacht. Jetzt hielt er ein Instrument hoch, das in der Dunkelheit kirschrot glühte, und näherte sich damit dem Gefangenen. Conan konnte über das Gemurmel der Menge hinweg nichts verstehen, aber er nahm an, daß der Foltermeister Aahmes nach Einzelheiten seines Komplotts befragte. Der Prinz schüttelte den Kopf.

Conan war plötzlich, als höre er eine Stimme in seinem Kopf, die ihn beschwor, sofort nach Hause zu eilen. In den hyborischen Landen hatte der Cimmerier oft den Gesprächen und Theorien der Priester und Philosophen gelauscht. Sie hatten über die Existenz von Schutzgeistern argumentiert und über die Möglichkeit einer direkten Verständigung von Geist zu Geist. Da er sie allesamt für verrückt hielt, hatte er ihnen seinerzeit nicht allzuviel Aufmerksamkeit gezollt. Doch jetzt glaubte er zu wissen, was sie gemeint hatten. Trotzdem versuchte er, diese beschwörende Stimme als Einbildung abzutun, doch sie ließ sich nicht verdrängen, sondern wurde nur noch lauter.

Schließlich sagte Conan zu seinem Adjutanten: »Mongo, übernimm das Kommando, bis ich zurück bin!«

»Wohin geht Ihr denn, Lord Conan?« fragte der Schwarze.

»Ich will mich in den Straßen umsehen, um mich zu vergewissern, daß keine Halunken die Zeit nutzen, die Häuser auszurauben, während alle hier auf dem Platz sind. Sorge für Ordnung hier, ich bin bald zurück!«

Conan lenkte sein Pferd herum und trottete vom Platz. Die Menge bildete eine Gasse, um ihn hindurchzulassen. Die Stimme in ihm wurde immer drängender. Er trieb seinen

Hengst zum leichten Kanter an und hatte bald sein Haus erreicht. Ein schwacher Donner grollte.

Außer einem Licht an der Rückseite war das Haus dunkel. Conan schwang sich vom Pferd, band es an und trat mit der Rechten am Schwertgriff durch die Tür. In diesem Augenblick hörte er einen grauenvollen Schrei. Es war Dianas Stimme.

Der Cimmerier stieß einen heftigen Fluch aus, riß das Schwert aus der Scheide und stürmte in den Wohnraum, aus dem der Schrei gekommen war. Nur der schwache Schein einer Kerze in der Küche durchbrach die Dunkelheit.

Conan blieb beim Anblick der Szene, die sich ihm bot, wie angewurzelt stehen. Diana kauerte auf einem niedrigen Lager aus Leopardenfellen. Ihre Augen waren vor Entsetzen geweitet.

In der Mitte des Zimmers nahm ein grauer, wallender Dunst Form an. Aus ihm hatte sich bereits eine massige, monströse Gestalt mit hängenden, haarigen Schultern und dicken Affenarmen gebildet. Conan sah den mißgestalteten Schädel des Ungeheuers mit seinem borstigen schweineähnlichen Rüssel, den dünnen Hauern und den mahlenden Kiefern.

Diese Bestie, die sich hier aus der Luft geformt hatte, war durch dämonische Magie entstanden. Conan erinnerte sich an Legenden aus uralter Zeit, an Geschichten, die man nur flüsterte, von grauenvollen Kreaturen, die durch die Finsternis schlichen und Menschen auf gräßlichste Weise töteten. Einen halben Herzschlag lang hielt seine atavistische Angst ihn zurück. Doch dann sprang er mit wütendem Knurren auf das Ungeheuer zu — und fiel über den schwarze Dienerin, die in Ohnmacht gesunken war und direkt an der Tür lag. Conan landete lang ausgestreckt auf dem Boden. Das Schwert war ihm im Sturz aus der Hand geflogen.

Im gleichen Moment wirbelte das Ungeheuer mit übernatürlicher Schnelligkeit herum und sprang Conan in einem gewaltigen Satz an. Als der Cimmerier auf dem Boden aufschlug, stürzte die Bestie über ihn hinweg durch die Türöffnung und prallte mit ungeheurer Wucht gegen die Korridorwand.

Doch sofort waren beide Gegner wieder auf den Beinen. Erneut sprang der Dämon Conan an, und ein Blitz spiegelte sich auf den sticheläihnlichen Hauern. Der Cimmerier hieb seinen Ellbogen unter den Rüssel des Untiers und versuchte, seinen Dolch aus der Scheide zu bekommen.

Die haarigen Arme des Untiers schlossen sich mit zermalmender Kraft um Conan. Der Rücken eines weniger kräftigen Mannes hätte diese Umklammerung gewiß nicht standgehalten. Der Cimmerier spürte, wie sein Wams zerriß, als die stumpfen Nägel des Dämons sich durch die Kettenglieder bohrten, von denen schließlich einige mit metallischem Knirschen zersprangen. Obgleich das Ungeheuer nicht schwerer als Conan war, war seine Kraft doch unvorstellbar. Des Barbaren eiserne Muskeln vermochten nicht zu verhindern, daß die Kreatur seinen Unterarm langsam zurückbog, so daß der Schweinerüssel seinem Gesicht immer näher kam.

Die beiden stampften und scharrten und stolperten durch die Halbfinsternis wie in einem grotesken Tanz vereint. Conan versuchte auch jetzt noch, an seinen Dolch heranzukommen, während sich die Hauer des Ungeheuers näher und näher schoben. Da erst wurde ihm bewußt, daß sein Gürtel verrutscht war, und er deshalb den Dolch nicht zu fassen bekam. Er spürte, wie seine selbst fast übermenschliche Kraft nachließ, als ihm etwas Kaltes in die tastende Rechte geschoben wurde. Es war der Griff seines Schwertes, das Diana vom Boden aufgehoben hatte und ihm zusteckte.

Conan zog den rechten Arm zurück und suchte mit der Schwertspitze nach einer Stelle, an der er die Waffe in den

Leib des Ungeheuers stoßen konnte. Dann stach er zu. Die Haut des Dämons schien von unnatürlicher Festigkeit zu sein, aber ein mächtiger Schub ließ die Spitze allmählich doch eindringen. Mit einer krampfartigen Bewegung seiner Kiefer stieß der Dämon einen bestialischen Schrei aus.

Erneut stach Conan zu und immer wieder, aber die zottige Kreatur schien es nicht mehr zu kümmern. Die Affenarme zogen ihn in einer immer dichteren, erdrückenderen Umklammerung an sich. Die Kiefer mit den Stichelhauern kamen näher und näher. Weitere der Kettenglieder von Conans Rüstung barsten. Scharfe Nägel zerfetzten sein Wams und rissen blutige Furchen in seinen schweißüberströmten Rücken. Eine klebrige Flüssigkeit aus den Wunden des Ungeheuers, die sich nicht wie normales Blut anfühlte, rann über Conans mitgenommene Kleidung.

Schließlich, indem er beide Beine mit jeder Unze Kraft, die noch in ihm steckte, in den Bauch der Kreatur stieß, gelang es Conan, sich loszureißen. Er torkelte mit dem klebrigen Lebenssaft beschmiert auf die Füße. Als der Dämon auf ihn zuschlurfte und die affenähnlichen Arme ausstreckte, um sie erneut um ihn zu legen, schwang Conan mit beiden Händen sein Schwert in einem verzweifelten Bogen. Die Klinge drang in den dicken Hals und durchtrennte ihn halb. Einen anderen hätte dieser Schlag enthauptet, aber die Haut und das Fleisch des Ungeheuers waren so fest, wie die von drei Sterblichen.

Der Dämon taumelte rückwärts und fiel auf den Boden. Als Conan sich keuchend nach ihm umdrehte, warf Diana die Arme um seinen Hals. »Ich bin so froh ... Ich betete zu Ischtar, daß sie dich senden möge ...«

»Ist schon gut, ist schon gut«, murmelte der Cimmerier und versuchte das Mädchen mit rauher Zärtlichkeit zu beruhigen. »Ich sehe vielleicht aus, als wäre ich für das Grab fällig, aber ich kann immer noch stehen ...«

Er unterbrach sich mit großen Augen. Das scheinbar tote Ungeheuer erhob sich. Sein mißgestalteter Schädel wakkelte auf dem halbdurchtrennten Hals. Es taumelte zur Tür, stolperte über die immer noch ohnmächtige Schwarze, und torkelte hinaus in die Nacht.

»Crom und Mitra!« krächzte Conan. Er schob Diana zur Seite und knurrte: »Später, später! Du bist ein gutes Mädchen, aber ich muß jetzt dieser Kreatur folgen. Sie ist der Dämon aus der Nacht, von dem sie alle reden, und, bei Crom, ich werde herausfinden, woher er kommt!«

Er taumelte ebenfalls ins Freie und stellte fest, daß sein Pferd verschwunden war. Ein Stück des Zügels hing abgerissen am Ring des Pflocks und verriet, daß das Tier sich in seiner Panik beim Anblick des Dämons losgerissen hatte.

Kurz darauf erreichte der Cimmerier den Platz zu Fuß. Als er sich seinen Weg durch die Menge bahnte, die aufgeregt durcheinander schrie, sah er das Ungeheuer stolpern und vor dem hochgewachsenen Kordafaner, der zu Tuthmes' Begleitern gehörte, zu Boden fallen. In seinen letzten Zuckungen legte es den Kopf vor die Füße des Zauberers.

Wutschreie erschallten aus der Menge, die das Ungeheuer als den Dämon erkannte, der seit Jahren immer wieder Meroê heimgesucht hatte. Obgleich die Gardesoldaten sich noch bemühten, den Platz um den Marterpfahl freizuhalten, griffen doch Hände von der Seite nach Muru und rissen ihn zu sich. Conan hörte ein paar Wortfetzen, wie: »Erschlagt ihn! Er ist der Meister des Dämons! Bringt ihn um!«

Eine plötzliche Stille senkte sich über den Platz, als Ageera mit einemmal wie durch Zauber auf dem freien Raum vor dem Marterpfahl auftauchte. Er hatte seinen kahlgeschorenen Kopf bemalt, daß er wie ein Totenschädel aussah.

»Warum nur das Werkzeug unschädlich machen und nicht den Mann, der es benutzt?« rief er schrill. Er deutete auf Tuthmes. »Dort steht er, dem der Kordafaner dient! Auf seinen Befehl mordete der Dämon Amboola! Das haben mir meine Geister in der Stille von Jullahs Tempel versichert! Tötet auch ihn!«

Weitere Hände zerrten den schreienden Tuthmes zu Boden. Ageera deutete nun auf die Plattform, wo die Königin saß. »Erschlagt alle Herren! Streift eure Ketten ab! Tötet die Edlen! Seid wieder freie Menschen und nicht länger Sklaven! Tötet! Tötet! Tötet!«

Conan konnte sich in der Menge kaum noch auf den Beinen halten, die einmal nach der einen, dann der anderen Seite drängte und in Ageeras Ruf einstimmte:

»Tötet! Tötet! Tötet!«

Mehrere schreiende Edle wurden auf das Pflaster gezerrt und in Stücke gerissen.

Conan versuchte sich zu seiner berittenen Garde durchzukämpfen, mit deren Hilfe er immer noch hoffte, den Platz zu räumen. Doch da sah er etwas über die Köpfe des Mobs hinweg, das ihn sein Vorhaben aufgeben ließ. Ein Gardesoldat, der mit dem Rücken zur Plattform gestanden hatte, drehte sich um und schleuderte seinen Speer geradewegs auf die Königin, die er hätte schützen sollen. Die Waffe drang durch ihren herrlichen Körper wie durch Butter. Als sie auf ihrem Thron zusammensackte, fanden ein Dutzend weitere Speere ihr Ziel. Nach dem Tod ihrer Herrscherin schlossen auch die berittenen Gardesoldaten sich den Schwarzen an und fielen mit ihnen über die Edelleute her.

Augenblicke später erreichte Conan ein wenig mitgenommen, aber mit einem Pferd, sein Haus. Er band das Tier an, stürmte in ein Zimmer und holte einen Lederbeutel mit Münzen aus seinem Versteck.

»Wir müssen weg!« rief er Diana zu. »Nimm einen Laib Brot mit! Wo, in den kalten Höllen Niffelheims, ist mein Schild? Ah, hier!«

»Aber willst du denn nicht diese schönen Sachen mitnehmen ...«

»Keine Zeit! Die Braunen sind erledigt. Halt dich an meinem Gürtel fest, während du hinter mir aufsitzt! Los, aufs Pferd!«

Mit seiner doppelten Last galoppierte das Tier schwerfällig durch die Innere Stadt, wo bereits Plünderer am Werk waren, und Gejagte und Verfolger durch die Straßen hetzten. Ein Mann, der hochsprang, um nach dem Zügel zu greifen, starb mit einem schrillen Schrei und gebrochenen Knochen unter den Pferdehufen. Andere beeilten sich, aus dem Weg zu springen. Und so ritten sie durch das mächtige Bronzetor, während hinter ihnen die Paläste der Edlen in züngelnden Flammen aufgingen. Über ihnen zuckten Blitze, Donner dröhnte, und der Regen ergoß sich wie ein Wasserfall über sie.

Eine Stunde später ließ der Wolkenbruch nach. Das Pferd war in Schritt gefallen und suchte seinen Weg durch die Dunkelheit.

»Wir sind immer noch auf der Straße nach Stygien«, brummte Conan und versuchte, die Finsternis zu durchdringen. »Wenn der Regen endlich ganz aufhört, machen wir Rast, trocknen unsere Sachen und schlafen ein wenig.«

»Wohin reiten wir denn?« fragte Diana mit ihrer sanften hellen Stimme.

»Ich weiß es nicht, aber ich habe genug von den schwarzen Ländern. Man kann mit diesen Menschen nichts anfangen, sie sind so engstirnig und dickköpfig wie die Barbaren meiner eigenen Heimat — die Cimmerier, Æsir und Vanir. Ich hätte Lust, es wieder einmal mit der Zivilisation zu versuchen.«

»Und was ist mit mir?«

»Was möchtest du gern? Ich schicke dich heim, wenn du

es willst, du kannst aber auch bei mir bleiben, wenn es dir lieber ist.«

»Ich glaube«, sagte sie mit leicht zitternder Stimme, »daß es mir trotz der Nässe und allem bei dir am besten gefällt.«

Conan grinste heimlich in der Dunkelheit und trieb das Pferd zum Trott an.

ERINNERUNGEN AN ROBERT E. HOWARD

L. Sprague de Camp

Cross Plains, wo Robert E. Howard lebte, liegt etwa 60 Kilometer südöstlich von Abilene, Texas, und schätzungsweise die gleiche Strecke nord-nordwestlich von Brownwood, wo Robert E. Howard zwei Jahre lang studierte. Diese Gruppe von Ortschaften liegt ziemlich genau in der Mitte von Texas.

Das Land ist sanft gewellt, fast flach. Ursprünglich war es weder eine Halbwüste wie die vegetationsarme Steppe Neu Mexikos, noch eine echte Wüste wie große Teile Arizonas. Es war ein Waldland, bedeckt von niedrigen Eichen, Buscheichen, die nur selten sechs Meter Höhe überschritten. Dazwischen wuchs spärliches Gras und Unkraut. Die Flora könnte man als Buschwald nach mediterranem Muster bezeichnen.

Heute ist natürlich der Eichenwald weitgehend gerodet und Weideland und Weizenfelder bestimmen das Bild, doch steht noch genug, daß man sich vorstellen kann, wie das Land einst ausgesehen hat. Als ich Anfang April dort war, glichen die Weizenfelder noch gelblich-grünen Wiesen und die Eichen hatten kaum die ersten Blätter.

Dr. Alan Nourse und ich hatten gerade drei Wochen Kletterei in Azteken- und Maya-Pyramiden in Mexiko hinter uns, als wir am Abend des 31. März 1965 in Brownwood eintrafen.

Howard besuchte die Brownwood High School (1922/23), da die Schulen in Cross Plains nur bis zur zehnten Klasse reichten, und die Howard Payne Academy, eine Vorbereitungsstufe in Verbindung mit dem College (1926/27). Er schloß die Academy 1927 ab und belegte einige kaufmännische Kurse im College, erwarb jedoch keine College-Zeugnisse.

Früh am nächsten Morgen fuhren wir bei bedecktem Himmel und Nieselregen zum Friedhof am Stadtrand hinaus. Eine lärmende Zementfabrik direkt neben dem Friedhof zerstört jedwede romantische Atmosphäre. Der Friedhofswärter führte uns zum Grab der Howards, wo ein einzelner einfacher Grabstein, der ein wenig wie der Kopfteil eines Doppelbettes aussieht, steht. Am oberen Rand steht HOWARD. Darunter steht auf drei Schildern von links nach rechts:

ROBERT E.	HESTER ERVIN*	ISAAC M.
AUTOR UND DICHTER	GATTIN UND MUTTER	ARZT
1906—1936	1870—1936	1874—1944

Ein schmales, langes Schild ist darunter angebracht. Es trägt die Worte: »Sie waren reizend und freundlich im Leben, und im Tod sind sie vereint.« (2 Samuel 1, 23.) Robert E. Howard und seine Mutter haben beide auch einen Fußstein; aber als der alte Doktor Howard starb, war niemand mehr da, auch für ihn einen aufzustellen.

Zwar stand mir der Sinn nach einer nostalgischen Geste, wie einen Whisky auf Howard zu trinken und ein wenig davon auf sein Grab zu schütten. Aber die Gegenwart Alans, der kein Bewunderer Howards und an diesem Grab ein völlig unsentimentaler Besucher war, unterdrückte diesen romantischen Impuls.

* In den Geburts- und Sterbeurkunden von Robert E. Howard und seiner Mutter steht »Ervine«, aber es heißt »Ervin« in allen anderen Familiendokumenten.

Unter verhangenem Himmel fuhren wir zurück durch Brownwood auf dem Weg nach Cross Plains. Wir krochen über eine flache, scheinbar endlose Landschaft, übersät mit tausenden blattloser Buscheichen, gelegentlich unterbrochen von Wiesen, auf denen ein paar Kühe grasten.

Am späten Vormittag lag in der Mitte dieser endlosen Weite Cross Plains vor uns. Im Westen wurde die ebene Linie des Horizonts von einem konischen Hügel durchbrochen, dem größeren der beiden Caddo Peaks, die nach den Caddo-Indianern benannt sind. Er ist kein großer Berg, aber er ist ein Blickfang in seiner Isoliertheit.

Cross Plains hat heute etwa 1200 Einwohner* — 300 weniger als zu Howards Zeit. Während Brownwoods Einwohnerzahl von 14 000 auf über 20 000 gewachsen ist, scheint die Zeit an Cross Plains vorübergegangen zu sein, wie die Leute selbst sagen. Abgesehen von einigen neuen Tankstellen am Ortsrand mit ihren üblichen auffälligen Reklameschildern hat sich der Ort in den Jahrzehnten kaum verändert.

Andererseits ist Cross Plains ein freundlich aussehender Ort. Was ich darüber gelesen hatte, ließ mich eher eine düstere Ansammlung von dachpappegedeckten Hütten und Häusern erwarten. Statt dessen sah ich saubere, moderne Bungalows, umgeben von Rasen und Ziergärten in typischer moderner amerikanischer Vorstadtmanier. Die Mehrzahl der Häuser ist einstöckig, die Ausnahme bilden einige mehrstöckige Geschäftshäuser an der Hauptstraße.

In Brownwood und Cross Plains suchte ich einige Jugendfreunde Howards auf — oder versuchte es wenigstens. Einer wollte sich nicht interviewen lassen; ein anderer erwies sich als interessante Informationsquelle, schrak je-

---

* Selbst heute, 15 Jahre nach Niederschrift dieses Artikels, ist die Einwohnerzahl von Cross Plains noch knapp unter 1200 (Anm. d. Übers.)

doch vor der Möglichkeit zurück, zitiert zu werden. So bin ich unglücklicherweise nicht in der Lage, Namen zu nennen und Interviews in ihrem Wortlaut wiederzugeben.

Howard, so wurde mir berichtet, war gut 1,80 groß zuletzt. In seiner Jugend war er schlank, ja mager, aber mit zwanzig begann er nachzuholen, bis er fast 100 Kilo wog, aber das meiste davon Muskeln. Er war ein Sport- und Trainingsfanatiker, ein Anhänger der Golden Gloves und selbst ein guter Boxer.

Ein Informant sagte:

»Bob hatte eine komische Gewohnheit. Wenn er allein auf der Straße ging, konnte man ihn plötzlich Schattenboxen sehen. Er boxte ein paar Sekunden lang und ging dann weiter.«

Als Junge war Howard launenhaft und seine introvertierte Persönlichkeit und frühreife Intellektualität stempelten ihn ein wenig zum Außenseiter. Und einer sagte: »Keiner legte sich mit ihm an, und er ließ andere in Frieden.«*

Howard war ein Mensch von emotionalen Extremen, von starker Begeistung und heftiger Abneigung. Unter anderem war ein Grund, warum ihn seine Eltern nach Brownwood zur Schule schickten, daß er über einen tiefen Schmerz hinwegkam — der Tod seines Hundes hatte ihn völlig aus dem Gleichgewicht gebracht. Außer dem Hund besaß er ein Pferd und war ein guter Reiter.

In Brownwood begann Howard zu schlafwandeln. Einmal kletterte er sogar aus dem Fenster. Obwohl er sich nicht verletzte, band er danach regelmäßig eine Zehe am Bett fest, damit es ihm nicht wieder passierte.

---

* Howards Briefe bestätigen das. Als Junge durchlebte er eine schwierige Phase, aber das hörte auf, als er durch sein Training stark genug wurde, sich zur Wehr zu setzen.

Zu dieser Zeit — er war um die zwanzig — hatte Howard noch kein wesentliches Interesse an Frauen gezeigt. War er gut gelaunt, erwies er sich als ein unterhaltsamer Gesprächspartner, und es gab kaum ein Thema, bei dem er nicht ausführlich mithalten konnte. Es wird erzählt, daß er sich auch gelegentlich betrank, aber nur selten, und daß er niemals in Raufereien verwickelt war. Die anderen waren wohl auch so klug, sich nicht mit einem von Howards Statur einzulassen. Die Saufgelage und Weiberabenteuer, auf die manche von Howards Briefe hindeuten, waren — wie meine Informanten übereinstimmend versicherten — pure Phantasie.

In seinen späten Zwanzigern, kurz vor seinem Tod, verdiente Howard mehr Geld als jeder andere in Cross Plains — mehr sogar als der Bankier! Aber das war tief in der Wirtschaftskrise, als das Bankgeschäft alles andere als blühte, und 2500 Dollar im Jahr ein sehr gutes Einkommen waren. Howards finanzielle Situation war jedoch nicht leicht, denn das Worthonorar war zu dieser Zeit niedrig (meist einen halben Cent oder einen Cent pro Wort), zudem ließen die Zahlungen oft lange auf sich warten und die Krankheit seiner Mutter verursachte hohe Ausgaben. Aber was immer auch Howards Lebensprobleme waren, Geldschwierigkeiten gehörten offenbar nicht dazu.

Howard war hitzköpfig, rasch aufbrausend, aber sein Ärger verflog ebenso rasch wieder. Einmal veröffentlichte die *Cross Plains Review* einen Bericht, der seiner Mutter nicht in dem Maße gerecht wurde, wie sie es, Howards Meinung nach, verdiente. Da stürmte Howard in das Büro der Zeitung, schleuderte sein Exemplar auf den Schreibtisch des Redakteurs und erklärte, daß er mit dieser verdammten Zeitung nicht mehr belästigt werden wolle. Am nächsten Tag erschien dann Dr. Howard im Büro und erneuerte das Abonnement.

Selbst seinen Freunden war Howard immer wieder ein Rätsel. Wie einer es ausdrückte: »Eine ganze Menge Dinge, die andere in seinem Alter tun, interessierten ihn einfach nicht.«

Über all den Spekulationen um Howards Verhältnis zu seiner Mutter hat man dem Vater nicht viel Aufmerksamkeit gewidmet. Dr. Howard scheint ein extrem herrischer, rechthaberischer, von sich eingenommener Mann gewesen zu sein — ein unerfreulicher Haustyrann. Zudem beanspruchte ihn seine Arztpraxis derart, daß er sich kaum um die Familie kümmern konnte. Mit seinem Sohn hatte er häufige und heftige Auseinandersetzungen, weil Robert ihm immer wieder vorwarf, daß er Mutter vernachlässige. Obwohl diese Streitereien immer rasch beigelegt wurden, hegten sie wohl nicht allzu viel Liebe füreinander.

Es ist wohl bekannt, daß sich Howards Interesse an Frauen spät entwickelte. Bis ein Jahr vor seinem Tod machte er Novalyn Price, einer Sprachlehrerin an der High School, den Hof. Sie galt als ein wenig exzentrisch, eine Perfektionistin in ihrem Unterricht. Die Universität von Texas veranstaltet einen jährlichen University-Interscholastic-League-Wettbewerb in Rezitation und öffentlichem Sprechen. In der Regel präsentieren sich dabei Gruppen von verschiedenen Schulen von überall aus dem Bundesstaat mit einer Reihe von Einaktern. Fräulein Price paukte ihre Gruppe so unbarmherzig — gewöhnlich mit einer Kurzfassung eines Shakespeare-Stückes —, daß sie wiederholt den ersten Platz errang.

Der Tag, an dem Howard Selbstmord beging, war außerordentlich heiß. Früh am Morgen des 11. Juni 1936 erfuhr er von der Krankenschwester, die seine Mutter betreute, daß sie das Bewußtsein nicht mehr erlangen würde. Er setzte sich an seine alte Underwood Nr. 5 Schreibmaschine und schrieb den Zweizeiler:

All fled — all done, so lift me on the pyre;
The feast is over and the lamps expire.

Sinngemäß übersetzt heißt das:

Alles entschwunden — alles vorbei, so hebt mich auf den Scheiterhaufen;
Das Fest ist aus, und alle Lampen werden dunkel.

Dann verließ er das Haus, stieg in seinen Wagen und schoß sich gegen acht Uhr morgens mit einer Pistole in den Kopf, die er bereits seit einiger Zeit gegen imaginäre »Feinde« bei sich trug. Er starb um etwa vier Uhr nachmittags, während seine Mutter noch bis zum nächsten Tag lebte, ohne das Bewußtsein wiederzuerlangen.

Die zweite Zeile des Abschiedsverses scheint eine Paraphrase einer Zeile der vierten und letzten Strophe des bekannten Gedichtes »Non Sum Qualis Eram Bonae Sub Regno Cynarae« von Ernest Christopher Dowson (1867—1900) zu sein. Die Strophe lautet:

I cried for madder music, and for stronger wine,
But when the feast is over and the lamps expire,
Then falls thy shadow, Cynara! The night ist thine;
And I am desolate and sick of an old passion,
Yea, hungry for the lips of my desire:
I have been faithful to thee, Cynara! in my fashion.

(Ich schrie nach lauterer Musik und stärk'rem Wein,
Doch ist das Fest vorüber und werden alle Lampen dunkel,
Dann fällt dein Schatten über mich, Cynara! Die Nacht ist dein;
Dann bin ich einsam und krank von einem alten Feuer,
Ja, dann dürstet mich nach deinen Lippen:
Ich war dir treu, Cynara! auf meine Weise.)

Dowson, ein weniger bedeutender viktorianischer Dichter, der in jungen Jahren an Tuberkulose und Alkoholismus starb, schrieb eine ganze Reihe von Gedichten, die voll von derselben schwelgerischen Schwermut und Romantisierung des Todes sind, wie sie auch manchmal bei Howard zu finden ist.

Nach dem Tod Howards und seiner Mutter kam es zu einem Zwischenfall, der weiteres Licht auf Dr. Howards Wesen wirft. Der alte Mann ging zum Redakteur der *Review* und verkündete:

»Ich werde sofort eine Sonntagsschule beginnen. Rufen Sie alle Männer des Ortes für Sonntag abend zusammen.«

Der Redakteur tat es, denn der Doktor war nicht ein Mann, der Widerspruch duldete. Als alle beisammen waren, stand Dr. Howard auf und sagte:

»Ich möchte jetzt, daß jeder von euch, der schon einmal betrunken oder in einem Bordell gewesen ist, aufsteht.«

Wie mein Informant berichtete: »Also, ich stand auf und ein paar andere standen auf, aber es war verdammt peinlich.«

Meine Informanten stimmten darin überein, daß, ungeachtet der Tatsache, daß Howard seit Jahren von Selbstmord gesprochen hatte, die Hauptursache seines Selbstmordes in seiner übergroßen Zuneigung zu seiner Mutter lag.

In einem späteren Gespräch meinte Alan Nourse, der Arzt ist, alle diese Berichte deuteten auf einen klassischen Fall von sexueller Fehlentwicklung hin, wie sie oft durch die Kombination eines despotischen, lieblosen Vaters mit einer überfürsorglichen Mutter ausgelöst wird.

»Schon das Schlafwandeln«, erklärte er, »deutet auf eine stark neurotische Persönlichkeit hin — vermutlich Hysterie und Hypersuggestibilität. Wenn man zu dem allem noch hinzunimmt, daß er sich erst mit fast dreißig Jahren für

Frauen zu interessieren begann, sowie sein übertriebenes Interesse an extrem männlichem Sport — also, es ist ganz offensichtlich, daß die sexuelle Entwicklung bei ihm nicht normal verlaufen war.« Er fügte auch hinzu, daß die Selbstmordrate im Schriftstellerberuf eine der höchsten ist.

Aber welche Erklärung auch immer für Howards tragisches Ende zutrifft, ich bin kein Psychoanalytiker, und schon gar kein posthumer. Aber es sind ganz interessante Erinnerungen und Mutmaßungen, die ich Ihnen nicht vorenthalten wollte. Und wer weiß, wäre Howard ein ganz normal entwickelter junger Mann gewesen, wäre er vielleicht Cowboy geworden, und einen Conan hätte es nie gegeben.

THE CURSE OF THE MONOLITH erschien ursprünglich 1968 unter dem Titel CONAN AND THE CENOTAPH in: »World of Fantasy« Band 1, Nr. 1. Copyright © 1968 by Galaxy Publishing Corp.

THE BLOODSTAINED GOD wurde von L. Sprague de Camp nach einer Skizze von Robert E. Howard geschrieben, die den Titel THE TRAIL OF THE BLOOD-STAINED GOD trug; ursprünglich erschienen in: *Tales of Conan*, von Robert E. Howard und L. Sprague de Camp, Gnome Press, Inc. Copyright © 1955 by Gnome Press, Inc.

THE FROST GIANT'S DAUGHTER erschien ursprünglich im März 1934 in leicht abweichender Fassung unter dem Titel GODS OF THE NORTH in: »The Fantasy Fan«; nachgedruckt in dieser Form im Dezember 1956 in: »Fantastic Universe Science Fiction«; unter dem jetzigen Titel wurde die Erzählung in zunächst von Howard und später von de Camp abgeänderter Form in der August-Nummer 1953 in »Fantasy Fiction« abgedruckt. Copyright © 1953 by Future Publications, Inc., sowie in: *The Coming of Conan*, von Robert E. Howard, Gnome Press, Inc., 1953.

THE LAIR OF THE ICE WORM erscheint erstmals in dieser Ausgabe.

QUEEN OF THE BLACK COAST erschien ursprünglich im Mai 1934 in: »Weird Tales«. Copyright © 1934 by Popular Fiction Publishing Co.; nachgedruckt 1948 in: »Avon Fantasy Reader« Nr. 8 und in: *The Coming of Conan.*

THE VALE OF LOST WOMEN erschien ursprünglich im Frühjahr 1967 in: »Magazine of Horror« Nr. 15. Copyright © 1967 by Health Knowledge, Inc.

THE CASTLE OF TERROR erscheint erstmals in dieser Ausgabe.

THE SNOUT IN THE DARK wurde von L. Sprague de Camp und Lin Carter ausgeführt nach Notizen und einer Rohfassung des ersten Teils der Erzählung von Robert E. Howard; sie ist in dieser Ausgabe zum erstenmal publiziert.

CONAN-SAGA

Robert E. Howard / Lin Carter / Lyon Sprague de Camp ·
Conan · 06/3202

Andrew J. Offutt · Conan und der Zauberer · 06/4006

Andrew J. Offutt · Conan der Söldner · 06/4020

Andrew J. Offutt · Conan und das Schwert von Skelos · 06/3941

Lyon Sprague de Camp · Conan und der Spinnengott · 06/4029

Robert E. Howard / Lin Carter / Lyon Sprague de Camp ·
Conan von Cimmerien · 06/3206

Poul Anderson · Conan der Rebell · 06/4037

Robert E. Howard / Lyon Sprague de Camp ·
Conan der Pirat · 06/3210

Karl Edward Wagner · Conan und die Straße der Könige · 06/3968

Robert E. Howard / Lin Carter / Lyon Sprague de Camp ·
Conan der Wanderer · 06/3236

Robert E. Howard / Lyon Sprague de Camp ·
Conan der Abenteurer · 06/3245

Lyon Sprague de Camp / Lin Carter · Conan der Freibeuter · 06/3972
(urspr. 1972 erschienen als Conan der Bukanier unter der Nummer 06/3303)

Robert E. Howard / Lyon Sprague de Camp ·
Conan der Krieger · 06/3258

Lyon Sprague de Camp / Lin Carter / Björn Nyberg ·
Conan der Schwertkämpfer · 06/3895

Robert E. Howard / Lyon Sprague de Camp ·
Conan der Thronräuber · 06/3263
(urspr. 1971 erschienen als Conan der Usurpator unter derselben Nummer)

Lin Carter / Lyon Sprague de Camp · Conan der Befreier · 06/3909

Robert E. Howard / Lyon Sprague de Camp ·
Conan der Eroberer · 06/3275

Robert E. Howard / Björn Nyberg / Lyon Sprague de Camp ·
Conan der Rächer · 06/3283

Lyon Sprague de Camp / Lin Carter · Conan von Aquilonien · 06/4113

CONAN-SAGA

Lyon Sprague de Camp / Lin Carter · Conan von den Inseln · 06/3295
Lyon Sprague de Camp / Lin Carter · Conan der Barbar · 06/3889
Robert Jordan · Conan der Verteidiger · 06/4163
Robert Jordan · Conan der Unbesiegbare · 06/4172
Robert Jordan · Conan der Zerstörer · 01/6281
Robert Jordan · Conan der Unüberwindliche · 06/4203
Robert Jordan · Conan der Siegreiche · 06/4232
Robert Jordan · Conan der Prächtige · 06/4344
Robert Jordan · Conan der Glorreiche · 06/4345
John Maddox Roberts · Conan der Tapfere · 06/4346
Steve Perry · Conan der Furchtlose · 06/4663
Leonard Carpenter · Conan der Renegat · 06/4664
John Maddox Roberts · Conan der Champion · 06/4701
Steve Perry · Conan der Herausforderer · 06/4745
John Maddox Roberts · Conan der Marodeur · 06/4781
Robert E. Howard · Conan und der Schatz des Tranicos · 06/4915
Robert E. Howard / Lyon Sprague de Camp ·
Conan und die Flammenklinge · 06/4930
John Maddox Roberts · Conan der Draufgänger · 06/4959
Roland Green · Conan der Wagemutige · 06/4988
Leonard Carpenter · Conan der Kriegsherr · 06/5044
Leonard Carpenter · Conan der Held · 06/5081
Steve Perry · Conan der Unbezähmbare · 06/5098
Leonard Carpenter · Conan der Angreifer · 06/5143 (in Vorb.)
Steve Perry · Conan der Landsknecht · (in Vorb.)
Steve Perry · Conan der Schreckliche · (in Vorb.)
Leonard Carpenter · Conan der Große · (in Vorb.)
Roland J. Green · Conan der Beschützer · (in Vorb.)
John Maddox Roberts · Conan das Schlitzohr · (in Vorb.)
DAS CONAN UNIVERSUM von *Erhard Ringer* · 06/4908